LES AMANTS DE GIBRALTAR

Après avoir été journaliste au Liban, maire de Toulouse de 1983 à 2001 et président du CSA de 2001 à 2007, Dominique Baudis est aujourd'hui président de l'Institut du monde arabe et député européen. Il est l'auteur de plusieurs romans, parmi lesquels *Raymond le cathare*, *Il faut tuer Chateaubriand*, *La Conjuration* et *Raymond d'Orient*.

Paru dans Le Livre de Poche :

LA CONJURATION

DOMINIQUE BAUDIS

Les Amants de Gibraltar

ROMAN

GRASSET

ISBN : 978-2-253-16162-2 – 1re publication LGF

À Y. et B.

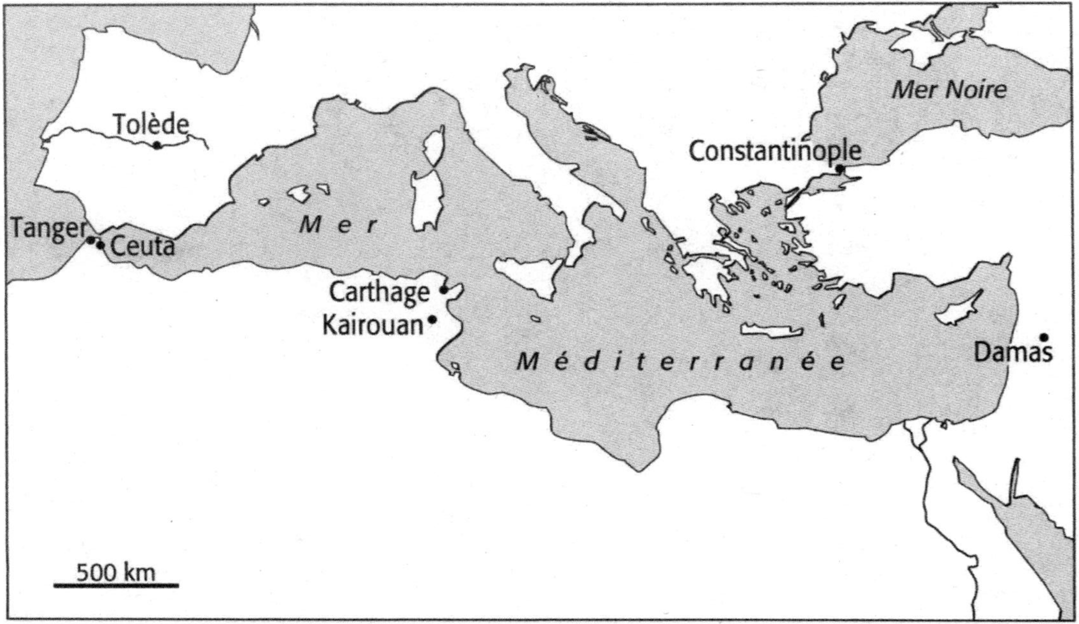
Mer Noire
Tolède
Constantinople
Tanger
Ceuta
Mer
Carthage
Kairouan
Méditerranée
Damas
500 km

PREMIÈRE PARTIE

Justinien

Un vent furieux soufflait sur Constantinople. Il se jetait à l'assaut des hautes murailles et donnait des coups de boutoir contre les portes closes. Il s'engouffrait dans la Mesé, l'avenue monumentale bordée de portiques et ouverte sur une succession de forums, qui traversait la ville de part en part. Il tournoyait autour du dôme de Sainte-Sophie, soulevait des nuages de poussière sur la piste de l'hippodrome désert et mugissait dans les salles du Grand Palais. L'empereur Apsimar s'y était enfermé, entouré de ses proches. Il sanglotait. Il avait peur.

Plus aucun bateau ne sortait du port de la Corne d'Or dont une lourde chaîne barrait l'entrée. Ses gros maillons de fer serpentaient à la surface du chenal, portés par d'énormes billes de bois qui flottaient sur la houle. Le long des quais, les navires tiraient sur leurs amarres. Des cordages mal noués fouettaient les mâts. Les équipages avaient replié et rangé les voiles au fond des cales où ils s'abritaient du vent glacial. Sur le pont des vaisseaux et sur les quais encombrés pourrissaient les marchandises en souffrance. Des bandes de rats s'aventuraient sans crainte autour des caisses et des sacs.

Portes et port fermés, la ville la plus peuplée du monde allait bientôt manquer de quoi nourrir ses quatre cent mille habitants. Dépourvus d'approvisionnement, les marchés n'ouvraient plus. Des chiens errants se glissaient entre leurs grilles à la recherche de détritus. Les places et les rues étaient désertes. Les larges avenues rectilignes et leurs alignements de palais, aussi bien que le labyrinthe des ruelles populaires aux échoppes aveuglées par des volets de bois. Personne n'osait sortir. Mais ce n'était ni le froid ni le vent qui pétrifiait la ville et les gens, c'était la peur. Une peur qui leur faisait oublier le froid.

Une immense armée barbare campait devant les remparts. Sur le chemin de ronde, centurions et soldats surveillaient ce camp qui grouillait comme une immense fourmilière. L'avant-garde était arrivée trois jours plus tôt, avec les premières bourrasques. Comme le vent, ces hommes venaient du nord : des Khazars et des Bulgares. Tentes, charrois, troupeaux de chevaux, de chameaux et de bœufs encombraient la plaine à perte de vue. Des guerriers casqués et cuirassés se réchauffaient autour des feux. Mais ce déploiement de forces n'était pas suffisant pour inspirer la terreur. Constantinople avait vu bien pire depuis sa fondation sur le port de Byzance, trois cent soixante-quinze ans plus tôt. Les Scythes, les Huns, les Angles, les Goths, les Kossars, les Avars… A chaque fois, l'empereur avait offert aux assiégeants une somme proportionnée à leurs forces et les Barbares avaient plié bagages.

Ce qui, cette fois, empêchait les Constantinopolitains de dormir, c'était le chef de cette armée, un revenant : Justinien II, leur ancien empereur. Ils avaient subi durant une longue décennie le joug de ce tyran sanguinaire jusqu'au jour où ils s'étaient révoltés. Ils l'avaient traîné hors du palais, lui avaient arraché le nez et l'avaient déporté dans la forteresse de Kherson, à l'autre bout de la mer Noire, en Crimée.

Depuis dix ans, ils avaient presque oublié Justinien II. Mais lui, comment aurait-il pu oublier ce qu'ils lui avaient infligé ?

Justinien montait un pur-sang pommelé, gris comme un ciel d'orage. Il le menait au pas, lentement. Il prenait tout son temps. Arrivé avec les premières vagues de cavaliers, il ne se lassait pas de parader devant les murs de Constantinople. Derrière lui chevauchaient Tervel, le vieux Khan qui régnait sur les Bulgares, et Ibuzir, le jeune Kagan qui menait les Khazars. Leurs escortes suivaient à distance. Par précaution, ils se tenaient hors de portée des flèches. Mais les archers de Constantinople ne tiraient pas. La ville n'avait ni le courage de se battre contre Justinien, ni celui de lui ouvrir ses portes.

Parfois, Justinien s'approchait du rempart afin de se montrer. Au beau milieu du visage, il portait une plaque d'or à la place du nez que le bourreau avait arraché. Percée d'orifices minuscules qui lui permettaient de respirer, la prothèse tenait grâce à deux cordelettes de soie qui passaient derrière les oreilles. Les souffrances et les intempéries avaient tanné le visage de cet homme de trente-six ans, prématurément vieilli. Les privations avaient creusé ses joues que mangeait une barbe grisonnante. Seuls ses yeux noirs, brillants comme un éclat de granit, avaient gardé leur jeunesse.

Le soleil d'hiver dans un ciel vide, balayé par le vent, faisait luire le nez de Justinien. Il tira légèrement sur les cordelettes afin de les resserrer autour de ses oreilles et de mieux ajuster sur son visage la plaque de métal précieux. Bien qu'elle fût très fine, son port était malaisé. D'ordinaire, il cachait sa mutilation en nouant un bandeau de cuir, de laine ou de soie selon les saisons. Justinien réservait l'or aux grandes circonstances. Il avait fait confectionner ce bijou pour son mariage avec Riwa, la princesse khazare. Il l'avait également porté pour sceller son alliance avec le Khan des Bulgares.

Maintenant, Justinien arborait son nez d'or pour se présenter devant Constantinople et savourer la revanche qu'il attendait depuis dix ans. Depuis ce jour où une foule furieuse, conduite par le démagogue Léontios, avait envahi le palais et massacré ses gardes. Enchaîné, à genoux sur la piste de l'hippodrome, Justinien avait assisté à la mise à mort de ses ministres sous les ovations du peuple massé dans les gradins. On lui avait laissé la vie sauve, mais il avait dû subir la *rhinokapia* ; on lui avait mutilé le nez d'un coup de pince rougie au feu. Les clameurs enthousiastes des trente mille spectateurs avaient couvert son hurlement. Ces acclamations saluaient la chute définitive de Justinien, à jamais disqualifié pour régner. Cette règle remontait aux origines de l'empire romain d'Orient. Son fondateur, Constantin, avait proclamé que l'empereur devait être un homme de belle apparence afin d'imposer son autorité à l'armée, de se faire obéir par le peuple et respecter par l'Eglise. L'empereur devait être charismatique, avait-il décrété. Constantin au corps d'athlète et au visage de statue faisait de lui-même le modèle de ses successeurs. Evidemment, les vingt-sept empereurs qui lui avaient succédé n'avaient pas tous – loin de là – répondu à cette exigence. Le trône avait porté des laids, des contrefaits, des disgracieux, des borgnes... Mais la règle subsistait à travers la *rhinokapia*. Il était convenu qu'un homme au nez tranché ne pouvait pas régner. Ainsi, depuis des siècles, couper le nez d'un rival, le plus souvent un frère, un oncle, un cousin, permettait de l'éliminer sans avoir à le tuer. Car l'Eglise proscrivait la mise à mort.

Après la mutilation de Justinien, Constantinople croyait donc pouvoir l'oublier. On l'avait exilé, un chiffon ensanglanté sur le visage.

Revenir à Constantinople, reconquérir son trône et châtier ceux qui l'avaient chassé : cet espoir lui avait donné la force de sortir de l'abîme. Dix ans plus tard, il touchait au but. Du fond de son cachot, sa capacité de persuasion avait réussi à retourner le gouverneur et la garnison. Il leur avait promis une pluie d'or s'ils le laissaient s'évader et ils avaient épousé sa cause. C'était sa première poignée de partisans. Avec eux, il avait rejoint les Khazars, un peuple farouche venu des steppes d'Asie qui vivait depuis une centaine d'années au pied du Caucase, harcelant les frontières de l'empire. Constantinople leur payait tribut pour acheter sa tranquillité. Justinien avait proposé au chef de ces Khazars, le Khagan Ibuzir, d'épouser sa sœur Riwa qui deviendrait impératrice dès qu'il aurait reconquis Constantinople. La princesse des Khazars sur le trône de l'empire ! Ibuzir avait aussitôt accordé sa jeune sœur et mis son armée sur le pied de guerre.

Justinien était ensuite allé chez les Bulgares, un peuple venu lui aussi des steppes de l'est et qui s'était établi dans le delta du Danube. Il avait promis à leur Khan, Tervel, le titre de roi et un riche tribut s'il l'aidait à revenir à Constantinople. Tervel avait accepté l'alliance.

En ce mois de janvier 705, dix ans après l'usurpation, Justinien et ses deux alliés à la tête de vingt mille hommes s'étaient rués par surprise sur la frontière de l'empire. Ils avaient dispersé et mis en fuite quelques régiments byzantins qui tentaient de leur barrer la route. Ensuite, sans rencontrer d'autre résistance, ils avaient galopé sans répit jusqu'à Constantinople.

Justinien regardait la muraille de brique et de pierre, haute comme une falaise, longue de dix mille pas et fortifiée par trois cent cinquante tours. Au-dessus du crénelage, il apercevait les grandes toitures de tuiles du palais impérial où il était né trente-six ans plus tôt, la courbe du dôme de Sainte-Sophie où le patriarche l'avait couronné quand il avait seize ans, les hautes tribunes de l'hippodrome où l'usurpateur

Léontios l'avait fait supplicier quand il en avait vingt-six.

Comment une ville d'une telle splendeur pouvait-elle abriter un peuple à ce point insensé ? songeait-il. Il vénérait Constantinople autant qu'il méprisait ses habitants. Il ne voulait rien détruire de ce qui faisait sa force et sa grandeur. Au contraire, il avait donné au Khan et au Khagan des instructions strictes : « La ville n'est pas coupable. Ne touchez ni à ses remparts ni à ses monuments. Réservons notre fureur aux usurpateurs et à ceux qui les ont servis. Pour eux, rien ne sera trop cruel. Nous ferons couler des flots de sang ! »

*

* *

Au troisième jour du siège, vers cinq heures de l'après-midi, alors que le soleil déclinait, Justinien et son escorte passaient devant la Porte d'Or qui s'entrouvrit. Les deux battants qui rutilaient dans la lueur du couchant laissèrent sortir un homme. Nu, il ne portait qu'un pagne crasseux noué autour de la taille. Les portes se refermèrent derrière lui. Il hésitait à avancer. Du haut des remparts, des soldats lui criaient de partir et lui jetaient des pierres pour le forcer à s'éloigner. Quand ils lancèrent des flèches qu'il entendit siffler autour de lui, il se mit à courir, en trébuchant sur les cailloux. Il avançait les bras tendus, paumes ouvertes et doigts écartés. A bout de souffle, titubant, il allait sans le voir vers le groupe de cavaliers qui l'observaient. Il était pitoyable, décharné, couvert de croûtes et de cicatrices. Les orbites vides, les paupières cousues et le nez arraché, son visage inspirait l'effroi. Au milieu bourgeonnait une cicatrice, comme un groin tronqué.

— Léontios ! jubila Justinien quand le malheureux fut à dix pas de lui. J'attendais ce moment depuis dix ans.

Paralysé par cette voix qu'il reconnaissait, Léontios s'immobilisa.

— Approche, que je te voie de plus près, ordonna Justinien.

Léontios n'osait plus bouger. Justinien donna un coup de talon et guida son cheval jusqu'à l'homme chancelant.

C'était ce Léontios qui avait mené l'insurrection contre Justinien. Ce vétéran était une forte tête. Soldat sorti du rang à force de bravoure sur les champs de bataille contre les musulmans, il était devenu stratège. C'était la consécration de sa carrière. Hélas ! Une affaire de corruption l'avait brisée. Léontios ignorait tout des malversations de ses intendants, mais, pour l'exemple, Justinien l'avait fait jeter en prison. Léontios avait passé six mois dans une geôle à Constantinople. Cette injustice l'avait rendu fou. Le jour de sa libération, ivre de rage, il avait étranglé le gardien venu le délivrer. Il s'était emparé des clefs des autres cellules, avait ouvert les grilles, libéré ses officiers détenus comme lui, ainsi qu'une poignée de criminels et de voleurs ravis de l'aubaine qui se placèrent aussitôt sous ses ordres. Suivi d'une cinquantaine d'hommes déterminés et armés de glaives pris à leurs gardiens égorgés, Léontios avait marché à grandes enjambées vers le Palais impérial en haranguant la foule sur le forum. « Je vais de ce pas voir Justinien et lui demander des comptes ! » proclamait-il, et comme chacun avait des comptes à demander à l'empereur, une meute vindicative grossissait autour de Léontios et des prisonniers. Depuis des mois, Constantinople était d'humeur frondeuse. On ne supportait plus Justinien, ses impôts, sa cruauté, ses guerres désastreuses. La fureur de Léontios et de ses compagnons avait transformé le mécontentement populaire en émeute puis en insurrection dévastatrice. Elle avait tout balayé sur son passage, jusqu'au Palais impérial dont les gardes, surpris par cet imprévisible soulèvement, avaient péri piétinés.

Voilà comment Léontios, usurpateur sans l'avoir vraiment voulu, était monté sur le trône. Mais il n'en avait pas profité longtemps.

— Tes deux funestes années de règne t'ont coûté cher, ricana Justinien devant le visage martyrisé de Léontios. Plus de nez ! Je regrette de ne pouvoir t'infliger moi-même ce que tu m'as fait subir. J'aurais voulu aussi te crever les yeux. Mais je vois qu'Apsimar y a pensé avant moi. Car c'est bien Apsimar, n'est-ce pas ?

Léontios émit un vilain grognement.

— Tu vas répondre ! lança Justinien. Sinon je te fais fouetter jusqu'à ce que tu parles.

Léontios ouvrit grand la bouche en poussant un râle. Elle était vide. Il avait la langue coupée.

— Le nez, les yeux, la langue… Apsimar ne t'a pas laissé la moindre chance de revenir sur le trône. Toi, tu ne m'as enlevé que le nez. Et si tu avais encore tes yeux, tu pourrais voir que je l'ai remplacé par un bijou en or.

Le règne de l'usurpateur Léontios avait pris fin avec la terrible défaite de Carthage. Pour l'empire, la perte du port punique était une catastrophe stratégique, commerciale et politique. Tête de pont sur la rive sud de la Méditerranée, Carthage était la porte d'entrée de l'Afrique. En quelques semaines de bataille, les Arabes avaient écrasé l'infanterie et détruit les trois quarts de la flotte impériale. Celle-ci était sous les ordres d'Apsimar, qui n'avait réussi à sauver que son navire et quelques vaisseaux d'escorte. Le soir du désastre, Apsimar avait réuni sur le pont de son bateau ses officiers survivants. Ils mesuraient l'ampleur de la défaite et savaient qu'ils allaient en payer le prix. L'échec allait fatalement retomber sur leur tête. L'empereur Léontios et ceux qui l'entouraient n'avaient combattu que sur terre. Il réservait donc ses faveurs à l'infanterie et se méfiait de la marine qui le lui rendait bien. La conclusion s'était vite imposée : afin de ne pas devenir les boucs émissaires, ses officiers avaient proclamé Apsimar empereur, brandissant leur glaive dans la lueur des torches pendant que Carthage brûlait au loin, dans la nuit.

L'escadre avait traversé la Méditerranée, cap sur Constantinople. A peine débarqués sur les quais de la Corne d'Or, les marins en armes s'étaient rués vers le Palais impérial pour s'emparer de Léontios. Apsimar lui avait aussitôt tranché le nez d'un coup de glaive avant de l'envoyer dans un cachot.

Apsimar, qui était d'un naturel anxieux, descendait souvent dans les sous-sols du palais afin de s'assurer de ses propres yeux quc Léontios était toujours derrière les barreaux. Il s'inquiétait car d'étranges rumeurs couraient à propos d'une évasion de Justinien. Avec effroi, Apsimar apprit bientôt qu'il n'était plus dans sa prison de la mer Noire, qu'il s'était enfui avec le gouverneur et la garnison, qu'il avait trouvé refuge chez les Barbares, qu'il avait épousé la princesse des Khazars, que les Bulgares adoptaient sa cause et qu'ils se préparaient à marcher sur Constantinople. Apsimar avait peur. L'angoisse lui ôtait le sommeil et ne le laissait pas un instant en paix. Quand il venait voir Léontios dans sa prison, celui-ci l'injuriait et le maudissait. A bout de nerfs, Apsimar lui avait fait couper la langue et crever les yeux.

— Apsimar a été cruel avec toi. Mais je vais te venger. Il va souffrir, crois-moi. Il a cru m'apaiser en te livrant à moi ? Quel naïf !

Léontios émit un petit gargouillis qui faisait penser à un rire.

— Tu es content parce que je vais tuer Apsimar ? Mais toi aussi, je vais te tuer de mes propres mains.

Justinien éperonna son cheval. Ses hommes lièrent les mains de Léontios et le traînèrent vers le camp.

*

* *

La lumière des lampes à huile luisait sur le nez d'or de Justinien. Il achevait de se préparer, assis sous sa tente devant un grand miroir d'argent poli. Un pinceau à la main, il appliquait une teinture noire sur sa barbe et ses sourcils grisonnants.

Depuis cinq ans qu'il vivait parmi les Khazars, il habitait cette vaste tente, si grande qu'il fallait au moins dix hommes et trois heures de travail pour la dresser. Un long rideau de soie bleue la partageait en deux. De l'autre côté de cette tenture entrouverte, Riwa chantait. Assise sur un tabouret, le dos très droit, elle se faisait coiffer par une vieille esclave qui passait un peigne d'ivoire dans sa lourde chevelure noire. Les yeux gris de Riwa, légèrement bridés, ainsi que sa peau cuivrée, témoignaient des origines asiatiques de son peuple. Elle chantait une chanson khazare pour Justinien. Il aimait l'entendre, la regarder. Il aimait tout d'elle et ne cessait de s'étonner des sentiments qu'elle lui inspirait car jamais il n'avait attaché la moindre importance à qui que ce soit.

Avant Riwa, les bonheurs ou les malheurs d'autrui le laissaient indifférent. Hormis lui-même, nul ne comptait. Mais avec elle, tout avait changé. Depuis qu'elle l'avait ensorcelé, il lui faisait partager toute sa vie. Elle captivait chacun de ses sens. Il était nuit et jour désireux de regarder son corps, de l'entendre rire ou chanter, de la caresser pendant des heures, de sentir le parfum de sa peau, de goûter sa bouche.

Avant elle, quand il régnait, il avait connu les plaisirs inépuisables du gynécée. Chaque soir, pendant les dix années de son règne, il faisait venir une femme, jamais deux fois la même. Plus de trois mille amantes d'une seule nuit s'étaient succédé dans son lit. Il en avait connu de toutes les races. Elles lui avaient procuré des voluptés d'une variété infinie. Chacune avait sa façon de s'offrir à lui ou de s'emparer de lui. Plus encore que le plaisir lui-même, il goûtait cette découverte quotidienne d'un nouveau chemin vers le plaisir. Mais désormais, il n'avait d'autre désir que Riwa.

Pourtant, au début de leur union, il était certain qu'elle ne pourrait éprouver que de la répulsion pour son visage hideux. Il l'épousait pour sceller une alliance avec les Khazars, voilà tout. C'était une union politique dont il n'attendait rien d'autre que des bénéfices politiques. Mais, très vite, il était tombé sous le charme de cette princesse sauvage. Elle l'envoûtait. Elle était belle, vive, et savait être douce aussi. Quand elle le caressait et le baisait partout, jusque sur le visage où elle attardait ses doigts et ses lèvres, Justinien oubliait sa face mutilée.

— Bientôt tu monteras sur le trône sous le nom de Theodora, lui annonça-t-il.

Riwa cessa de chanter et tourna un regard étonné vers Justinien.

— Pourquoi Theodora ? Tu as aimé une femme qui portait ce nom ?

— C'était le nom de l'épouse de Justinien le Grand.

Justinien II voulait ressembler en tout à son illustre prédécesseur que nul autre empereur n'avait égalé.

— Elle était belle, j'espère !

— Presque aussi belle que toi. Tu verras son image sur une grande mosaïque à Sainte-Sophie.

Riwa n'avait jamais vu de mosaïque, mais à travers les récits de Justinien, elle les imaginait.

— Les livres de Procope, un écrivain qui était son contemporain, affirment qu'elle était d'une grande beauté.

— Vos écrivains racontent toujours que l'impératrice est belle, je suppose.

— Détrompe-toi, Procope a aussi écrit des choses terribles sur elle. D'ailleurs, son récit était interdit, mais il circulait en cachette. Il racontait que la belle Theodora était une prostituée et une nymphomane.

— Et c'était vrai ?

— Parfaitement vrai. Ecoute son histoire : son père était montreur d'ours à l'hippodrome. A sa mort, Theodora est devenue montreuse d'ours à son tour, avant de devenir montreuse d'elle-même car elle dansait nue sur la scène du théâtre.

Justinien avait lu tous les ouvrages consacrés à Justinien le Grand, son modèle. Deux textes de Procope racontaient le règne. L'un, officiel, *Le Livre des guerres*, chantait la gloire de Justinien. L'autre, clandestin, *L'Histoire secrète*, racontait la jeunesse scandaleuse de Theodora, avant sa rencontre avec l'empereur. Justinien connaissait par cœur certains passages : elle allait nue au milieu de tous. Elle se couchait à la renverse. Des esclaves jetaient des grains d'orge au-dessus de son sexe, et des oies dressées à cela les picoraient. Les gens respectables qui la rencontraient sur l'Agora se détournaient et s'éloignaient en hâte, de crainte qu'en touchant les vêtements de cette femme ils ne semblent participer à sa souillure. Il n'y eut jamais personne qui s'abandonnât ainsi à toutes sortes de plaisirs. Souvent, s'étant rendue à un repas commun avec dix jeunes gens ou davantage, tous remarquables par leur force physique et qui faisaient métier de faire l'amour, elle couchait avec tous les convives toute la nuit, et lorsque tous abandonnaient la partie, elle allait vers les serviteurs de ceux-ci, et y en eût-il trente, elle s'accouplait avec chacun d'eux. Justinien le Grand s'enflamma pour elle d'un amour sans mesure car Theodora était belle et charmante. Mais plus que sa beauté, c'est sa drôlerie, sa vivacité et sa gaieté qui faisaient son charme. Justinien y succomba définitivement.

Angelos

Les flammes des lampes qui brûlaient devant le miroir vacillèrent dans le courant d'air que provoqua mon entrée sous la tente. Nul autre que moi ne pouvait pénétrer ainsi, sans protocole, et parler à l'empereur librement. Je laissai retomber derrière moi la portière de cuir et m'inclinai pendant que la vieille esclave tirait le rideau de soie pour protéger l'intimité de sa maîtresse.

Je suis Angelos d'Exapolis. En cet hiver de l'an 705, âgé de quarante ans, j'étais petit, sec, le poil noir et ras, avec un nez en bec et un regard d'épervier. Orphelin dès mon enfance et confié à un monastère, mon appétit d'apprendre m'avait vite distingué. Les moines avaient fondé sur moi de grands espoirs jusqu'à ce qu'ils s'aperçoivent que je n'avais aucun goût pour l'étude de la religion. La lecture et le commentaire des Evangiles, l'exégèse des textes conciliaires, l'examen critique des schismes, rien de tout cela n'éveillait chez moi le moindre intérêt. Sommé de m'expliquer sur une telle indifférence chez un garçon par ailleurs si bon élève, j'avais parlé à mes maîtres avec franchise : « Je préfère regarder au loin.

Seuls les mondes extérieurs m'intéressent. » Je connaissais leur géographie, j'apprenais leur langue, j'étudiais leur histoire et leurs croyances. Les peuples lointains m'étaient familiers, alors que je n'avais jamais voyagé. Le monastère, tout au service de l'orthodoxie, n'avait que faire d'un adolescent dont l'instruction ne portait que sur les Barbares. En revanche, le Palais pouvait avoir besoin de moi. C'est ainsi que j'étais devenu l'un des précepteurs du jeune Justinien. Je devais lui enseigner le monde environnant. Mon élève était volubile et fantasque ; je me montrais d'autant plus réfléchi et mesuré dans mes propos. Contre toute attente, le prince héritier, connu pour ses caprices et ses colères, s'était accommodé de ce professeur qui avait à peine cinq ans de plus que lui. De façon tout aussi étrange, alors que je n'avais guère d'indulgence pour les ignorants, je m'étais laissé captiver par le caractère ardent de mon disciple. Quand Justinien était monté sur le trône, dans sa quinzième année, il avait fait de moi l'un de ses conseillers et m'avait chargé d'établir des relations avec les peuples voisins qui vivaient au nord de l'empire, autour de la mer Noire.

Pendant dix ans, je m'étais consacré à cette mission avec un certain succès. Nos frontières septentrionales étaient apaisées grâce aux liens que j'avais noués avec les chefs barbares. A l'époque, je n'imaginais pas que notre sort serait un jour entre leurs mains. Le lendemain de l'usurpation, j'avais réussi à fuir Constantinople sous un déguisement et à rejoindre Justinien en Crimée. Pendant les dix ans d'exil, je l'avais accompagné sur le long chemin de la reconquête. Grâce à la connaissance que j'avais de leurs chefs, de leur langue et de leurs mœurs, j'avais été l'interlocuteur des peuples barbares. J'avais noué le dialogue avec le Kagan Ibuzir et négocié le mariage avec Riwa. J'avais marchandé avec le Khan Tervel le montant du tribut des Bulgares. J'avais aussi assuré le succès de l'offensive en allant espionner les frontières de l'empire afin de choisir le moment et le lieu propices à l'invasion. Sans moi, jamais Justinien n'aurait pu réussir.

— Les Barbares sont inquiets, lui avouai-je en entrant dans sa tente. Je les sens nerveux.

Justinien pivota sur son tabouret, feignant la surprise.

— Inquiets ? Mais pourquoi ? Je leur avais promis de les conduire à Constantinople. Nous y sommes ! Que veulent-ils de plus ?

— Ils veulent entrer dans la ville. Ils sont impatients.

— C'est normal. Ils voient les statues, les dômes, les portes couvertes d'or. Ils rêvent de pillage.

— Ils ont aussi vu les remparts. Jamais ils n'en avaient vu d'aussi hauts. Ils disent que la ville est imprenable sans machines de siège.

— Ils ont parfaitement raison. Chacun sait que Constantinople est invincible, même avec les plus puissantes catapultes. Depuis trois cent soixante-quinze ans, aucun ennemi n'est parvenu à violer son enceinte, ni par terre, ni par mer.

— Ils se demandent justement comment nous pourrions réussir là où tous les autres ont échoué.

— Parce que je suis l'empereur, Angelos. Parce que je représente Dieu ici-bas. Parce que Constantinople est la capitale de mon empire. Voilà pourquoi nous allons vaincre et châtier les deux usurpateurs et ceux qui les ont servis.

Justinien, souvent prompt à s'emporter face aux difficultés, parlait d'une voix tranquille qui me rassura.

— Sans aucun doute, mais par quels moyens ? C'est ce que me demandent le Khan et le Khagan. Ils vous sont fidèles, mais ils doutent de nos chances.

— Et toi, Angelos, tu doutes, toi aussi ?

— Non, je ne doute pas. Je ne parle que de nos alliés. Ils ne savent pas comment nous allons nous y prendre et craignent un siège interminable. Il était de mon devoir de vous le dire.

— Tu as eu raison. Et moi, je vais te dire ce qui va se passer. Cette nuit, nous entrerons dans la ville. Quand le soleil se lèvera, je serai chez moi, au Palais, là où je suis venu au monde pour être empereur. Tu patientes depuis dix ans, Angelos, tu n'as plus que quelques heures à attendre. Va chercher le Khan et le Khagan. Fais vite !

Justinien se retourna vers le miroir et contempla son image. Il enfonça sur son crâne un lourd casque de guerre qui descendait bas sur le front.

— Tu as entendu, Riwa ? Demain tu seras l'impératrice Theodora, promit-il à son épouse.

Justinien avait assez ruminé sa vengeance. Il allait entrer dans Constantinople cette nuit en empruntant un tunnel secret. L'entrée se trouvait non loin du camp, en pleine campagne, à deux mille pas des murs, dissimulée au milieu d'une pinède, sous une croix de pierre dont le socle pouvait se soulever pour donner accès au souterrain. L'ouvrage, étayé par des troncs et des planches, cheminait dix pieds sous terre, passait sous les remparts et débouchait à son autre extrémité dans les caves de la forteresse des Blachernes, à l'intérieur de l'enceinte de Constantinople. Seul Justinien connaissait ce passage. Son père, l'empereur Constant, l'avait fait creuser vingt-cinq ans plus tôt. A la fin des travaux, afin de garder le secret, il avait fait noyer en haute mer les esclaves et les contremaîtres qui avaient percé le tunnel. Ce secret que lui avait confié son père, Justinien ne l'avait jamais partagé. Pas même avec moi qui pensais jouir de toute sa confiance.

Le jour de l'usurpation, pris de court devant l'émeute conduite par Léontios, Justinien n'avait pas eu le temps de quitter le Palais impérial et de rejoindre le tunnel pour s'échapper. Mais aujourd'hui, grâce à ce souterrain, il allait surgir comme par miracle dans Constantinople, en pleine nuit, dans la lueur des torches, au milieu de ses Barbares en armes.

*
* *

Je sortis du tunnel parmi les derniers, derrière Justinien et une trentaine d'hommes aguerris. Nous glissâmes en silence le long des rues désertes et obscures, jusqu'à la porte Saint-Paul. En voyant notre meute se jeter sur eux, les gardes qui somnolaient crurent à un cauchemar. Ceux qui tentaient de nous résister comme ceux qui jetaient leurs armes, tous périrent égorgés.

Les Barbares ôtèrent les traverses de fer qui barraient la porte du rempart, retirèrent les verrous, ouvrirent les deux battants et agitèrent leurs torches pour donner le signal de l'assaut. Une horde de cavaliers conduite par Ibuzir surgit de la nuit au grand galop dans un bruit de tonnerre, et se rua dans la ville, suivie par les milliers de fantassins menés par Tervel qui s'engouffrèrent à leur tour.

Grâce à l'effet de surprise, nous nous sommes emparés de Constantinople en quelques heures. Quand le jour se leva, le vent était tombé. Les fumées noires des incendies montaient vers un ciel gris et bas. Justinien était de retour au Grand Palais. Apsimar, arrêté par ses propres gardes, se retrouvait enfermé dans un cachot voisin de celui de Léontios.

Dès l'aube de son nouveau règne, Justinien abattit sa vindicte sur ceux qui avaient collaboré avec les usurpateurs. A la fin de cette première journée, trois cents potences dressées sur les tours de la muraille d'enceinte portaient les corps de ceux qui avaient servi Léontios et Apsimar. On pendait par grappes car les suppliciés étaient beaucoup plus nombreux que les gibets. On en jetait d'autres à la mer, une pierre liée au cou. D'autres encore, embrochés tout vifs, rôtissaient sur le forum, dans une odeur de graisse brûlée. On violait leurs femmes et leurs filles, on égorgeait leurs fils, on pillait et on incendiait leur maison.

La vérité m'oblige à dire que je réprouvais silencieusement ces excès. Révulsé par ce carnage dont je ne voulais pas même être spectateur, je restais au Palais pour me consacrer à la rédaction du récit des événements que je venais de vivre et dont le souvenir allait forcément s'estomper avec le temps.

J'attendis que Justinien ait assouvi sa vengeance avant de lui conseiller d'honorer ses engagements envers ses alliés. J'étais impatient de voir repartir ces Barbares, désormais inutiles. Désœuvrés, ivres de vin et de pillages, étourdis par la beauté des femmes et les inépuisables trésors de Constantinople, ils mettaient la ville à sac.

Devant dix mille Bulgares massés sur la place de l'Augusteon, entre les colonnes de marbre blanc du Sénat et le porche du Palais impérial, Justinien et Terzel montèrent ensemble sur un podium couvert d'un dais de soie pourpre. Le Khan s'agenouilla. L'empereur mit sur les épaules du vieux chef bulgare une toge de velours écarlate attachée par une fibule ornée d'un rubis et lui posa sur la tête un cercle d'or. D'une voix forte, devant les guerriers rassemblés, il le proclama césar. L'empire ne considérait plus la Bulgarie comme une contrée insoumise mais comme un royaume vassal. Les hommes de Terzel célébrèrent l'événement en frappant leur bouclier du plat de l'épée, scandant des cris de guerre hurlés à pleine poitrine. Après ce couronnement, ils allaient pouvoir repartir vers leur pays où femmes et enfants les attendaient.

Le jour suivant, Justinien tint son autre promesse en couronnant la princesse khazare sous le nom de Theodora. Accourus de tous les quartiers de Constantinople et des environs, les gens se bousculaient autour des portes de la basilique Sainte-Sophie. Ils étaient bien trop nombreux pour pouvoir tous trouver place sous la coupole du plus grand sanctuaire du monde où des milliers de fidèles se pressaient jusqu'à étouffer. Au-dessus de la foule, Justinien et Theodora se tenaient dans la tribune impériale aménagée dans l'un des gigantesques piliers de l'édifice et protégée des regards par une grille en bois de cèdre à travers laquelle on voyait luire dans la pénombre l'or du nez de l'empereur et celui de la couronne de Theodora.

Jamais une étrangère, une Barbare de surcroît, n'avait porté cette couronne et un tel sacrilège promettait de grands malheurs, se disait le patriarche Isaurios en célébrant l'office. D'ailleurs, depuis trois jours tout était de mauvais augure. Jamais Constantinople n'avait été prise, et elle venait d'être violée par les Barbares ; jamais un homme au nez tranché n'avait été autorisé à régner, pourtant Justinien ne se montrait nullement empêché par sa mutilation. Mais que pouvait faire le patriarche ? Les Bulgares et les Khazars étaient toujours là, et l'armée impériale s'était rangée derrière Justinien. Le patriarche officiait avec une ferveur ostentatoire sans pouvoir s'empêcher de lancer vers la loge impériale des regards anxieux. La peur faisait trembler son visage flasque que prolongeait un gros nez aubergine. Les évêques, les prêtres et les diacres qui célébraient autour de lui la Sainte Messe du couronnement le tenaient pour perdu, car nul n'imaginait que Justinien s'accommoderait d'un patriarche qui avait couronné les deux usurpateurs.

La nouvelle Theodora regardait autour d'elle, éblouie par la splendeur de Sainte-Sophie, écrasée par la hauteur de la grande coupole, fascinée par le scintillement des mosaïques, enivrée par les fumées d'encens et le chant céleste des castrats. C'était encore plus fabuleux que dans ses rêves inspirés par les descriptions de Justinien. Elle avait cru que la cérémonie du couronnement allait lui donner un sentiment de grandeur mais, au contraire, elle se sentait minuscule.

Justinien se pencha vers elle.

— Tu vois le patriarche, tout habillé d'or, avec cet horrible nez violacé. C'est mon père qui l'a désigné. Il m'a couronné quand j'avais seize ans. Ça ne l'a pas empêché de sacrer Léontios et ensuite Apsimar.

Justinien avait déjà choisi le nouveau patriarche, un vieil évêque qui, pour lui être resté fidèle, avait passé dix ans dans une cage de fer. Mais le malheureux vieillard tenait à peine sur ses jambes. Couvert de scrofules, agité de tremblements, il était incapable de célébrer la cérémonie du couronnement. Isaurios bénéficiait ainsi d'un bref sursis.

— J'espère bien que tu vas le tuer !

— Je n'en ai pas le droit.

Lieutenant de Dieu ici-bas, l'empereur n'avait en principe pas le droit de mettre à mort. Evidemment, les empereurs, et surtout Justinien, ne s'en étaient jamais privés. Toutefois, tuer le patriarche présentait le risque de perdre à jamais le soutien du clergé.

— Je ne comprends pas vos règles, soupira-t-elle. Mais je peux demander à mon frère de le tuer.

— On m'accuserait quand même.

— Tu vas au moins l'envoyer en prison ?

— Je vais l'exiler à Rome.

— Tu es trop indulgent.

— Mais auparavant, dès qu'il aura fini de célébrer cette messe, je lui ferai crever les yeux.

Theodora, rassurée, prit la main de son époux.

*
* *

Pour célébrer son retour, Justinien offrit au peuple un grand spectacle. Dès le matin, sous un beau soleil, les gradins de l'hippodrome commencèrent à se remplir. Les premiers arrivés prenaient les meilleures places près de la piste. Des marchands parcouraient les travées et vendaient à la criée des friandises et des boissons. On patientait en croquant des sucreries, en buvant du vin au miel et en commentant avec ses voisins les événements de cette mémorable semaine. On colportait des rumeurs. L'une d'elles promettait que, tout à l'heure, Justinien allait faire comparaître Léontios et Apsimar.

Le spectacle commença avec des acrobates asiatiques, des lutteurs athéniens, des jongleurs crétois. De gracieuses danseuses noires peu vêtues vinrent ensuite les rejoindre au son d'un orchestre de musiciens syrtes.

Au début de l'après-midi, ceux qui arrivaient devaient monter tout en haut des gradins de bois pour trouver un siège. A trois heures, j'estimais à cinquante mille le nombre de spectateurs qui remplissaient l'hippodrome.

Je fis un signe au chef de piste qui agita un drapeau jaune et les saltimbanques commencèrent à refluer en bon ordre. Avant de sortir de l'arène, ils accomplissaient une dernière pirouette acrobatique puis ils disparaissaient dans l'ombre du tunnel menant aux sous-sols de l'hippodrome. Accompagnées par leur orchestre, les nymphes africaines les suivaient en musique, remuant frénétiquement fesses et seins.

Les clarines retentirent. Les spectateurs se tournèrent vers la loge impériale au fond de laquelle je me trouvais, dans l'ombre, au dernier rang. Elle communiquait directement avec le Grand Palais adossé à l'hippodrome. L'empereur sortit de ses appartements pour entrer dans sa loge et apparaître en pleine lumière devant le peuple assemblé. Une ovation salua son arrivée, dans une robe pourpre et couronné de lauriers d'or. A côté de lui, Theodora, vêtue d'une soie ivoire, portait un diadème de perles. Arrivée au balcon de la loge, un vertige la saisit devant cet hippodrome plus profond et plus large que les cratères des montagnes de son pays et devant cette foule plus nombreuse que le peuple khazar. Elle chancela et Justinien la soutint en la prenant par la taille.

— Tant de monde ! souffla-t-elle.

— Angelos vient de me dire que dehors, il en reste dix mille qui n'ont pas pu entrer.

Les spectateurs trépignaient sur les planches des gradins dans un grondement de tremblement de terre.

— Ils sont heureux de te voir.

— Ce sont les mêmes qui m'ont chassé il y a dix ans. Constantinople se donne à celui qui la prend de force.

Derrière Justinien et Theodora, vêtus de cuir, barbus et chevelus, se tenaient Terzel avec son cercle d'or sur la tête, et Ibuzir qui regardait sa sœur avec fierté. Au fond, près de la porte qui conduisait au Palais et que gardaient deux colosses, je donnais des instructions à l'officier qui manœuvrait les fanions de couleur pour ordonner les phases du spectacle.

Justinien et Theodora prirent place sur deux trônes ornés de têtes de lion. A mon signal, l'officier hissa un drapeau rouge. La course de chars allait commencer.

A Constantinople, pas de fête, de célébration ou d'anniversaire sans courses de chars. Elles passionnaient les habitants de la nouvelle Rome autant que les combats de gladiateurs dans l'ancienne Rome. Les mugissements de trompes et les battements de tambours accueillirent les équipages ; quatre chars tirés chacun par quatre chevaux firent leur entrée sous les ovations. Deux auriges portaient une tunique bleue et un casque arborant une aigrette de même couleur. Les deux autres auriges étaient en vert. Dans la tribune de l'est, la faction des Verts agitait ses bannières ; en face, le dème des Bleus faisait tournoyer ses étendards.

Les Verts réunissaient des aristocrates et leurs obligés. Leur faction veillait au respect des traditions. Ils voulaient que rien ne change. Les Bleus, au contraire, recrutaient leurs partisans dans les quartiers populaires. Leur dème revendiquait sans cesse. Eux voulaient que tout change. Les premiers disposaient d'un trésor pour acheter des appuis, les seconds entretenaient une milice qui se faisait craindre.

Depuis des siècles, Verts et Bleus représentaient les forces antagonistes avec lesquelles le Palais devait compter. Chaque empereur avait cherché leur appui. Quand on trouvait le soutien des uns, on perdait aussitôt celui des autres. Mais si, par malheur pour lui, Bleus et Verts venaient à se liguer contre un empereur, un usurpateur ne tardait pas à surgir.

Justinien le Grand avait failli perdre la couronne et la vie dans une révolte conjointe des deux partis qui avaient investi l'hippodrome, mis le feu à Sainte-Sophie et soulevé le quartier du port. Pris de panique, il était sur le point d'abdiquer quand Theodora, fustigeant la faiblesse de son époux, avait pris la situation en main. L'ancienne danseuse nue, devenue impératrice, était férocement attachée au pouvoir. « La pourpre impériale est un beau linceul ! » avait-elle lancé à la figure de son époux. Elle avait ordonné au général Bélisaire, demeuré loyal, de noyer l'insurrection dans le sang. Bélisaire fit entrer ses régiments dans l'hippodrome. Le soir, on ramassa vingt mille morts. Theodora avait sauvé sa couronne. Il ne restait plus qu'à relever les ruines et reconstruire la grande coupole de Sainte-Sophie, effondrée dans l'incendie.

Deux cent soixante-trois ans plus tard, le jour de sa chute, Justinien II n'avait pas eu la chance d'avoir à ses côtés une femme telle que Theodora. Sur ces mêmes gradins, Verts et Bleus avaient applaudi à sa déchéance. Aujourd'hui, ils étaient de nouveau à l'unisson pour acclamer son retour, en agitant leurs bannières et en tendant vers lui la main droite en signe de soumission. Cette entente des Verts et des Bleus n'allait pas durer, mais en attendant de renouer avec leurs querelles, ils ne voulaient pas encourir le courroux de Justinien en se montrant tièdes.

Les auriges firent parader leur quadrige avant de se placer sur la ligne de départ. Leurs chevaux piaffaient, parés de grelots d'argent et de rubans. Les deux partis engloutissaient des sommes considérables dans l'élevage de ces pur-sang. Ils se disputaient les meilleurs auriges en leur offrant des fortunes et on érigeait même des statues à la gloire des plus valeureux.

Un grand coup de cymbale donna le signal et les quatre attelages s'élancèrent sous le fouet de leur guide. Quand ils arrivèrent au grand galop à l'autre bout de la piste, cinq cents pas plus loin, les quadriges s'engagèrent à pleine vitesse dans le virage en demi-cercle pour repartir dans l'autre sens. La roue d'un char se rompit et il se désagrégea dans un nuage de poussière. Les chevaux déséquilibrés s'écroulèrent les uns sur les autres en écrasant le corps disloqué de l'aurige.

A l'autre bout de l'hippodrome, les trois autres chars abordaient déjà le virage opposé. Un Bleu qui avait mal apprécié sa trajectoire renversa son char et son crâne éclata contre la barrière.

Il ne restait plus que deux concurrents. Au bout de sept tours, le Bleu l'emporta de justesse. Son parti sautait de joie et faisait des gestes obscènes en direction des Verts.

Le vainqueur fit un tour d'honneur sous les applaudissements du public. En passant sous la tribune des siens, il reçut une pluie de fleurs. Devant celle du parti adverse, il s'écarta pour éviter les œufs pourris qu'on lui lançait en l'injuriant.

Après la sortie du quadrige vainqueur, la piste demeura déserte un long moment. C'était inhabituel. Les spectateurs se tournaient vers la loge impériale où la place de Justinien était vide. Ils pressentaient un événement hors du commun. Soudain, les tambours résonnèrent, frappés à pleines mains sur une cadence de guerre. Une porte s'ouvrit sur la piste. Les regards convergèrent sur ce trou noir d'où sortit un monstre à deux têtes. Il titubait sur quatre pattes et il agitait quatre bras. Jamais on n'avait vu une telle apparition. La foule hurla sa joie avec un bruit d'ouragan. Les gens se levaient pour ne rien manquer. La créature bicéphale avançait en plein soleil sur la terre ocre. On riait et on criait d'excitation ; après un instant d'étonnement, on avait vite reconnu, dans cet assemblage digne des légendes antiques, les deux usurpateurs solidement liés l'un à l'autre. Un fouet de cuir enserrait le cou des deux hommes, nuque contre nuque.

Un autre les ceinturait dos à dos. Un centurion armé d'un fouet et d'un trident les faisait avancer vers la tribune impériale. Suant et soufflant sous les coups de fouet, alourdi par la nourriture des cuisines du Palais, le gros Apsimar traînait Léontios, décharné, qui ouvrait la bouche sur un cri muet. Les clameurs redoublèrent quand Justinien entra sur la piste, le glaive à la main. Il marcha jusqu'aux usurpateurs.

Apsimar le supplia.

— C'est lui, c'est ce chien de Léontios qui t'a trahi. Et moi, je l'ai puni pour ce qu'il t'a fait. Epargne-moi et je te servirai.

Justinien ne prit pas la peine de répondre. Il enfonça la pointe de son arme dans la narine d'Apsimar et lui trancha le nez. Le public en extase frémissait de plaisir. Justinien, le visage éclaboussé du sang d'Apsimar, glissa sa lame sous le garrot de cuir qui étranglait les deux hommes et les tenait crâne contre crâne. Il coupa la sangle, fit un pas en arrière, se campa solidement sur ses jambes, empoigna son épée à deux mains, la souleva au-dessus de son épaule et, d'un ample mouvement circulaire, fit sauter les deux têtes qui tournoyèrent dans des giclées sanglantes puis roulèrent dans la poussière. Les deux corps ceinturés s'écroulèrent ensemble à ses pieds.

Le public acclama le geste digne d'un gladiateur antique. A Constantinople, l'Eglise interdisait les combats à mort. Mais les récits des légendaires jeux du cirque de Rome avaient traversé les siècles, racontés de génération en génération. En tuant de ses propres mains, en public, au mépris des règles, Justinien venait de faire revivre l'ancienne Rome.

*

* *

Ce soir-là, Constantinople célébra la fin des représailles. Les gens buvaient et chantaient dans les auberges ou sous les étoiles dans les ruelles qui descendaient vers le port. Les lumières des bateaux se balançaient doucement, poursuivies par leurs reflets sur les eaux de la Corne d'Or. Je flânai un moment au milieu de la foule joyeuse avant de rentrer au Palais où Justinien offrait un dîner d'adieu en l'honneur d'Ibuzir et de Terzel qui se préparaient à repartir le lendemain, l'un vers le Caucase, l'autre vers le Danube.

Les quarante fenêtres de la façade à pilastres ouvraient sur un parc qui s'étendait jusqu'au rempart. Au-dessous, la mer miroitait sous la pleine lune, comme un lac d'argent parcouru par les silhouettes des navires toutes voiles dehors. En face, sur la rive d'Asie, brillaient les feux des villages de pêcheurs et de bergers. La nuit était douce et nous pûmes dîner en plein air, sous les cèdres du Mont-Liban, les palmiers d'Egypte, les cyprès de Perse et les pins de Dalmatie. Nos tables étaient dressées au bord des deux grands bassins. Longs de cinquante pas et larges de vingt, ils avaient une profondeur de vingt coudées. L'un, rempli d'eau douce, hébergeait des perches du Nil, des brochets du Tigre, des carpes de l'Euphrate. Dans l'autre, alimenté par une conduite reliée à la mer, des daurades filaient entre de gros rochers où logeaient crustacés, poulpes et murènes.

Les guerriers barbares parlaient fort et chantaient en levant leurs coupes. Leurs armes traînaient dans l'herbe ou pendaient aux branches basses des arbres. Des esclaves, les bras encombrés de plats et de flacons de vin, couraient d'un groupe à l'autre, craignant l'impatience de ces hommes irascibles, couverts de cuir et d'écailles de fer, qui engloutissaient grillades et ragoûts en criant et en gesticulant. La bouche pleine, ils parlaient de la mise à mort des usurpateurs qui les avait vivement impressionnés.

Soudain, nous entendîmes des rugissements. Intrigués, quelques Barbares partirent dans la direction d'où venaient ces cris sauvages. Ils découvrirent un peu plus loin, sous l'œil d'une girafe qui les contemplait de haut, les pattes légèrement écartées, un lion, un tigre et une panthère qui tournaient en cage, excités par le vacarme du dîner. Un Bulgare s'amusa à tendre un gigot au tigre et se fit emporter le bras.

A la fin du repas, Terzel et Ibuzir s'inclinèrent devant Justinien et montèrent en selle. Escortés par une vingtaine de cavaliers qui brandissaient des torches, ils partirent au galop vers leur campement. Justinien et Theodora les regardèrent s'éloigner puis montèrent à l'étage du Palais.

Au-dessus des salles d'apparat, quinze grandes pièces abritaient la vie intime de l'empereur. Les tentures qui couvraient les murs et les tapis sur le sol de marbre étaient de soie. Les plafonds de bois précieux s'ornaient de motifs sculptés, appropriés à l'usage de chaque pièce : des calames et des encriers dans la bibliothèque, des instruments de musique dans la pièce de divertissement, des corbeilles de fruits dans la salle du repas, des dauphins de nacre dans les bains couverts de marbre bleu marine.

Partout des volutes d'encens montaient des brûle-parfums de bronze où se consumaient des écorces de bois d'agar du Yémen ou des résines d'essences rares de l'Oman.

La chambre, tendue de pourpre, portait au plafond les insignes impériaux : faisceau d'armes, couronne et sceptre, disposés autour d'un grand christ en majesté. Cinq fenêtres ouvraient sur un large balcon à fines colonnes de grès rose.

Contemplant le ciel étoilé, confortablement installés sur des coussins de velours, Justinien et Theodora revivaient le retour à Constantinople, le couronnement à Sainte-Sophie, la vengeance à l'hippodrome. Côte à côte, ils contemplaient le ciel. Theodora déchiffrait dans les constellations et les comètes des messages divinatoires.

— Les étoiles me disent que je vais avoir un enfant, risqua-t-elle.

A sa grande surprise, Justinien ne grogna pas comme il le faisait toujours quand elle abordait ce sujet. Au contraire, il répondit aussitôt :

— Je veux que tu me donnes un fils !

Son trône reconquis, il avait maintenant pour ambition de prolonger la dynastie fondée par son ancêtre, Heraclius. Depuis près d'un siècle, de génération en génération, la couronne était restée dans la famille, mais cet héritage avait dressé les uns contre les autres les descendants d'Heraclius. On s'était mutilé, emprisonné, empoisonné entre frères, cousins, neveux, pour arracher la couronne à ses rivaux. A cause de cette malédiction familiale, Justinien n'avait jamais voulu d'un fils qui aurait pu lui disputer le pouvoir. Mais Theodora lui inspirait des sentiments nouveaux.

— Je vais te donner un fils, lui dit-elle.

Elle se leva, se défit de sa robe d'un gracieux mouvement d'épaule, et vint sur lui.

*
* *

J'étais heureux de servir à nouveau l'empire. Dès l'aube, je me mettais au travail pour ne me coucher que tard dans la nuit. Je me consacrais aux questions stratégiques dont dépendait la sécurité de Constantinople. Les autres affaires de l'Etat m'intéressaient peu et encombraient mes journées. Je regrettais d'être trop souvent convoqué à des audiences consacrées à des sujets administratifs ou théologiques. Je ne parvenais pas à suivre attentivement les interminables raisonnements des logothètes qui comparaient les produits et mérites respectifs de l'impôt foncier, que critiquaient les Verts, et des taxes sur les transactions, qui mettaient les Bleus en colère.

Les questions religieuses m'ennuyaient encore plus, tout moine que j'étais. Mon désintérêt pour les affaires de l'Eglise provoqua même un incident au milieu d'une audience. Ce jour-là, le nouveau patriarche rappelait les dogmes de l'orthodoxie énoncés par les

Saints Conciles. Les mains et la voix tremblantes, il lisait :

— La consubstantialité de la divinité trishypostatique, et l'union hypostatique des deux natures dans un même Christ, qui est de façon inconfondible et indivisible parfaitement Dieu et parfaitement homme, avec ce qui en découle…

Je bâillais en me cachant avec la main, mes paupières tombaient, je dodelinais de la tête, une irrésistible somnolence me gagnait.

— Impassible et passible, poursuivait le patriarche d'une voix chevrotante et presque inaudible. Incorruptible et corruptible, invisible et visible, intangible et tangible, illimité et limité ; ainsi que la dualité incontestable des volontés et des énergies ; et enfin indescriptible et descriptible…

Je n'entendis pas les derniers mots. Vaincu par le sommeil, je m'écroulai et tombai de mon siège. Ma tête heurta un pilier. Assommé, je repris connaissance allongé sur mon lit, une compresse et une bosse sur le front.

L'empereur accepta ma requête et me chargea exclusivement de le conseiller pour la sécurité extérieure. Débarrassé de tout le reste, je pouvais enfin me consacrer entièrement à ma mission. C'était d'autant plus nécessaire que le péril musulman devenait mortel. Les Arabes dépeçaient l'empire depuis plus de cinquante ans. Ils nous avaient arraché plus de la moitié de nos territoires et, peu à peu, ils approchaient de Constantinople.

J'entrepris tout d'abord de tisser un réseau d'espionnage. A mes yeux, le renseignement avait plus d'importance que toutes les autres disciplines militaires. Cette arme de l'esprit pouvait permettre au faible de l'emporter sur le fort grâce à une bonne connaissance de l'adversaire, de l'état de ses armées, du caractère de ses chefs, de leurs desseins, de leurs faiblesses. En revanche, l'ignorance de l'ennemi pouvait conduire le fort à sa perte. Je l'avais mesuré en étudiant les circonstances des désastres successifs que nous avaient infligés les Arabes. J'étais convaincu que de bons renseignements auraient permis à l'empire de contenir l'invasion. Aveuglée par sa propre puissance, Constantinople n'avait pas vu venir le danger. A cette époque, l'empereur Heraclius, l'ancêtre de Justinien II, avait porté l'empire romain d'Orient à son zénith. Il régnait sur la Méditerranée tout entière. Les côtes africaines, asiatiques et européennes étaient toutes à lui. Il avait même vaincu les Perses, l'ennemi héréditaire. En 632, dans l'euphorie de l'apogée, personne à Constantinople n'avait prêté la moindre attention à ce caravanier arabe du nom de Mohammed qui venait de mourir après avoir prêché pendant quinze ans, là-bas, au loin, près de la mer Rouge, dans le désert.

Si de bons informateurs avaient alerté l'empereur à temps, il aurait pu prendre les mesures pour endiguer l'attaque et éviter la catastrophe qui allait s'abattre sur nous. Tout au contraire, dans ces contrées au climat redoutable où les généraux et les officiers n'aimaient pas séjourner, l'empire insouciant abandonnait sa protection à des milices arabes. Ces légions, au lieu de résister et d'appeler du renfort, avaient fraternisé avec les envahisseurs, s'étaient converties à l'islam et avaient joint leurs forces à celles des premiers conquérants.

En quelques années, les Arabes avaient pris Damas, puis Jérusalem, puis Alexandrie, puis Bagdad, puis Antioche… Plus rien ne les arrêtait.

Des renseignements intelligemment analysés auraient permis de conduire des opérations secrètes pour étouffer le péril dans l'œuf. On savait maintenant – mais il était trop tard pour en tirer profit – qu'avant le début de leur conquête, Mohammed et ses partisans s'étaient battus contre d'autres Arabes. Quand le Prophète avait commencé à prêcher la parole d'un Dieu unique, les riches familles de La Mecque l'avaient considéré d'un œil méfiant. Dans cette cité ouverte à toutes les divinités, on voulait bien tolérer une nouvelle croyance mais il n'était pas question de renoncer aux autres cultes. Cette tolérance était l'apanage d'une cité commerçante où se croisaient les routes qui traversaient l'Arabie. Pour transiter à dos de chameau du Yémen à la Palestine, de la Syrie à l'Oman, de la mer Rouge au Golfe, des ports de l'océan Indien à ceux de la Méditerranée, les marchandises venues d'Afrique, d'Inde ou de Chine passaient par La Mecque où elles alimentaient un commerce qui faisait la prospérité de quelques grandes familles. Les unes tiraient leur richesse du négoce, les autres de l'acheminement à travers la péninsule en de longues caravanes qui parcouraient le désert.

Mais Mohammed demeurait inébranlable : « Il n'y a de dieu que Dieu », fallait-il proclamer pour faire partie des siens. Il appelait à briser les statues de toutes les divinités qu'on honorait à La Mecque depuis la nuit des temps. Il maudissait ceux qui sacrifiaient aux idoles et il leur promettait l'enfer. Les familles marchandes avaient jugé cette intransigeance contraire aux traditions et aux intérêts de la cité. Menaces, injures, humiliations, jets de pierres ou d'immondices sur son passage, rien n'avait été épargné à Mohammed pour tenter de le faire taire. Jusqu'à ce qu'il décide de s'exiler avec sa famille et une poignée de fidèles afin de poursuivre ailleurs sa mission. Il s'était établi à Médine, au nord de La Mecque. Dès lors, les deux villes allaient se livrer pendant huit ans une guerre sans merci. Après la victoire de Mohammed, à la tête de ses partisans, les vaincus s'étaient convertis. Il les avait incorporés dans l'armée des musulmans qui allait réunir toutes les tribus d'Arabie avant d'entreprendre la conquête du monde extérieur.

Faute d'informateurs, l'empire avait perdu l'occasion de prêter main-forte aux ennemis de Mohammed.

Voilà pourquoi, dès mon retour à Constantinople, j'avais construit un réseau de renseignement. J'avais noué des liens avec des informateurs. J'avais des agents dans chaque grande cité tombée aux mains des Arabes : à Jérusalem, à Alexandrie et surtout à Damas, la capitale de leur empire.

J'avais organisé un Office de l'observation, discrètement logé au fond du parc. J'y avais rassemblé des cartes de géographie, des récits de voyageurs et des chroniques du siècle dernier. J'avais constitué un groupe d'une dizaine d'agents choisis avec soin. Ces hommes d'âges différents – le plus jeune avait vingt-deux ans, le plus âgé soixante-trois – avaient en commun d'être nés et d'avoir grandi dans des villes conquises par les Arabes dont ils parlaient la langue. Ils avaient pour mission d'assurer la liaison avec les informateurs qui résidaient dans ces villes. Ils voyageaient au milieu des Arabes en se faisant passer pour des marchands ou des pèlerins.

Damas était mon objectif prioritaire. Justinien et moi voulions savoir ce que préparait le Khalife Al-Walid. A la mort de son père, cet homme de trente-cinq ans venait d'hériter du titre de successeur du Prophète. Qu'avait-il en tête ? Quels étaient ses projets ? Sur quel continent, dans quelle direction allait-il faire porter l'effort de guerre ? Je devais à tout prix connaître les desseins d'Al-Walid.

Par bonheur, je disposais à Damas d'un agent incomparable, admirablement bien placé pour espionner et totalement acquis à la cause de l'empire. Il avait accès aux plus hautes sphères du pouvoir. Le Khalife le recevait parfois en audience. Il s'entretenait souvent avec ses émirs. De ces rencontres, il tirait quantité de renseignements. Mon agent secret n'était autre que l'évêque de Damas.

L'évêque Youssouf

Une pluie fine tombait sur Constantinople quand j'embarquai sur un navire de commerce amarré dans la Corne d'Or. Un marchand d'étoffes l'avait affrété pour transporter ses tissus brodés jusqu'au Levant. Après quoi, la cargaison serait convoyée vers Damas. Contre paiement d'un droit de passage, j'avais obtenu de monter à bord. Tel un modeste pèlerin, je portais une cape brune et un bonnet de laine et n'avais pour tout bagage qu'un grand sac de toile plein de vêtements chauds pour la traversée des montagnes du Liban. Je transportais également une cage où roucoulaient deux pigeons voyageurs.

Le bateau prit la mer sous un ciel d'un gris crasseux et par un fort vent du nord qui nous fit traverser en trois jours la mer de Marmara et le détroit des Dardanelles pour entrer en Méditerranée.

Au bout de deux semaines de navigation, un beau matin, je vis apparaître à l'horizon les cimes enneigées du Mont-Liban. Leurs festons blancs se découpaient sur les bleus pâles et les roses délicats de l'aurore. Trois heures plus tard, nous entrions dans le port de Beyrite.

Je descendis aussitôt du navire pour aller prendre un bain. Je marchais vers les thermes en titubant comme un ivrogne. Après seize jours de mer, la terre tanguait sous mes pieds. La vapeur, le savon, l'eau fraîche, les frictions et les massages me remirent d'aplomb. Je regagnai le navire, pris mon bagage et la cage, achetai un mulet et me joignis au convoi qui se formait pour prendre la route de Damas.

Des chevaux, des baudets, des ânes, des bœufs portaient sur leur dos ou tiraient sur des chars les étoffes enveloppées dans de grandes toiles cousues. Dès la sortie de la ville commençait l'ascension par une voie en lacet qui serpentait sur les collines au milieu des potagers et des vergers. A mesure que la caravane avançait, la pente se faisait plus raide. La fonte des neiges grossissait les cascades qui crachaient des gerbes d'écume. Les torrents dévalaient entre les rochers. Des colonies de cigognes migraient vers le sud, volant en triangle. Des troupeaux de bovins pâturaient sur les pentes. On entendait de loin le son métallique de leurs cloches et les aboiements des chiens de berger. Le thym parfumait l'air et les cigales chantaient sous un soleil ardent. Deux jours plus tard, nous parvenions au col du Baïdar. Nous marchions lentement. Maintenant, le chemin était couvert de neige. Une couche épaisse coiffait les grands cèdres qui ornaient les sommets. Le vent était mordant et le froid de plus en plus vif. Je m'en protégeais sous des lainages, la tête couverte d'une capuche. Quand nous arrivâmes enfin au col, j'étais à bout de souffle. Nous fîmes halte dans un refuge autour d'un feu. Depuis cette crête, on voyait d'un côté la Méditerranée et de l'autre la longue coulée vert et brun de la plaine de la Bekaa, parsemée de villages et de fermes. Plus à l'est, la chaîne de l'Anti-Liban, elle aussi enneigée, culminait au sommet du mont Hermon entièrement habillé de blanc.

Après trois jours de marche, nous arrivâmes à Damas. Les murs s'élevaient au milieu d'une palmeraie qui s'étendait jusqu'à l'horizon. Au-dessus de la ville pointait le clocher de la cathédrale Saint-Jean-Baptiste, entièrement recouvert par des échafaudages.

Une fois franchie la porte Saint-Thomas, je payai au marchand d'étoffes ce que je lui devais et me séparai de mes compagnons de voyage. Je m'enfonçai dans la cohue du marché, suivi de mon mulet. Au bout de la rue principale, je passai sous les grands portiques du temple de Jupiter. D'énormes piliers portaient le lourd fronton triangulaire qui marquait jadis l'entrée du sanctuaire romain transformé depuis en cathédrale. Des échafaudages de bois s'appuyaient sur les murs. Des ouvriers armés de barres de fer, de pioches et de maillets s'affairaient sur la façade. Les coups de marteau, le bruit strident des scies, les ordres lancés par les contremaîtres et les cris des bêtes de somme transportant les blocs de pierre couvraient la rumeur du marché. En échange d'une pièce et de la promesse d'une autre, je confiai mon mulet à la garde d'un marchand de sucreries accroupi au milieu de ses paniers de friandises et entrai dans la cathédrale.

En franchissant le porche, je passai brusquement de la chaude lumière de la rue à la pénombre fraîche de la nef. A l'intérieur aussi, des centaines d'artisans et d'esclaves abattaient des murs, en bâtissaient d'autres, perçaient des ouvertures et transformaient l'édifice. J'étais déjà venu à Damas dix ans plus tôt, pendant le premier règne de Justinien, mais je reconnaissais à peine les lieux. Pour accéder au tombeau de saint Jean-Baptiste, il fallait maintenant emprunter un étroit couloir entre deux hautes palissades dressées au milieu du chantier. Au bout du cheminement, une petite foule de fidèles priait autour du mausolée de marbre blanc. Je m'approchai d'un diacre qui déposait à l'aide d'une pincette de petites boules d'encens sur les braises d'un brûle-parfums et lui demandai de me conduire auprès de l'évêque Youssouf. Le diacre sursauta devant tant d'impudence.

— Sa Béatitude est en audience ! Vous ne pensez tout de même pas que n'importe quel pèlerin peut à tout moment…

Il s'interrompit tout à coup quand je lui glissai dans la poche une pièce qu'il tâta du bout des doigts. Satisfait, il se dispensa de l'examiner davantage.

— Je vais voir ce que je peux faire, mais qui êtes-vous ? Je dois tout de même dire à Sa Béatitude…

— Dites-lui que c'est un ami qui n'était plus venu depuis dix ans, me contentai-je d'indiquer car je me méfiais d'un homme aussi aisément corruptible.

Peu de temps après, je vis arriver l'évêque à petits pas pressés, étonnamment vif pour un homme de plus de soixante-dix ans. Il avait des yeux rieurs, un visage avenant et un nez protubérant parcouru de petits vaisseaux écarlates. Il s'approcha et chuchota :

— Je t'attendais. Dès que j'ai appris le retour de Justinien, j'ai su que tu allais venir me voir.

L'évêque jeta un regard circulaire avant d'ajouter :

— Viens. Allons à l'évêché. Nous y serons plus tranquilles pour parler, n'est-ce pas ? Ici, comme tu peux le voir, nous ne sommes plus vraiment chez nous, soupira-t-il en désignant du doigt les ouvriers perchés sur des échelles.

— Que se passe-t-il ?

— C'est l'œuvre de notre nouveau Khalife ! Le jeune Al-Walid s'est mis en tête de construire une grande mosquée, la plus grande de toutes. Fort bien ! Ça ne me regarde pas, n'est-ce pas ? Malheureusement, il a décidé de la bâtir dans ma cathédrale, et voilà le résultat de cette funeste décision. Ils cassent tout.

L'évêque trottinait entre les piliers en vitupérant à mi-voix.

— Les chrétiens de Damas sont furieux. Ils sont venus assiéger mon évêché, ils ont forcé ma porte, ils exigeaient que je fasse renoncer le Khalife, ils menaçaient de me chasser de Damas. Faire céder Al-Walid ! Je voudrais les voir faire ! C'est un obstiné. J'ai tout de même essayé de piquer son orgueil en lui rappelant que depuis soixante-dix ans tous ses prédécesseurs avaient respecté le Saint-Sépulcre à Jérusalem et la cathédrale de Damas. Il m'a répondu que les musulmans étaient désormais les plus nombreux, et puisque l'islam prend nos fidèles, il a bien le droit de prendre aussi nos sanctuaires. Voilà le raisonnement d'Al-Walid !

— Et le tombeau de saint Jean ?

— J'ai tout de même obtenu qu'il soit respecté. J'ai fait valoir que le Coran rend hommage à saint Jean-

Baptiste et à Jésus, Yahya et Issa, annonciateurs du Prophète. Finalement le mausolée restera en place et, autour, nous disposerons d'un périmètre pour pouvoir prier.

Nous franchîmes le porche qui ouvrait sur une immense cour inondée de lumière. Des mosaïques somptueuses recouvraient le sol et les murs des galeries. Elles figuraient des paysages enchanteurs. Une rivière qu'enjambaient de petits ponts coulait entre des collines verdoyantes où se nichaient de ravissantes demeures aux toits de tuiles. De chaque côté du porche, de grands arbres s'élevaient dans un ciel d'or et leur feuillage semblait frissonner dans le vent. Des artisans mosaïstes, à quatre pattes dans un angle de la cour, le nez sur leur travail, achevaient le chef-d'œuvre.

Des pleurs et des gémissements attirèrent mon attention. Un peu plus loin se tenait un groupe d'hommes vêtus de robes noires et coiffés de turbans blancs. Ils se lamentaient bruyamment autour d'un mausolée de marbre. Certains se griffaient le visage, d'autres se frappaient la poitrine à grands coups de poing.

— C'est un deuil ?

— Les chiites sont toujours en deuil. Ils pleurent Hussein, le petit-fils de Mohammed. Pour les chiites seuls les descendants du Prophète sont légitimes et les khalifes sunnites sont des usurpateurs. Viens. Ne nous attardons pas. Je suis tout le temps surveillé et si j'ai l'air de m'intéresser aux chiites, je vais avoir des ennuis avec le Khalife. Entre chiites et sunnites c'est une guerre sans fin depuis le soir de la mort de Mohammed qui n'avait pas de fils.

— Mais pourquoi n'a-t-il pas désigné son successeur ? Je me suis toujours posé la question.

— Moi aussi. Avant de s'éteindre il aurait prononcé sur ce sujet des phrases ambiguës. J'ai entendu beaucoup de récits. A quelques jours de sa mort, devant ses compagnons réunis, il aurait déclaré que son successeur devrait être le plus proche de lui. Les uns ont compris qu'il s'agissait d'Abou Bakr, l'un de ses premiers disciples qui était assis juste à côté de Mohammed quand il a prononcé cette phrase. Les autres ont considéré qu'il parlait d'Ali qui était à la fois son cousin, son fils adoptif et son gendre. Personne n'a osé lui demander de s'expliquer et il est mort peu après, sans héritier ni testament. Depuis, l'islam est divisé. Après des années de batailles, de meurtres, de subversion, la famille Ommaya s'est emparée du khalifat pour en faire une dynastie héréditaire. Ali a été assassiné, son fils Hussein, le petit-fils du Prophète, a été tué et décapité à son tour. Sa tête se trouve dans le mausolée que tu viens de voir. Mais la guerre continue car Hussein avait des fils qui ont engendré d'autres fils. Pour comprendre la profondeur de ce schisme, il te suffit d'imaginer que Jésus ait eu des petits-fils et des descendants qui revendiqueraient sa succession face à l'Eglise fondée par saint Pierre.

— Nous devrions nous rapprocher des chiites pour attiser le conflit. On pourrait les armer, les financer, suggérai-je.

— Mon pauvre ami ! Si j'échangeais une seule parole avec un chiite, Al-Walid le saurait aussitôt et ce serait mon arrêt de mort.

Nous sortîmes dans la rue. Je repris mon mulet et nous partîmes vers l'évêché. C'était une belle maison de pierre aux fenêtres ornées de colonnettes. Le vestibule donnait sur une petite cour ombragée par une treille où chantait un merle qui s'envola quand nous entrâmes. La servante, Myriam, une femme corpulente et boiteuse, me débarrassa de mon manteau. Je m'assis sur la margelle du bassin où murmurait une fontaine. Prenant de l'eau au creux de ma main, je me rinçai le visage. La transpiration m'avait laissé sur le front de petits cristaux de sel que Myriam épongea avec un linge humide. Je me laissai faire en fermant les yeux. Un gamin boutonneux m'apporta un gobelet d'eau fraîche que je bus d'un trait.

— Ici, n'est-ce pas, nous pouvons parler librement, assura l'évêque en s'asseyant sur le banc de pierre qui courait tout autour du patio.

Je lui racontai les années d'exil et de souffrances, le retour de Justinien à Constantinople, le mariage avec la princesse barbare. Je passai sous silence les massacres, les viols et l'exécution publique des usurpateurs sur la piste de l'hippodrome. L'évêque n'ignorait rien de ces tueries mais je m'abstins de les évoquer.

— Que savez-vous des projets du Khalife ? Que prépare-t-il ?

— Il ne me fait pas de confidences.

— Mais vous approchez ceux auxquels il en fait.

— Ils sont rares. Il ne se fie qu'à ceux de son clan. Il craint de se faire assassiner.

Nous prîmes place de part et d'autre de la table sur laquelle Myriam avait déposé des plats de légumes farcis, de poissons frits, de purées de pois chiches et d'aubergines. Elle ôta le cachet d'une petite amphore de vin de la Bekaa. Je n'avais rien mangé depuis la veille et je dévorai tout ce qu'elle me présentait.

— Tu vas rester quelques jours, n'est-ce pas ? me proposa l'évêque.

— Non. Je ne veux pas attirer les soupçons. Je repartirai demain mais je reviendrai bientôt. D'ici là, cherchez à savoir ce qu'Al-Walid prépare. Je vous ai apporté deux pigeons voyageurs pour que vous puissiez m'alerter si vous apprenez quelque chose.

*
* *

Un mois plus tard, le premier pigeon arriva de Damas à tire-d'aile. Il fit un cercle au-dessus de Constantinople et se posa sur le perchoir du colombarium impérial, à bout de forces. Le grand maître du colombier me le fit aussitôt apporter et j'ôtai de sa patte une mince feuille enroulée dans une bague.

Je pris une loupe pour déchiffrer le message écrit avec un calame extrêmement fin. Mon sang se glaça.

« Retour de voyage pastoral dans les régions maritimes.
Navires de guerre en construction dans tous les ports de Syrie.
Vu de mes yeux une cinquantaine.
D'après renseignements collectés, près de trois cents au total. »

En un éclair, je revis ce que j'avais vécu quand j'avais dix ans.

C'était au cœur de l'été 675 : les Arabes attaquaient Constantinople. Ce matin-là, tiré du sommeil par les cloches qui sonnaient à toute volée pour donner l'alarme, j'avais couru jusqu'au rempart maritime pour découvrir un horizon couvert d'innombrables navires arabes qui avançaient à pleines voiles. Les catapultes construites sur le pont des bateaux dressaient vers le ciel leurs bras de géants. La marine impériale leur barrait la route. Les deux flottes s'étaient jetées l'une contre l'autre. Les galères lancées à pleine vitesse par leurs rameurs s'éperonnaient dans de violents assauts. Des embarcations éventrées sombraient avec leur équipage. Au pied du rempart maritime, les vagues rejetaient des corps sur les rochers. D'autres cadavres dérivaient vers la Corne d'Or fermée par la chaîne. Au prix de lourdes pertes, l'empire avait repoussé ce premier assaut mais il y en eut d'autres, et d'autres encore. Durant trois interminables années, Constantinople n'avait connu que de brefs répits. A chaque nouvelle attaque, je sentais l'ombre de la mort passer sur la ville. Dans les rues, des moines, l'écume aux lèvres, amaigris par le jeûne, annonçaient la fin des temps. Jour et nuit, les prières résonnaient dans les églises et les pleurs dans les maisons.

Au bout de quarante mois de souffrances et de deuil, Constantinople avait finalement pris le dessus grâce à une arme nouvelle que les chimistes de l'empereur venaient d'élaborer en secret : le feu grégeois, une substance composite et savamment dosée, à base de naphte, que l'on catapultait dans des jarres qui se brisaient sur le navire ennemi. Elle se répandait sur lui et s'étalait tout autour comme une flaque d'huile. Il suffisait alors de lancer une flèche enflammée et, d'un seul coup, les voiles, les mâts et la coque du vaisseau arabe flambaient sur une mer en feu. Les marins et les soldats périssaient tous sur ces bûchers flottants. Ces torches géantes brûlaient partout. En quelques jours, cette arme incendiaire avait fait basculer le sort de la guerre en faveur de Constantinople. La flotte arabe, ou plutôt ce qu'il en restait, avait regagné les ports syriens et le Khalife Abd el-Malik, le père d'Al-Walid, avait signé un traité pour vingt-cinq ans.

Trente années s'étaient écoulées depuis.

Je roulai le message et le glissai dans son étui que je mis dans ma poche. Sans même prendre le temps de ranger les cartes et les chroniques étalées sur la table, je courus alerter l'empereur.

Justinien lui non plus n'avait pas oublié le siège maritime. Il en gardait un souvenir confus mais effrayant. Il n'avait à l'époque que cinq ans, mais il conservait en mémoire l'image terrifiante des navires en feu et des cadavres qui flottaient.

Il convoqua sur-le-champ le grand conseil de guerre dans la salle de la mer. Le sol de cette salle représentait la Méditerranée figurée sur une mosaïque de trente pas sur quinze. L'artiste, sous la direction des meilleurs géographes de son temps, avait représenté avec précision le contour des côtes, les îles, les archipels. Il n'avait utilisé que deux familles de couleurs, des bleus pour la mer, des ocres pour les terres. Afin de ne pas distraire l'attention, aucune décoration n'encombrait cette représentation géographique. Seule une frise de dauphins, large de cinq pas, encadrait la mosaïque.

L'ancêtre de Justinien, Heraclius, avait commandé cette œuvre pour célébrer la domination totale de l'empire qui tenait enfin les côtes des trois continents. Hélas, le même Heraclius avait commis une funeste erreur d'appréciation. Vainqueur de tous les Barbares et même des Perses, il n'avait pas mesuré la menace de l'islam quand il était encore temps de le combattre victorieusement. Résultat de cet aveuglement, en soixante-quinze ans l'empire avait perdu les deux tiers de la Méditerranée. Les Arabes tenaient aujourd'hui le nord de l'Afrique, depuis le delta du Nil jusqu'à l'océan. Ils possédaient aussi la côte orientale, du Sinaï jusqu'à Antioche. L'empire s'était replié sur l'Asie Mineure. Encore ne contrôlait-il que le littoral. Les Arabes campaient déjà à l'intérieur, en Anatolie.

Autour de la mer, devant Justinien assis sur un trône orné de perles de corail noir et rouge, se tenaient les stratèges.

— Vous êtes des incapables ! Depuis combien de temps n'avez-vous pas gagné une bataille ? Combien de villes avez-vous abandonnées aux mains des Arabes ? Elles sont trop nombreuses pour en faire le compte. Et maintenant, par votre faute, Constantinople est menacée. A combien de jours de marche se trouvent les premiers Arabes ? demanda-t-il au stratège qui commandait en Asie Mineure.

— Vingt jours, Majesté, répondit celui-ci, tête baissée, car on ne devait pas regarder l'empereur en lui parlant. Peut-être quinze, rectifia-t-il. Mais ils n'avancent plus.

— Vous rendez-vous compte ? s'écria Justinien en se levant comme si un ressort l'avait propulsé de son siège. Quinze jours ! Les ennemis sont à quinze jours d'ici ! Et combien sont-ils ?

— Ça dépend, Majesté, balbutia le stratège.

C'était vrai. Les Arabes ne maintenaient pas de troupes régulières. Leurs effectifs pouvaient en quelques jours se multiplier par dix, par cent. Mais Justinien était trop irrité pour entendre de telles considérations.

— Tu ne sais même pas combien d'ennemis tu as en face de toi ! Je te relève de ton commandement. Sors d'ici !

Le stratège déchu sortit à reculons, courbé en deux.

Sans révéler ce qu'il savait des préparatifs navals observés par l'évêque de Damas, Justinien délivra ses instructions. Aux stratèges, il ordonna de transférer des forces d'Italie et de Dalmatie vers l'Hellespont et l'Anatolie. Aux drongaires, il commanda la mise en chantier de vaisseaux de combat et la réquisition de deux cents navires marchands afin de les armer pour la guerre. Il conclut le grand conseil de guerre en annonçant une réunion le mois suivant pour qu'on lui rende compte de l'exécution de ses ordres.

Les renseignements reçus de Damas prouvaient l'utilité de mon Office d'observation et démontraient l'efficacité de mes agents. D'ailleurs, Justinien n'écoutait plus que moi et me demandait un plan d'action. Puisque je l'informais d'un problème, c'était à moi d'apporter la solution.

Dans mes nuits d'insomnie, je cherchais la parade. Les renseignements fournis par l'évêque de Damas ne laissaient aucun doute. Si le Khalife avait mis en chantier une flotte de guerre, son objectif était donc en Méditerranée. Et quel pourrait être cet objectif, sinon Constantinople et l'Europe, puisqu'en Méditerranée les musulmans possédaient déjà les rives africaines et asiatiques ? Les incursions arabes en Asie Mineure et la construction de navires de guerre annonçaient même deux offensives conjointes, l'une terrestre, l'autre maritime. Les mesures défensives prises au grand conseil de guerre étaient certes nécessaires, mais totalement insuffisantes. Dans l'état de faiblesse où il se trouvait, l'empire serait incapable de résister.

Je scrutais l'histoire. Constantinople avait toujours su détourner les grandes invasions. Quand des vagues successives de Barbares venues du nord et de l'est arrivaient devant les remparts, les empereurs leur offraient de l'or, beaucoup d'or, pour qu'elles passent leur chemin et continuent de marcher vers l'Europe. Depuis trois siècles, les envahisseurs arrivés des steppes d'Asie avaient poursuivi leur route vers l'Occident qu'ils avaient submergé par vagues successives. Chaque peuple nouveau venu repoussait vers l'ouest celui qui l'avait précédé. Et celui-ci trouvait sa place en repoussant à son tour celui qui se trouvait là. Si bien qu'aujourd'hui ces peuples s'étaient répandus partout. A force d'avancer, poussés par les nouveaux arrivants, ils étaient parvenus jusqu'au cap de la Fin des Terres et aux grandes îles de Bretagne. Leurs tribus s'étaient établies partout, depuis le nord scandinave jusqu'à l'extrême sud, sur le détroit des Colonnes d'Hercule, en face de l'Afrique.

Cette grande politique de dérivation qui avait si bien réussi avec les Barbares venus d'Asie, pourquoi ne pas l'employer avec ceux qui venaient d'Arabie ? Mais comment s'y prendre ? L'empire pouvait-il procéder avec les Arabes comme il l'avait fait avec les Barbares, en leur proposant des trésors pour qu'ils entrent en Europe en contournant Constantinople ? Certainement pas. Les Arabes ne voulaient pas recevoir les trésors de la ville, ils voulaient les prendre. Ils n'échangeraient pas la conquête contre de l'or. Ils s'empareraient de Constantinople et de tout l'or de Constantinople. Ils en feraient leur capitale. Après quoi, ils s'enfonceraient en Europe.

A la différence des Barbares d'Asie, les Arabes n'étaient pas seulement à la recherche d'un pays plus hospitalier que leur contrée d'origine. Ils voulaient conquérir le monde pour le convertir à l'islam. Les Barbares transportaient leurs idoles avec eux et ne demandaient à personne de les adorer, alors que les Arabes propageaient le message universel d'un Dieu unique. Comme les chrétiens, comme les juifs. Si les Arabes désiraient tant Constantinople, c'était moins par convoitise que pour faire de la capitale du monde chrétien celle du monde musulman. Impossible de repousser les Arabes et impossible de les corrompre.

Pour soulager la tension de mon esprit, je sortais parfois le soir. Une fois la nuit tombée, sous une capuche et un manteau noirs, je passais par une petite porte, derrière les écuries de l'hippodrome. Sans flâner en chemin, je marchais du pas rapide de celui qui sait où il va. J'évitais les forums fréquentés par trop de courtisans qui m'auraient reconnu et auraient pu me faire suivre. Je traversais le quartier des changeurs de monnaie dont les volets étaient baissés à cette heure. J'empruntais ensuite la rue des chaudronniers, puis celle des tanneurs. Au bout, derrière l'église de la Sainte-Rédemption, se trouvait une petite maison d'un étage, tenue par une veuve asiate qui se nommait Lune d'Argent. Elle avait deux filles, Aurore Parfumée et Poisson Joyeux. Elles m'accueillaient avec de petits cris de joie, comme un ami. Elles m'offraient de la liqueur de mandarine et du gingembre confit. Elles allumaient des bougies rouges et parfumées. Elles me déshabillaient, me baignaient, me lavaient, m'oignaient d'huiles et de crèmes aphrodisiaques venues de Chine, affirmaient-elles. Ensuite, elles me procuraient longuement toutes sortes de voluptés qui soulageaient mes sens sans me précipiter dans le péché de chair.

Quand je repartais, vers minuit, au moment de payer, Lune d'Argent ne réclamait rien pour leurs services, ménageant ainsi mes scrupules. Puisque je ne payais pas, je n'avais donc pas eu recours à des prostituées mais à des femmes aimables et serviables. La veuve ne me demandait de l'argent que pour les huiles de Chine. Elles étaient très rares, expliquait-elle, et donc très chères. Je supposais qu'elles fabriquaient ces onguents dans le pressoir de leur arrière-cuisine avec des herbes ramassées au fond de leur jardin, mais je faisais mine de croire que leur élixir venait d'Extrême-Orient et je les payais généreusement en les remerciant pour ce merveilleux traitement. Je repartais vers le Grand Palais en promettant à Lune d'Argent, Aurore Parfumée et Poisson Joyeux, de revenir la semaine suivante.

C'est au retour d'une de ces sorties nocturnes, le corps léger et l'esprit en paix, que l'idée me frappa soudain. Alors que je me déshabillais pour me mettre au lit, je regardai distraitement une carte de la Méditerranée fixée au mur de ma chambre. D'un seul coup, la solution du problème que je ruminais depuis huit jours s'imposa comme une évidence.

Puisque les musulmans voulaient entrer en Europe et que l'empire n'avait plus la force de les empêcher de prendre Constantinople, il fallait donc les faire entrer en Occident par l'autre porte, très loin de Constantinople, à l'autre bout de la Méditerranée, aux Colonnes d'Hercule. N'y étaient-ils pas déjà ? Le gouverneur arabe de l'Afrique, l'émir Moussa, venait de parachever sa conquête en s'emparant de Tanger et de la rive sud du détroit. Il avait l'Hispanie en face de lui. Pourquoi n'entreraient-ils pas en Europe par l'Afrique au lieu d'y entrer par l'Asie ? En franchissant le détroit des Colonnes d'Hercule plutôt que celui du Bosphore. En prenant l'Hispanie plutôt que Constantinople.

J'imaginais les conséquences de la traversée. Les Arabes qui s'engouffreraient en Hispanie. Les Goths qui résisteraient de toutes leurs forces. Chassés du nord des Pyrénées et de leur ancienne capitale, Toulouse, il ne restait plus à ces derniers que la péninsule Ibérique. Arabes et Goths se battraient, comme les Barbares s'étaient toujours battus entre eux pour se partager l'Occident. Mais cette fois, ce ne serait pas comme ces vagues successives qui se poussaient en avant, allant toutes dans la même direction, se recouvrant et se mêlant comme celles de la mer. Au contraire, ce serait un choc frontal, brutal, meurtrier, qui absorberait toute l'énergie des musulmans aspirés par le mouvement de la conquête. Et quand ils auraient vaincu les Goths d'Hispanie, pourquoi les musulmans ne se porteraient-ils pas au-delà des Pyrénées, contre les Francs ? Si mon plan réussissait, il assurerait la sécurité de Constantinople pour des siècles. Encore fallait-il le mener à bien.

Comment pousser les Arabes vers l'Hispanie alors que le Khalife se préparait à les lancer sur Constantinople ? J'avais trouvé une solution au problème, mais la solution devenait problème à son tour. En attendant, j'avais un plan à proposer à Justinien qui s'impatientait.

DEUXIÈME PARTIE

Le porteur de relique

Le vieil Abdallah ibn Abd el-Nour, qui vivait à Damas, possédait un poil de la barbe du Prophète. Jamais il ne se séparait de cette relique qu'il portait dans un petit boîtier d'argent pendu au cou. Agé de plus de soixante-quinze ans, il jouissait d'une fort belle santé. Petit et rond, les cheveux soigneusement huilés, joliment vêtu, confortablement chaussé, Abdallah respirait la prospérité. Pourtant la relique était son seul patrimoine, mais grâce à ce poil il bénéficiait à Damas de la considération et de la générosité de tous. Hélas, à cause de ce même poil, on le tourmentait chez lui.

Abdallah était né à Médine, la ville où vivait le Prophète. Enfant, il aimait regarder travailler son père, le rémouleur. Sa meule faisait jaillir des gerbes d'étincelles rouges et jaunes. Il entretenait les couteaux des meilleures maisons de la ville. Il aiguisait aussi le fil des épées des Compagnons du Prophète. Surtout, il affûtait les lames des ciseaux du barbier du Prophète. Ce noble travail faisait sa fierté. A la mort de Mohammed, il avait perdu le goût de vivre.

Pour adoucir son chagrin, le barbier lui avait fait présent d'un poil de la barbe du Prophète. Le rémouleur l'avait enfermé dans un petit reliquaire pendu au cou par une cordelette de soie tressée. Il l'avait porté toute sa vie. Sur son lit de mort, il l'avait passé au cou de son fils Abdallah.

Porter sur soi une telle relique obligeait à une vie de piété. Abdallah, quand il était plus jeune, avait accompli plusieurs fois le grand pèlerinage à La Mecque. Il priait cinq fois par jour. Il observait scrupuleusement le Ramadan. Chaque vendredi, en sortant de la mosquée après le prêche de l'imam, il faisait à un pauvre l'aumône d'un millième de dinar. C'était peu, mais lui-même vivait de la générosité des croyants qui ne pouvaient laisser dans le dénuement un homme qui portait sur lui une relique du Prophète. Non pas qu'Abdallah ne travaillât point, il était rémouleur, comme son père dont il avait aussi hérité la meule, mais il travaillait peu.

A la faiblesse de son activité, il y avait deux raisons. D'abord, il consacrait le plus clair de son temps à la prière. Il allait à la mosquée avant l'aube, il y retournait à midi, puis au milieu de l'après-midi, au coucher du soleil et, enfin, deux heures plus tard, pour la prière de la nuit. Avant chaque prière il faisait ses ablutions dans la fontaine de la cour, après il entendait la lecture du Coran, ensuite il méditait la parole du Prophète. Il lui restait peu de temps. D'autre part, Abdallah, afin de ménager sa meule, n'acceptait que de rares clients. L'âge venant et sa vue baissant, il leur rendait des lames ébréchées.

Il gagnait juste assez pour nourrir sa famille, mais assez peu pour pouvoir accepter les aumônes. Grâce à la relique, elles pleuvaient sur lui. Au souk, les marchands demandaient à toucher du bout des doigts le boîtier d'argent et remerciaient Abdallah en lui offrant un gigot d'agneau, ou un poisson séché, ou bien encore des fruits, des sandales, une pièce de tissu, du lait. Dans la rue, les passants faisaient de même et le récompensaient avec une pièce. Abdallah stimulait leur générosité en citant le Coran :

— Ne fais pas l'aumône en ayant peur de donner trop !

Si bien qu'il rentrait du marché moins pauvre qu'en y partant.

Hélas, la relique qui valait à Abdallah tant de bienfaits en ville ne lui rapportait que des plaintes sous son toit où ses trois épouses le harcelaient tour à tour. Dès qu'il regagnait sa maison, une modeste demeure d'un étage bâtie autour d'une cour ombragée par un figuier, elles l'accueillaient avec leurs éternels reproches. Chacune avait les siens, mais tous tenaient à la relique.

D'abord Amina, la première épouse : « Puisque tu vis de ce poil et que tu n'en as qu'un, tu n'aurais jamais dû prendre d'autres épouses. Ton père, qu'Allah aie pitié de son âme, n'a pas été prévoyant. Il aurait dû demander au barbier de lui donner plusieurs poils. Que celui qui a cent poils prenne cent femmes ! Mais que celui qui n'en a qu'un n'en prenne qu'une ! »

A cela, Abdallah ne savait que répondre. Il se gardait d'ailleurs de lui tenir tête car depuis qu'il avait épousé d'autres femmes, Amina faisait la loi dans la maison.

Ensuite, c'était Myriam, la seconde épouse, qui n'avait forcément pas le même point de vue que la première : « Toi et tes trois femmes, nous sommes quatre. Coupe donc ce poil en quatre. Nous aurons ainsi quatre talismans, et quatre fois plus d'aumônes. » Abdallah lui expliquait qu'on ne coupe pas une sainte relique en morceaux. Elle rétorquait que ce poil avait bel et bien été coupé un jour, et par des ciseaux aiguisés par le propre père d'Abdallah. Elle voulait toujours avoir le dernier mot.

Enfin, la plus jeune, Hakima, qui avait de l'imagination, formait le projet de ramasser chez n'importe quel barbier une pleine poignée de poils et de conserver ceux qui auraient la même couleur que celui du Prophète. « Ainsi nous aurons chacune le nôtre, et tu pourras en donner un à chacun de tes onze enfants. Les autres, nous les vendrons et nous serons riches. » Abdallah lui expliquait qu'à Damas, chacun savait qu'il n'en possédait qu'un et que personne ne croirait à l'authenticité des autres. « Alors, partons vivre dans une autre ville », suggérait Hakima. Abdallah faisait valoir que dans une autre ville où on ne le connaîtrait pas, personne ne croirait même à l'authenticité du poil qu'il portait au cou.

Ce matin-là, comme chaque jour, la journée d'Abdallah commença mal. En rentrant de la mosquée, pendant qu'il se nourrissait de pain, d'olives et de lait caillé, il dut supporter les habituelles récriminations de ses trois femmes. A bout de patience, il se leva, enfila ses sandales, se couvrit la tête, noua sa ceinture et prit sa canne de roseau.

— Où vas-tu ? cria la voix impérieuse d'Amina qui lavait la vaisselle dans la cour.

Myriam et Hakima qui balayaient la maison s'en mêlèrent.

— Quoi ! Il sort encore ? s'exclama la seconde épouse.

— Ce n'est pas bon, à cet âge, d'être toujours dehors, décréta la plus jeune.

Elles n'aimaient pas le voir sortir car, dès qu'il n'était plus là, elles se disputaient entre elles, ce qui était moins divertissant que de houspiller ensemble le vieil Abdallah.

— Avez-vous oublié, femmes écervelées que vous êtes, que je suis convié à la table du Successeur du Messager de Dieu ?

Le Khalife Al-Walid offrait ce jour-là un grand banquet en l'honneur de ses émirs et de leurs chefs de guerre et Abdallah y était convié, grâce à son statut de porteur de relique.

— Le soleil se lève à peine et tu pars déjeuner. Tu te moques de moi ? protesta Hakima.

— Je vais d'abord prier.

— Mais tu rentres à l'instant de la prière du matin. Tu as tout ton temps avant celle de midi.

— C'est toujours l'heure de la prière pour qui porte une relique du Prophète.

Sur ces mots qui leur clouèrent le bec, Abdallah sortit en poussant un grand soupir de soulagement. L'air avait encore la fraîcheur du matin. Au bout de la rue, il entra dans le souk. Au milieu des allées et venues des portefaix, il flânait, regardait les étals, tâtait un fruit en attendant qu'on le sollicite. Un tripier tourmenté par des soucis d'argent lui demanda de pouvoir toucher le reliquaire. Abdallah y consentit volontiers.

— N'oublie pas ce qu'a dit le Prophète : ne fais pas l'aumône en ayant peur de donner trop, rappela-t-il au tripier qui lui offrit une panse de brebis.

Abdallah lui demanda de la faire porter chez lui. Un poissonnier, un boulanger, un boucher firent de même, ainsi que des passants qui lui donnèrent une pièce. Au bout d'une heure, une fois sa maison ravitaillée, Abdallah sortit du souk la poche pleine. « La vie est belle, grâce soit rendue à Allah ! se réjouissait-il. Belle partout sauf sous mon toit, par la faute de ces trois femmes. »

Tout à coup, il se sentit troublé : Aïcha, la fille du boulanger, marchait devant lui dans un gracieux mouvement de hanches, comme si elle dansait. A vingt-cinq ans, Aïcha vivait toujours sous le toit de son père, un jeune cousin d'Abdallah. Pour faire taire les trois sorcières, pourquoi ne pas prendre une quatrième épouse ? se dit Abdallah. Aïcha, par exemple. Elle n'a pas encore de mari. Quelle injustice ! s'indignait-il. Avec une démarche aussi prometteuse, on mérite un mari ! Puisqu'il était le cousin du boulanger, il avait le devoir de mettre fin au sort d'Aïcha en l'épousant. Il se demandait comment convaincre ses trois femmes de ses nobles raisons. Elles ne sont pas si mauvaises, au fond, tentait-il de se persuader. Peut-être même loueraient-elles son sens de la famille et la paix reviendrait-elle dans sa maison.

Ces aimables pensées s'envolèrent, chassées par un cri.

— Au secours ! Abdallah, au secours ! Mon ami, mon frère à moi !

C'était Youssouf, l'évêque de Damas. Devant le porche de la cathédrale Saint-Jean-Baptiste, il se faisait rudement malmener par un grand gaillard qui lui secouait le col en criant :

— Va-t'en chez les Roums, vieux sorcier !

— A moi, Abdallah, on me tue !

Le sang d'Abdallah ne fit qu'un tour. Le sourcil froncé et la canne de roseau brandie, il marcha droit sur l'agresseur de l'évêque en s'égosillant.

— Arrière ! Arrière ! Maudit soit celui qui maltraite un homme de religion !

La soudaine intervention d'Abdallah déconcerta l'homme. Il ne voulait pas se quereller avec le porteur d'une relique du Prophète et lâcha l'évêque. Il tourna les talons et repartit dans la cathédrale en maugréant.

L'évêque et Abdallah tombèrent dans les bras l'un de l'autre en échangeant des baisers de paix.

— Mais que te voulait ce fou ? Maudit soit-il !

L'évêque reprenait son souffle, époussetait sa chasuble blanche, redressait sa coiffe.

— Ah ! mon ami, je vais t'expliquer. Mais allons chez moi, n'est-ce pas, c'est à deux pas et nous y serons mieux.

— Que la paix soit sur ta maison, répondit Abdallah en emboîtant le pas de l'évêque dont le plan fonctionnait à merveille.

Depuis le matin, l'évêque Youssouf faisait épier Abdallah. Un vicaire accoutré comme un portefaix, le visage noirci au charbon, une toile grossière sur la tête et les épaules, un fardeau arrimé sur le dos, avait guetté la sortie d'Abdallah et l'avait suivi. Deux diacres déguisés en mendiants allaient et venaient entre le souk et l'évêché pour informer l'évêque. Quand il sut qu'Abdallah s'approchait de la sortie du marché, l'évêque s'était rendu devant la cathédrale, exigeant de parler sur-le-champ à l'architecte qui dirigeait les travaux de transformation du sanctuaire en mosquée. Quand ce dernier, un jeune homme solidement charpenté, s'était présenté devant lui, l'évêque avait délibérément provoqué sa colère. « Al-Walid va te faire trancher la tête quand il saura que tu ne respectes pas sa volonté. Tu nous prends tout pour ta mosquée. Où irons-nous prier ? Maudit sois-tu ! Tu iras rôtir en enfer ! »

L'architecte avait fini par empoigner le col de l'évêque, juste au moment où Abdallah sortait du souk en contemplant les hanches de la fille du boulanger.

Dans la cour de l'évêché, un concert de roucoulements accueillit Youssouf et Abdallah. Une symphonie monotone, entêtante et doucereuse qui emplissait les oreilles. Cette musique était encore plus insupportable que les cris de ses trois femmes, se consola Abdallah.

— Mais pourquoi ces oiseaux ? demanda-t-il à l'évêque.

L'air contrit, celui-ci avoua un pêché de gourmandise.

— C'est un goût qui m'est venu récemment, il y a un mois, mentit l'évêque. J'en mange plusieurs fois par semaine. Tantôt farcis, tantôt grillés, tantôt rôtis. Ma cuisinière les prépare très bien. Et toi, comment aimes-tu le pigeon ?

En réalité, c'était pour couvrir les roucoulements des pigeons messagers d'Angelos, qui risquaient d'attirer l'attention et d'éveiller les soupçons du voisinage, que l'évêque avait acheté dix couples destinés, ceux-là, à être mangés. Cette couverture parfaite n'avait qu'un inconvénient : l'évêque avait horreur du pigeon. Au contraire, Abdallah qui détestait les entendre, aimait les manger.

— Je les déguste de toutes les façons possibles, répondit-il. Mais, pour tout te dire, je les préfère farcis. Avec du riz, précisa-t-il.

— Je vais en faire plumer et préparer pour le déjeuner, car tu vas me faire l'honneur de déjeuner avec moi, n'est-ce pas ?

— Hélas, non, ami évêque. Je suis convié à un grand repas offert par le Khalife en l'honneur de ses émirs d'Afrique et d'Asie.

C'était exactement ce que l'évêque espérait entendre. Il avait fait suivre Abdallah pour l'intercepter juste avant ce banquet.

— La Providence m'a mis sur ton chemin ! Tu as été témoin des brutalités exercées contre moi, n'est-ce pas ? Dis au Khalife que son architecte me chasse de la cathédrale. Et qu'il me bat quand je tente de le raisonner. Tu l'as vu de tes propres yeux, n'est-ce pas ?

— Maudit soit cet architecte ! Fais-moi confiance, je parlerai au Khalife. Il y mettra bon ordre.

L'évêque offrit à Abdallah du nectar de rose et s'en servit également un verre. Il aurait préféré une coupe de vin, mais il était encore un peu tôt dans la journée et il ne voulait pas heurter les convictions d'Abdallah qui n'en buvait jamais.

— Après avoir parlé au Khalife, tu pourrais venir déguster un pigeon, n'est-ce pas ? Farci avec du riz.

— Si Dieu le veut, je viendrai le manger ce soir, entre la prière du couchant et celle de la nuit, et je te rapporterai ce que m'aura dit le Successeur du Prophète.

Après la prière de midi, quand Abdallah sortit de la mosquée, le soleil frappait à l'aplomb de la ville. Dans les rues, les murs n'offraient plus aucune ombre. Il pressa le pas pour échapper à cette fournaise. Un quart d'heure plus tard, il franchissait la porte de la ville et pénétrait dans l'ombre fraîche et reposante de la Ghouta, l'immense palmeraie de Damas qui s'étendait au-delà des remparts, à perte de vue. Irriguée par l'eau du Barada, la Ghouta nourrissait toute la population de la ville et de ses environs. Sa végétation se cultivait sur trois étages. Le sol donnait les légumes, les arbustes les fruits, et tout en haut, les palmiers portaient des régimes de dattes. Leurs branches enchevêtrées filtraient le soleil. De la voûte de palmes, ses rayons drus tombaient en faisceaux et parsemaient le sol ombragé d'éclatantes fleurs de lumière. Pour cultiver les dattes, de jeunes hommes grimpaient avec agilité jusqu'en haut des troncs auxquels ils s'accrochaient par une sangle. Abdallah levait la tête et les saluait au passage en admirant leur adresse. Ils faisaient cette ascension trois fois dans l'année. En cette saison, ils montaient prélever le pollen des palmiers mâles, puis ils grimpaient en haut des palmiers femelles pour les féconder. A l'automne, ils remontaient pour protéger les fruits naissants des insectes, des oiseaux et de la poussière en les enveloppant dans de grandes toiles. Au seuil de l'hiver, ils effectuaient une dernière fois l'ascension, armés d'une longue lame à manche de bois pour trancher les régimes de dattes mûres. Et il y avait quinze mille palmiers dans la Ghouta.

Abdallah suivit une allée couverte de tapis qui menait au campement dressé pour le banquet, dans une clairière. Plusieurs grandes tentes montées les unes à côté des autres, les pans relevés, étaient prêtes à accueillir un millier de convives. Ils commençaient à prendre place sur des coussins de cuir autour de tables rondes. Des étendards pris aux ennemis recouvraient le sol. Invités et serviteurs marchaient sur des bannières barbares, des drapeaux de Perse ou de l'Empire byzantin, des oriflammes kurdes, des tentures arrachées aux temples païens. On avait aussi jeté sur le sol des dépouilles de bêtes sauvages : des lions d'Afrique et des tigres d'Asie. Aux mâts des tentes pendaient des peaux de crocodiles, des boucliers barbares en zèbre ou en serpent, des cuirasses et des casques en écailles de tortue. Ces trophées permettaient d'imaginer les périls encourus par les guerriers de l'islam en l'honneur desquels Al-Walid offrait ce banquet.

Autour de la tente, rôtisseurs et cuisiniers attisaient les braises à grands coups de soufflet. Ils tournaient les broches, touillaient les ragoûts et tranchaient les viandes. Des cohortes de serviteurs, les bras encombrés, allaient et venaient entre les feux des cuisines et les tables.

Abdallah partageait celle de six autres convives : un vieux cadi d'Antioche, un riche négociant en savon d'Alep, et quatre guerriers tout juste revenus des terres lointaines d'Asie et d'Afrique avec leur émir respectif. Ces conquérants rivalisaient de récits extraordinaires, fiers d'éblouir le cadi, le marchand et Abdallah qui écoutaient, les yeux écarquillés, ces aventures inouïes.

Le plus jeune appartenait à l'armée de Qutayba. De l'Oxus, au-delà de la mer d'Aral, ils ramenaient cent mille esclaves et un butin de dix millions de dinars, sans compter les trésors de temples zoroastriens dont ils n'avaient pas laissé pierre sur pierre. Païkand, Boukhara, Samarcande, Kaboul se souviendraient longtemps des cavaliers de Qutayba. Pour tirer le meilleur de ses hommes, il leur promettait un dinar par tête d'ennemi. Ils en rapportaient de pleins sacs. Après la victoire, il faisait pendre les survivants aux murs de la cité vaincue.

Le second guerrier revenait de l'Indus avec le jeune émir Al-Qassim. Partis de Perse, ils avaient conquis le Sind et le Pendjab jusqu'à la grande cité de Bramahabad où Al-Qassim avait tué le Raja Dahir en combat singulier. Il s'était emparé de la ville du

Raja, de sa femme et de ses filles, ainsi que des trésors des temples bouddhistes pillés et incendiés. Il avait ramené à Damas la reine et les deux princesses pour les offrir au harem d'Al-Walid.

Abdallah ne se lassait pas d'entendre ces histoires extraordinaires et n'économisait pas ses éloges. En même temps, il goûtait les plats que les serviteurs disposaient sur la table. Négligeant les nourritures de tous les jours, les tranches de veau, le gigot d'agneau ou les poulets, il réservait son appétit aux mets exotiques : des œufs d'esturgeon de la Caspienne, des oiseaux du Sind confits au miel, des poissons de l'Oxus conservés dans du sel, des œufs de paon du Pendjab macérés dans du vinaigre.

Le troisième conquérant, Abd el-Aziz, était le fils aîné de l'émir Moussa qui gouvernait le Maghreb. Il travaillait à la construction d'une ville nouvelle, au milieu d'une plaine plate et nue comme une enclume martelée par le soleil. En ce lieu à l'écart de tout, où les premiers conquérants arabes avaient dressé des tentes autour de masures de boue séchée qui abritaient la base arrière de leurs expéditions, l'émir Moussa édifiait la capitale du Maghreb : Kairouan. Le sol aride fournissait sans limite l'argile des briques crues que Moussa employait pour les remparts, et les habitants pour les maisons. Mais l'émir voulait élever une grande mosquée. Pour la bâtir, il prenait les pierres et le marbre des plus grands monuments de Carthage. Abd el-Aziz, le fils de Moussa, dirigeait les opérations de démontage des temples et des palais de l'antique cité phénicienne et leur transport jusqu'à Kairouan pour y bâtir la plus grande mosquée d'Afrique. Il invitait ses voisins de table à venir visiter cette ville nouvelle dont il vantait la jeunesse et la splendeur.

— Kairouan est surtout la ville d'un saint homme qui porte une relique du Prophète, ajouta Abdallah.

— C'est vrai ! Que Dieu te bénisse, approuva Abd el-Aziz, flatté de constater que la réputation de Kairouan s'étendait déjà jusqu'à Damas. Le cimetière abrite la tombe d'un Compagnon, Sidi Sahib. Il est enterré avec trois cheveux du Prophète. Il les portait toujours sur lui. Je ne te connais pas, mais je devine que tu es un homme pieux. Tu devrais venir prier sur la tombe de ce Compagnon. Je serais honoré de te loger sous mon toit.

— Que Dieu protège ta maison, mais c'est trop loin pour un homme de mon âge, déclina Abdallah.

— Ce n'est pas si loin ! En sortant de Syrie, on traverse la Palestine, puis on longe le littoral du Sinaï, ensuite on franchit le delta du Nil, après il suffit de passer la Cyrénaïque et la Tripolitaine, et, quand on est au bout du désert de Libye, on est presque arrivé à Kairouan, si Dieu le veut. Je t'assure, ce n'est pas loin.

— Notre ami Abdallah n'a pas besoin d'aller jusque-là pour prier sur une relique, intervint le vieux cadi d'Antioche. Lui-même porte à son cou un poil du Prophète.

Abd el-Aziz l'ignorait car il n'était pas de Damas. Il se confondit en regrets. Abdallah appela sur lui la bénédiction de Dieu et se tourna vers son voisin, un homme d'une trentaine d'années. Avec des épaules larges, un teint cuivré, une chevelure blonde et bouclée, un regard azur, il avait fière allure. Mais il se montrait réservé. Il n'avait encore rien dit.

— Et toi, d'où viens-tu ?

— Mon nom est Tarak ben Ziad. Je viens de Tanger.

— Tu n'es pas un Arabe, me semble-t-il. Tes cheveux sont clairs et tes yeux bleus.

— Je suis zénète, annonça Tarak.

— C'est une des tribus du Maghreb, intervint Abd el-Aziz. Elles sont innombrables et il est difficile de s'y retrouver. C'est ce que nous appelons les Berbères.

Le cadi d'Antioche sursauta.

— Mais je croyais que les Berbères étaient nos ennemis !

— Pas tous, corrigea Abd el-Aziz. Il y a des ennemis de l'islam et nous les combattons. Mais il y a aussi des hommes comme Tarak qui se sont soumis.

— Ma famille est entrée dans l'islam avant ma naissance, expliqua Tarak. Mon grand-père a servi sous l'émir Oqba, mon père sous l'émir Hassan et moi, je sers l'émir Moussa. Il m'a fait l'honneur de me confier la province de Tanger.

— Où est-ce ? interrogea Abdallah.

— A l'autre bout de la Méditerranée, là où commence le grand océan, sur le détroit des Colonnes d'Hercule. En face de Tanger, on voit l'Hispanie.

Abdallah écarquilla les yeux.

— L'Hispanie ? Mais c'est le pays où se trouve la Table de Soleiman !

— C'est vrai, approuva Abd el-Aziz. La Table de Soleiman est à Tolède.

Elle venait du Temple de Jérusalem. Des orfèvres et des joailliers avaient exécuté ce chef-d'œuvre en l'honneur du roi Salomon. C'était une immense table en bois de cèdre entièrement habillée d'or et incrustée de pierres précieuses ; des rubis, des diamants, des émeraudes, des turquoises la recouvraient presque complètement. On y déposait les offrandes.

— C'est le trésor le plus fabuleux que l'on puisse imaginer, me disaient mes grands-parents, se souvint le marchand de savon d'Alep. On dit qu'elle est tapissée de joyaux.

— C'est surtout un objet sacré, ajouta Abdallah.

Mille ans plus tard, quand les légions romaines avaient envahi Jérusalem et détruit le Temple en 70, Titus s'était emparé de la Table et l'avait transportée à Rome pour présenter au peuple ce trophée lors des festivités du triomphe. On l'avait entreposée dans le temple de Jupiter capitolin et elle figurait à côté du chandelier à sept branches sculpté sur l'arc monumental érigé en l'honneur de la victoire de Titus en Judée.

Trois siècles et demi plus tard, quand les Wisigoths d'Alaric avaient mis Rome à sac, ils avaient emporté des cargaisons d'or et surtout la Table de Salomon. Depuis, elle appartenait aux rois wisigoths qui l'avaient transportée de Rome à Toulouse puis enfin à Tolède où ils avaient établi leur capitale. Elle témoignait d'un temps où les Wisigoths faisaient trembler l'empire et envahissaient Rome.

— Elle n'est pas à sa place en Hispanie ! protesta Abdallah. C'est à Jérusalem qu'elle devrait être. Là où était le Temple de Soleiman. Celui qui réussira à la rapporter là où elle aurait toujours dû demeurer, si Dieu le veut, il entrera droit au paradis.

— Mais entre l'Hispanie et Tanger, il y a la mer, avez-vous dit, objecta le cadi d'Antioche.

— Juste un détroit, corrigea Tarak. Et il n'est pas infranchissable. Beaucoup de peuples l'ont traversé dans un sens comme dans l'autre. Le Carthaginois Hannibal a même fait passer des éléphants d'Afrique en Europe.

Le regard de Tarak brillait. Parler de son projet l'exaltait ; conquérir l'Hispanie ; tuer Agila, le prince des Wisigoths ; convertir les habitants à l'islam et enfin rapporter au Khalife la Table de Soleiman. Son ardeur gagnait l'approbation des convives. Tarak espérait que l'émir Moussa qui déjeunait au même instant à la table du Khalife saurait le convaincre.

Le temps passait et Abdallah tenait à honorer sa promesse. Il devait plaider la cause de l'évêque devant le Khalife. Sans attendre les pâtisseries, il se leva pour aller demander audience à Al-Walid qui ne refusait jamais de le recevoir.

Al-Walid

Abdallah sortit et passa devant les cuisiniers en distribuant des compliments à profusion. Il s'engagea dans une allée qui menait à la tente dressée pour le repas du Khalife. Al-Walid n'était pas apparu devant ses invités. Il déjeunait à l'écart, sous un pavillon de soie. Autour, cuirassés, casqués, le sabre au poing, ses gardes formaient un rempart de fer. Ces hommes appartenaient au clan Ommaya et chacun se serait fait tuer sur place pour protéger le Khalife.

Celui-ci partageait son repas avec cinq convives : le vizir de la Guerre, Al-Hajjaj, et les quatre émirs qui conduisaient les armées de l'islam en Asie et en Afrique. Il avait ôté son casque mais il conservait sa cuirasse et son arme. La rudesse de son équipement de guerre tranchait avec ses traits fins, ses gestes souples et la délicatesse de son expression. Il avait un regard de velours sous de longs cils noirs, une bouche bien dessinée et des mains soignées, aux ongles polis. A l'allure altière des hommes du désert, qu'il tenait de ses ancêtres, s'ajoutait le raffinement d'une éducation princière. Son père, Abd el-Malik, l'avait préparé à l'exercice du khalifat qui appartenait à la famille Ommaya depuis près de cinquante ans.

Autour de lui, les cinq guerriers portaient eux aussi leur cuirasse, mais avant de pénétrer sous la tente, ils avaient dû remettre leur poignard aux gardes d'Al-Walid. Seul celui-ci portait un couteau pendu à la ceinture et à demi sorti du fourreau, prêt à servir. Il vivait dans la hantise d'un attentat. Cette crainte s'était emparée de son esprit un jour, quand il n'avait encore que sept ans. Depuis, elle l'obsédait.

*
* *

Auparavant, la vie d'Al-Walid n'avait été que douceur. Il avait grandi au milieu des femmes. Sa mère et ses tantes l'entouraient de leur amour ; le hammam avec elles, leurs parfums, leurs voix quand elles chantaient, leurs rires, leur tendresse, les pâtisseries dont elles le gavaient, tout était suave. Mais ce prélude enchanté avait pris fin dans la douleur au seuil de sa huitième année. On l'avait précipité sans transition dans la société des hommes. La violente métamorphose s'était accomplie dans le sang et la brûlure de la circoncision. La vie soudain était devenue rude ; l'apprentissage de l'équitation, du maniement des armes, du combat, les premières blessures, la compagnie des soldats frustes, les affres de son premier jeûne de Ramadan. Mais tout cela n'était encore que peu de chose. La véritable déchirure s'était produite pendant son premier pèlerinage. Il accompagnait son père, le Khalife Abd el-Malik, dans ce voyage initiatique. Pendant la longue traversée il avait découvert le désert d'Arabie, le monde d'où il venait, celui de ses ancêtres Ommaya. Après n'avoir connu que Damas, ses ombrages, ses fontaines et ses palais, il avait enduré la brûlure du soleil, le froid des nuits, le vide étourdissant, le silence.

En chemin, son père lui avait expliqué comment l'inhospitalité de ce désert avait fait la fortune de leur famille. « Seuls les marins savent naviguer et traverser la mer, et seuls les Arabes savent conduire une caravane à travers l'Arabie. Nous, les Ommaya, nous étions les meilleurs parmi les Arabes. Nous possédions des milliers de chameaux et nos caravanes se comptaient par centaines. »

Au bout de ce voyage exténuant, ils avaient enfin atteint La Mecque, la ville de leurs ancêtres Ommaya, la ville du Prophète dont Al-Walid serait, à la mort de son père, le dixième successeur. En tenant la main de son père, il avait tourné sept fois autour de la Kaaba, submergé par l'émotion et la ferveur. Ensuite, ils avaient gravi la montagne d'où l'on voyait toute la ville.

Ce soir-là, sous un ciel étoilé, son père lui avait révélé ce que personne n'avait encore osé lui dire : « Maintenant que tu es un homme, tu dois savoir une vérité que tout le monde connaît mais dont nul ne t'a parlé. C'est à moi de le faire. C'est nous, les Ommaya, qui avons persécuté le prophète Mohammed. Nos ancêtres ont été sourds à sa Parole. »

Les Ommaya et les autres grandes familles marchandes de La Mecque refusaient de proscrire les multiples divinités que l'on honorait dans le temple de la Kaaba. La ville était hospitalière à toutes les pratiques religieuses. Les caravaniers venus de tous les horizons savaient qu'on y respectait les croyances de chacun ; les idolâtres, les juifs, les chrétiens, tous pouvaient prier à leur guise. L'intransigeance de Mohammed risquait de faire péricliter la cité au profit d'autres villes concurrentes, craignaient les Ommaya. « Les injures, les moqueries, les crachats venaient de nos ancêtres. Peut-être l'auraient-ils même tué s'il n'avait pas choisi de s'exiler à Médine. »

Al-Walid écoutait son père sans parvenir à le croire. C'était tellement inconcevable qu'il ne formulait aucune question.

Voyant son désarroi, son père l'avait rassuré : « Après sa victoire, nous nous sommes convertis et, grâce à Dieu, Mohammed nous a pardonné. »

Tous les Ommaya ainsi que leur parentèle, leurs guerriers, leurs serviteurs, leurs esclaves s'étaient convertis à l'islam, le jour où Mohammed était entré à La Mecque. Non seulement le Prophète avait épargné les Ommaya, mais il avait fait de leur clan le fer de lance de la conquête de l'Arabie.

« Il écoutait nos conseils. Il avait placé l'armée sous notre commandement. Il nous attribuait la plus belle part du butin après les victoires. Evidemment, ses Compagnons nous jalousaient et lui reprochaient de traiter trop bien ses ennemis d'hier. Il leur répondait qu'ils devaient suivre son exemple, qu'il fallait conquérir une cité pour en convertir les habitants afin de repartir avec des forces accrues vers de nouveaux territoires à conquérir et de nouveaux peuples à convertir. C'est ainsi, disait-il, que les Arabes étendront l'empire de l'islam sans se donner de limites. »

A la fin de la vie de Mohammed, en 632, l'islam dominait toute l'Arabie et les Arabes étaient prêts à conquérir le monde.

Mais qui allait les conduire ? Qui serait le successeur du Prophète qui venait de s'éteindre à Médine sans héritier ni testament ? Tout ce qu'il avait construit allait fatalement se disloquer si les Arabes revenaient à leurs luttes ancestrales.

« Hélas ! avait soupiré Abd el-Malik, le jour même de sa mort, les Arabes sont retombés dans leurs querelles. La guerre de succession a commencé alors que Mohammed n'était pas encore enterré.

« Les chefs de clan et les Compagnons du Prophète se sont retrouvés au coucher du soleil, dans une vaste grange. A la fin de la nuit, ils avaient choisi Abou Bakr, un marchand de La Mecque qui comptait parmi les premiers à avoir entendu le Prophète et cru en sa parole. De plus, Abou Bakr était le beau-père de Mohammed qui avait épousé sa fille, Aïcha. »

Au même moment, non loin de là, les familiers du Prophète le veillaient dans la maison où il s'était éteint quelques heures plus tôt. Il y avait Fatima, la fille de Mohammed, et son époux Ali ; Ali, le cousin du Prophète, le frère de lait, le fils adoptif, le gendre de Mohammed. Ils avaient grandi sous le même toit, au sein de la même famille. Ils ne se résignaient pas à voir la succession tomber entre des mains étrangères. Ils étaient des Hachem, comme le Prophète, et leurs fils étaient là pour assurer la succession. Car si

Mohammed n'avait pas de fils, il avait des petits-fils ; ceux que Fatima et Ali lui avaient donnés. Fatima ne pouvait accepter que sa famille soit dépossédée de ce legs sacré.

La nouvelle de la désignation d'Abou Bakr s'était abattue sur Ali et Fatima, indignés que les Compagnons se soient disputé l'héritage du Prophète au lieu de se recueillir auprès de lui, ulcérés d'avoir été tenus à l'écart du débat. Ali n'avait été ni sollicité ni même consulté.

Dans le deuil et l'amertume, ils conservaient l'espoir de recueillir un jour la succession et de la transmettre ensuite à leurs fils.

Mais à la mort d'Abou Bakr, on avait choisi Omar, un autre beau-père du Prophète, plutôt qu'Ali. Ensuite, après l'assassinat d'Omar, Ali s'était vu une fois encore écarté au profit d'Othman, un homme du clan Ommaya, qui avait confié le gouvernement des immenses territoires du jeune empire musulman à des hommes de sa famille.

Les partisans d'Ali s'étaient révoltés contre cette nouvelle éviction et contre la désignation d'un Ommaya. Ils avaient marché sur Médine et tué le Khalife Othman avant de proclamer qu'Ali était le successeur et que son fils Hussein deviendrait Khalife à son tour.

« Dès lors, mon fils, avait conclu Abd el-Malik, notre famille avait le devoir de venger la mort d'Othman et de reconquérir le khalifat dont Ali prétendait nous déposséder. Notre ancêtre, l'émir de Damas, l'Ommaya Mouawiyya, a refusé de reconnaître Ali et s'est proclamé Khalife. Les armes allaient trancher la querelle avec l'assassinat d'Ali. C'est alors que notre famille a décidé que le khalifat deviendrait héréditaire et que de père en fils, les Ommaya assureraient désormais la succession. Nous ne pouvions plus tolérer ces crises et ces conflits qui divisaient les musulmans chaque fois qu'ils devaient choisir leur chef. Il fallait en finir ! »

Le fils d'Ali, Hussein, avait refusé de s'incliner devant cette décision et de prêter serment à la dynastie Ommaya. Le Khalife avait envoyé des assassins à Kerbala pour lui tendre une embuscade et le tuer. Ils avaient rapporté à Damas la tête tranchée de Hussein.

« Tu vois, mon fils, notre famille a été jadis l'ennemie de Mohammed, et sa famille est aujourd'hui notre ennemie. Pourtant, c'est à nous que Dieu a confié la succession du Prophète. Mais prends bien garde à toi car Ali et Hussein ont une descendance et leurs descendants ont des partisans. Ils sont assoiffés de vengeance. Par tous les moyens ils chercheront à t'assassiner. »

Al-Walid n'avait jamais oublié l'avertissement de son père et nul ne pouvait l'approcher sans avoir été préalablement fouillé par les gardes qui veillaient nuit et jour sur sa sécurité.

*

* *

Tout en dégustant les mets que les serviteurs déposaient devant eux, le vizir Al-Hajjaj et les quatre émirs rendaient compte de la situation militaire devant Al-Walid. Le visage d'Al-Hajjaj portait les traces de ses guerres. Des cicatrices lui balafraient les joues et lui labouraient le front. Ce vétéran était un fidèle et un obligé de la famille Ommaya. Il avait fait ses premières armes avec le premier des khalifes de la dynastie. A quinze ans, il était son porte-étendard. Agé aujourd'hui de plus de soixante-cinq ans, il avait remis son sabre au fourreau. Désormais, il demeurait à Damas auprès d'Al-Walid. Il le conseillait pour les affaires militaires, le choix de ses émirs, les objectifs de guerre, les moyens de les atteindre.

Placés entre le Khalife et le vizir, les émirs Moussa et Qutayba étaient d'un côté de la table, les émirs Al-Qassim et Maslama de l'autre. Les quatre hommes se faisaient bonne figure en présence d'Al-Walid, mais ils se jalousaient. Al-Hajjaj savait jouer de leur rivalité et créer entre eux une émulation. Quand il devait arbitrer, il inclinait toujours en faveur du plus jeune, Al-Qassim, son neveu qui était allé conquérir les pays de l'Indus. Il en ramenait une reine et deux princesses qu'il avait offertes à Al-Walid. Le matin même, le Khalife s'était fait présenter la femme et ses deux filles après leur bain, nues et parées. Il les avait trouvées admirables. Ce soir, il prendrait la reine pour sceller sa victoire sur le Raja en possédant sa femme. Il remercia Al-Qassim pour ce présent. Il remercia aussi Qutayba. Tout l'or qu'il avait rapporté allait être fondu pour battre monnaie à l'effigie d'Al-Walid qui destinait ces millions de dinars au financement des trois grands projets qui assureraient la gloire de son khalifat. Le premier de ces projets était en cours d'exécution : la grande mosquée de Damas serait bientôt achevée. Ce matin, il y avait emmené ses émirs pour la prière. Ensuite, il leur avait présenté le chantier où les tailleurs de pierre et les mosaïstes exécutaient leur admirable travail.

Maintenant, Al-Walid allait pouvoir consacrer toutes ses forces à son autre ambition : la conquête de Constantinople. Là où son père avait échoué, c'était à lui de réussir, si Dieu le voulait. De Sainte-Sophie, le plus grand sanctuaire du monde, il ferait la plus grande mosquée de l'islam.

Ensuite, une fois Constantinople conquise, il accomplirait son troisième dessein : reprendre la Table de Soleiman. A partir du Maghreb il attaquerait l'Hispanie et arracherait aux Wisigoths la Table sacrée qu'il rapporterait à Jérusalem. Avec la tête de saint Jean-Baptiste dans la mosquée de Damas et la Table de Soleiman dans la mosquée de Jérusalem, les chrétiens et les juifs devraient enfin admettre que leurs religions étaient englobées dans l'islam. Telle était la haute mission que s'assignait Al-Walid. Son succès assurerait, si Dieu le voulait, sa renommée à travers les siècles. Mais chaque chose en son temps. Il fallait maintenant concentrer tous les moyens nécessaires à la prochaine conquête : Constantinople. Il avait réuni ses émirs pour leur faire part de ses décisions. Il livrerait l'assaut au prochain Ramadan.

Il s'apprêtait à leur exposer son plan, mais auparavant il voulait les interroger et les entendre tour à tour. Maslama, Al-Qassim et Qutayba avaient déjà parlé. C'était à Moussa de prendre la parole. Il allait le faire quand les pans de soie du pavillon s'entrouvrirent sur Abdou, le chef de la garde personnelle du

Successeur, qui vint chuchoter à l'oreille de son maître.

— Fais-le entrer, ordonna Al-Walid. Il partagera la fin de notre repas et je l'entendrai ensuite.

Moussa fronça les sourcils. Il n'aimait pas évoquer les affaires militaires en présence d'un intrus. Un témoin, même bien intentionné, finissait toujours par parler pour se vanter d'avoir approché le Khalife.

— Ce visiteur ne pourrait-il attendre dehors jusqu'à la fin de notre discussion ?

— Tu prends mon ami Abdallah pour un espion ? se moqua Al-Walid. On ne fait pas attendre le porteur d'une relique.

En entrant sous la tente, Abdallah s'inclina, la main sur le cœur. Il se confondit en remerciements, appela la bénédiction de Dieu sur le Khalife, et prit place sur un petit tabouret pendant que Moussa commençait son compte rendu de la situation au Maghreb.

Agé de soixante ans, l'émir était petit et chauve. Malgré des joues pleines et un menton arrondi qui adoucissaient ses traits, il émanait de sa personne une autorité qui se manifestait par des gestes tranchants, un regard impérieux et une voix grave. Chez lui, le guerrier se doublait d'un administrateur. Il savait consolider ses victoires en gouvernant les territoires conquis grâce à l'appui des populations soumises.

La conquête du nord de l'Afrique avait duré plusieurs dizaines d'années. A l'approche des cavaliers arabes, colons et marchands byzantins avaient embarqué en hâte et fui vers Constantinople. Les garnisons impériales avaient résisté tant bien que mal, le dos à la mer, avant de capituler les unes après les autres. Moussa venait de conquérir Tanger. Il possédait maintenant toute la côte africaine à la minuscule et insignifiante exception de Ceuta, une petite presqu'île sur le détroit des Colonnes d'Hercule. A la demande du Khalife, Moussa dut se justifier. Les habitants de Ceuta et leur chef, le prince Julien, avaient résisté si farouchement qu'il avait levé le siège de cette ville sans intérêt. Il avait concédé la minuscule péninsule à Julien qui lui payait tribut. Par traité, Moussa s'était engagé à ne pas renverser la principauté de Ceuta et à ne priver personne de la pratique de sa religion. De son côté, Julien versait pour chaque tête des siens un dinar symbolique par an, ainsi que quatre boisseaux de blé, quatre boisseaux d'orge, quatre tonneaux de graisse, quatre tonneaux de vinaigre, deux tonneaux de miel et deux tonneaux d'huile.

— Julien s'est aussi engagé à n'héberger aucun de nos ennemis, à ne pas mettre en danger notre sécurité et à ne nous cacher aucun renseignement qui serait en sa possession, précisa Moussa. J'ajoute que pour ne pas lui donner trop d'importance, je n'ai pas signé moi-même le traité. J'ai délégué mon gouverneur de Tanger, Tarak ben Ziad. C'est un Berbère converti qui me suit depuis dix ans.

— Ce Julien a forniqué avec la Kahina, m'a-t-on dit, s'enquit Al-Walid.

— Bien sûr ! Avec qui la sorcière juive n'a-t-elle pas forniqué ? Ces deux-là ont copulé comme des diables ! Et cette maudite sorcière a mis au monde une petite sorcière qui a aujourd'hui vingt ans : Florinda ; elle vit avec son père, à Ceuta. Je ne l'ai jamais vue, mais d'après ce que me disent mes gens de Tanger, cette Florinda rêve de ressembler à sa mère. La Kahina de Ceuta ! s'esclaffa Moussa.

La Kahina avait été la pire ennemie des Arabes au Maghreb. Reine des Djeraoua, farouche guerrière, elle avait réuni des Zénètes, des Bots, des Numides, des Sanhadja. En sachant les convaincre de laisser à l'écart leurs rivalités ancestrales, elle avait transformé en un peuple de résistants toutes ces tribus farouches que les Arabes confondaient sous le nom de Berbères.

Derrière la Kahina, ils dévalaient des hauteurs au grand galop, infligeaient aux Arabes de terribles défaites, dévastaient leurs campements, s'emparaient de leurs chevaux, de leurs armes, de leur bétail. Ensuite, aussi vite qu'ils étaient arrivés, ils disparaissaient dans leurs montagnes.

La conquête du littoral s'était faite contre les Byzantins qui finissaient toujours par s'enfuir chez eux, à Constantinople. Mais celle des provinces de l'intérieur avait été beaucoup plus difficile, contre des tribus qui défendaient leur pays avec acharnement. S'aventurant hors de leurs montagnes, la Kahina et ses guerriers avaient réussi à établir des positions fortifiées dans les plaines. Elle avait même eu l'audace de venir défier les Arabes dans les parages de Kairouan. A El-Jem, elle avait transformé l'immense amphithéâtre romain, le plus grand de toute l'Afrique, en citadelle retranchée.

Malgré tout, année après année, vallée après vallée, ville après ville, les Arabes avançaient inexorablement. Avant de leur abandonner le terrain, la Kahina faisait incendier les champs et les récoltes, abattre le bétail et empoisonner les puits. Elle ne laissait à l'ennemi qu'une terre brûlée. Mais elle perdait ainsi le soutien des tribus dont les femmes et les enfants n'avaient plus de quoi se nourrir. Pour ne pas mourir de faim, les villages finissaient par demander la protection des Arabes contre la rage destructrice de la reine guerrière qui, plutôt que la soumission, préférait la mort. Abandonnée par les siens, vaincue, on l'avait décapitée, puis on avait jeté son corps et sa tête au fond d'un puits.

Pendant que Moussa parlait, les serviteurs disposaient sur la table des pâtisseries et des sorbets. Al-Walid craignait de s'empâter ; il s'interdisait désormais les délicieux gâteaux de Damas, ces petites bouchées enrobées de miel et fourrées de confiture de dattes ou de crème d'amandes pilées. Il se rattrapait sur les sorbets. Il en prit trois, à l'orange, au citron et à la rose. Servis dans des coupelles d'argent, ils se dégustaient avec une fine spatule d'ivoire. Al-Walid aimait avoir en bouche cette fraîcheur éphémère. C'était un mets de roi car, pour ramener la neige du mont Hermon, il fallait plusieurs cavaliers montés sur des chevaux rapides. Ils grimpaient sur les hauteurs de la montagne, remplissaient de neige de grands sacs qu'ils rapportaient à Damas en galopant de nuit, à la lueur des torches, pour ne pas exposer leur précieux fardeau aux rayons du soleil. A l'arrivée, un plein sac ne donnait plus que quelques poignées de neige que les cuisiniers parfumaient avec des sirops avant de les servir à la table d'Al-Walid. Abdallah avait entendu parler de cette merveille, mais il n'y avait jamais goûté. Il prit un sorbet à la pistache, mais le froid lui fit mal aux dents. Il se rabattit sur les pâtisseries en écoutant l'émir d'Afrique du Nord qui n'arrêtait pas de parler.

Moussa ne mangeait ni sorbet ni pâtisserie, de peur de perdre la parole avant d'avoir présenté son grand projet et convaincu Al-Walid de le soutenir. Débarrassé de la Kahina, il pouvait désormais se consacrer à la pacification du Maghreb et à l'édification de sa capitale. Il administrait cet immense territoire d'une main de fer grâce à des Berbères convertis et passés à son service. Ses prédécesseurs se méfiaient des indigènes et n'avaient pas su les utiliser. C'est pourquoi leurs victoires étaient sans lendemain. Moussa, au contraire, avait compris qu'il ne pourrait gouverner le vaste Maghreb qu'en s'appuyant sur les tribus qui le peuplaient. Il recevait leurs chefs, il les flattait, il les payait pour qu'ils appellent leur clan à se convertir. L'émir avait incorporé ainsi des milliers de guerriers parmi lesquels il avait su distinguer un homme d'envergure, Tarak ben Ziad, auquel il avait confié la province de Tanger.

Maintenant, Moussa rêvait d'une nouvelle conquête. Depuis qu'il avait pris Tanger et qu'il avait vu devant lui, si proche, la côte d'Hispanie, il méditait une traversée du détroit des Colonnes d'Hercule pour envahir l'Europe et fonder un grand émirat d'Occident, réunissant l'Hispanie au nord et le Maghreb au sud.

Il promettait au Khalife que cette conquête assurerait la gloire de son règne à travers les temps et que les trésors de l'Hispanie viendraient enrichir Damas et financer les autres guerres. Il se faisait fort de retrouver la fameuse Table de Soleiman. Moussa présenta son projet. Il ne lui fallait que quelques milliers d'hommes et une dizaine de navires de guerre qui s'ajouteraient aux cinq qui mouillaient dans la rade de Tanger. Tarak Ben Ziad avait repéré le meilleur point de débarquement sur l'autre rive du détroit, dans la baie du mont Calpé, au pied de l'une des Colonnes d'Hercule. Moussa et Tarak avaient prévu de brûler les vaisseaux après la traversée, de façon à interdire toute retraite et à obliger leur armée à vaincre. Moussa promettait de conquérir l'Hispanie et de rapporter la Table de Soleiman si on lui accordait dix mille hommes et dix navires de guerre.

Le Khalife écoutait d'une oreille distraite les requêtes de Moussa. Il avait pris sa décision : faire entrer Constantinople dans la maison de l'islam et résonner la prière sous la voûte de Sainte-Sophie. Rien ne saurait l'en détourner.

Mais Moussa ne renonçait pas pour autant. Il se permit de reprendre la parole pour faire valoir la faiblesse de l'Hispanie épuisée par les famines successives, par une épidémie de peste et par des querelles dynastiques. C'était une proie facile. Sachant qu'Al-Walid en caressait l'idée, il lui faisait miroiter la gloire du Khalife qui rapporterait à Jérusalem la Table de Soleiman. Mais Al-Walid ne voulait rien entendre :

— J'ai décidé de commencer par la conquête de Constantinople, répéta-t-il et je refuse de disperser nos forces.

— Mais les trésors des Wisigoths d'Hispanie paieront l'effort de guerre contre Constantinople, argumentait Moussa.

— Certes, il nous faudra de l'or, convint le vizir Al-Hajjaj. Mais il nous faudra surtout des hommes. Les combattants que tu voudrais envoyer en Hispanie nous manqueraient dans l'assaut contre la ville.

— Mais vous pourriez, grâce à cet or…

— Tu parles de l'or que tu n'aurais pas gardé pour toi ! l'interrompit sèchement Al-Walid. Mais combien en resterait-il quand tu te serais servi ?

Moussa blêmit. Cinq ans plus tôt, accusé d'avoir détourné des sommes considérables, il avait comparu devant un tribunal à Alexandrie. Chacune de ses nombreuses expéditions l'avait enrichi. Il possédait désormais près de la moitié des terres fertiles autour de Damas. Il les faisait cultiver par les milliers d'esclaves qu'il avait ramenés d'Afrique. Et chaque nouvelle campagne augmentait sa fortune. Sa richesse suscitait la jalousie. Le Khalife lui-même était agacé.

— N'es-tu pas encore assez riche ?

— C'était pour ta gloire, ô Khalife, que je voulais…

— Ma gloire sera d'entrer en Europe par la grande porte, par Constantinople. Ensuite, nous irons en Hispanie reprendre la Table de Soleiman. Mais d'abord, Sainte-Sophie. Et cesse de discuter ! Non seulement tu n'auras ni les hommes ni les bateaux que tu demandes, mais tu vas faire revenir les navires de guerre dont tu disposes. J'ai mis deux cents navires en chantier, les tiens s'y ajouteront. Envoie-moi aussi des cavaliers car nous attaquerons par terre et par mer.

Voyant s'envoler son rêve, Moussa ne put dissimuler son dépit. Al-Walid insista, pointant son doigt sur l'émir :

— Ne t'avise surtout pas de mettre un pied en Hispanie ! Je te l'interdis formellement. Prépare-toi à me rejoindre pour l'assaut contre Constantinople. Nous attaquerons au prochain Ramadan. Mes espions là-bas ont observé que pendant le mois sacré, les chrétiens relâchent leur vigilance. Ils pensent qu'à cause du jeûne nous n'avons pas la force de nous battre. Ils ignorent que celui qui fait le *djihad* est dispensé du jeûne. Mon père n'a pas réussi à prendre Constantinople malgré la puissance de sa flotte parce que les chrétiens avaient à cette époque un empereur fort. Aujourd'hui, ils ont son fils au nez coupé qui prend la place du bourreau pour décapiter lui-même ses ennemis en s'éclaboussant de sang. Il est pire qu'un Barbare ! Si Dieu le veut, nous le vaincrons, ce Justinien au nez d'or.

Al-Walid se tourna vers Abdallah qui venait d'engloutir une nouvelle pâtisserie.

— Que Dieu te protège. Que veux-tu mon ami ?

Abdallah commença à présenter la cause de l'évêque, mais le Khalife l'interrompit :

— J'ai fait réserver pour les chrétiens un carré de trente pas. C'est bien suffisant ! De quoi se plaint-il ? A Constantinople, les musulmans ne peuvent prier nulle part.

— L'évêque m'a dit que les musulmans priaient à la Corne d'Or.

Al-Walid éclata de rire.

— Sais-tu ce que c'est que la Corne d'Or ?

Abdallah imaginait un magnifique édifice, peut-être orné d'une corne. Mais comme il n'en était pas certain, il préféra avouer son ignorance.

— C'est le port, pauvre vieux naïf ! Les marins et les marchands musulmans font leur prière sur le pont de leur bateau. Ils n'ont même pas le droit de prier sur les quais.

Abdallah, confus, se promit de reprocher à l'évêque cette rouerie.

— Mais au prochain Ramadan, si Dieu le veut, nous serons à Constantinople et nous prierons à Sainte-Sophie qui deviendra la plus grande et la plus belle des mosquées. Que Dieu te protège.

Le soir, après la prière, Abdallah fit toquer le marteau de la porte de l'évêché. Les pâtisseries, les œufs d'esturgeon et les oiseaux au miel lui pesaient sur l'estomac. Mais il avait promis à l'évêque de venir goûter son pigeon farci et il tenait à honorer cet engagement. Au sujet de la cathédrale transformée en mosquée, il allait pouvoir le rassurer. Trente pas sur trente pour prier, ce n'est pas si mal, se disait-il. Et il allait aussi lui reprocher de s'être moqué de lui avec sa Corne d'Or. Mais Abdallah tenait sa revanche. Au prochain Ramadan, si Dieu le voulait, il irait à Sainte-Sophie prier au côté du Khalife. L'évêque n'allait pas en revenir. Il avait tant de choses extraordinaires à lui raconter : Kairouan et les cheveux du

Prophète, les bateaux en feu aux Colonnes d'Hercule, la Table de Soleiman…

Quand il entra dans la grande salle de l'évêché, tout était prêt. Les pigeons farcis fumaient sur la table. L'évêque Youssouf avait lui-même confectionné cette farce. Les arômes du thym et du laurier masquaient celui d'une forte dose de chanvre indien finement râpé qui devait faire parler Abdallah.

Deux heures plus tard, il sortit de l'évêché gavé jusqu'au gosier. Il n'avait baissé les bras qu'au troisième pigeon farci. Afin de mieux les digérer, il avait avalé quelques bouchées au miel et aux amandes, mais elles étaient moins savoureuses que celles d'Al-Walid.

Après la prière de la nuit, dans un ciel orné d'un fin copeau de lune, un messager s'envola du toit de l'évêché et partit à tire-d'aile vers Constantinople.

TROISIÈME PARTIE

Les Colonnes d'Hercule

Je conservais mon équilibre en m'agrippant aux cordages du mât. La longue galère effilée, propulsée par dix-huit rameurs, s'engagea dans le détroit où se joignent la Méditerranée et l'Océan. Le mélange de leurs eaux creusait de vastes tourbillons. Des dauphins faisaient la course avec le vaisseau et bondissaient sur les vagues. Leurs dos luisants roulaient autour de la galère.

Droit devant la proue, le soleil descendait entre les deux Colonnes d'Hercule, le mont Calpé sur la rive espagnole, et le mont Abyla sur la rive africaine. Hercule, dans l'accomplissement de ses travaux, avait écarté ces deux piliers pour sortir de Méditerranée et entrer dans l'Océan, séparant par son geste les deux continents. A l'extrême sud de l'Europe, abrupt, vertical, le majestueux mont Calpé semblait prendre appui sur la mer et soutenir le ciel. En face, à l'extrême nord de l'Afrique, le mont Abyla, massif, trapu, portait une couronne de nuages qui rougissaient au soleil couchant.

Cramponné au mât, je me laissais fouetter le visage par le vent qui s'engouffrait dans le détroit, chargé des embruns iodés de l'Océan. Comme lors de mon premier voyage, vingt ans plus tôt, mes lectures me revenaient en mémoire. Les dieux et les héros antiques habitaient ce lieu. Ce point de rencontre et de rupture entre deux continents, ce passage entre la mer et l'Océan inspirait depuis des siècles l'imagination des poètes. Mais ce carrefour stratégique des routes terrestres et maritimes enflammait aussi les rêves des conquérants. J'imaginais les vaisseaux carthaginois d'Hannibal et ses éléphants harnachés en route vers Rome ; les Vandales chassés d'Hispanie par les Goths, traversant le détroit pour se réfugier en Afrique. Je me plaisais surtout à imaginer les Arabes conduits par l'émir Moussa et suivis par les Berbères du gouverneur Tarak franchissant le bras de mer et débarquant en Europe, au pied du mont Calpé, pour envahir l'Hispanie.

Ce n'était pas une chimère. Je savais que c'était le projet de Moussa et de Tarak, mais que le Khalife Al-Walid s'y était opposé.

Sitôt alerté par le message de l'évêque Youssouf, j'avais embarqué pour la Syrie. Dans le secret de la salle des archives du palais épiscopal de Damas, il m'avait donné lecture d'un long rapport dans lequel il avait soigneusement consigné les informations révélées par Abdallah. La résine de chanvre mêlée à la farce des pigeons avait fait merveille. Sous l'empire de la drogue qui lui avait échauffé le cerveau, Abdallah avait fait du banquet du Khalife un récit détaillé, minutieux, plein de couleur, de vie et d'anecdotes : sur les guerriers d'Asie, la reine et les princesses offertes au harem, les mets exotiques, il avait été intarissable.

Abdallah avait aussi écouté avec attention le gouverneur Tarak quand il parlait de la conquête de l'Hispanie et l'émir Moussa qui avait tenté de convaincre le Khalife de lui accorder des renforts pour aller chercher la Table de Soleiman. En vain, car Al-Walid voulait avant toute chose prier à Sainte-Sophie.

Le récit d'Abdallah, scrupuleusement enregistré par l'évêque Youssouf, m'avait appris deux choses. D'une part, je connaissais maintenant la date de l'attaque contre Constantinople : au prochain Ramadan, dans moins de six mois. D'autre part, je savais que mon plan pouvait réussir : l'émir Moussa avait un projet de débarquement en Hispanie. Seule l'obstination d'Al-Walid contre Constantinople l'empêchait de l'exécuter.

Mais, j'en étais certain, tout n'était pas perdu. Si Moussa et Tarak transgressaient les ordres et traversaient malgré tout ? Devant le fait accompli, le Khalife ne pourrait pas rester étranger à une conquête aussi glorieuse. Il ne laisserait pas l'invasion de l'Hispanie se faire sans lui. Forcément, il enverrait des troupes, des administrateurs, des hommes de confiance pour veiller à ce que Moussa ne détourne pas tout le butin à son profit. Des renforts arabes partiraient vers l'Hispanie, aspirés par la conquête. Le regard d'Al-Walid se détournerait de Constantinople.

J'avais peu de temps devant moi. Avant le prochain Ramadan, je devais convaincre Moussa de transgresser les ordres du Khalife.

Au moment où l'Océan engloutissait le soleil, la galère arriva devant la presqu'île de Ceuta, rattachée à la côte africaine par un isthme étroit qui dessinait une anse hospitalière. Elle abritait une trentaine de navires amarrés à quai ou bien à l'ancre au milieu du port. La galère ralentit et entra dans le bassin. J'étais venu vingt ans plus tôt et je reconnaissais le site. Mais la ville était transformée. Les maisons, plus nombreuses et plus hautes qu'à l'époque, s'étendaient tout autour du port et jusque sur les premières pentes du mont Abyla. Beaucoup comptaient deux étages, parfois trois.

Au fond du bassin principal, je reconnus la citadelle. C'était la demeure de Julien. Quand j'étais venu à Ceuta, Julien gouvernait au nom de l'empire toute la province de Tanger. J'étais alors porteur d'un ordre et d'une promesse de Justinien. L'empereur enjoignait à l'exarque Julien de résister coûte que coûte face aux Arabes et il lui promettait des renforts. Ces renforts n'avaient finalement jamais été envoyés et les Arabes avaient conquis Tanger. Julien n'avait pu préserver que Ceuta. Aujourd'hui, il n'exerçait son pouvoir que sur ce minuscule îlot montagneux. Je me méfiais de Julien et je l'aurais volontiers ignoré, mais j'avais besoin de lui pour approcher Moussa. Je n'en attendais rien de plus, sinon des déconvenues.

Pendant que les rameurs rangeaient la galère à quai en manœuvrant, je me préparais dans la cabine que j'occupais à l'arrière du navire. Depuis que nous avions quitté Constantinople, un mois plus tôt, je vivais dans cette pièce en planches. Elle s'éclairait et s'aérait par l'ouverture d'un petit volet de bois, au-dessus de la poupe. Elle occupait toute la largeur du bâtiment, meublée d'un lit, d'une table et d'un tabouret fixés au sol, ainsi que d'un empilement de coffres arrimés par des courroies. J'en sortis ma tenue vénitienne. Je l'avais composée avec soin avant d'embarquer. Le vêtement de velours grenat, les sandales, le bonnet à rubans, la ceinture, le collier, la poche où mettre les pièces de monnaie, tout était vénitien. Je m'étais laissé pousser les cheveux que je portais sur les oreilles, taillés, ainsi que ma barbe, à la façon de Venise. Je n'avais séjourné qu'un mois à Ceuta et c'était il y avait longtemps, mais je ne voulais prendre aucun risque. Si on me reconnaissait, on raconterait aussitôt que le conseiller de Justinien était sur le détroit. Or la ville grouillait d'espions. Je le savais par le mien, Abou Boulos, un Levantin, natif de Tyr. Je ne l'avais encore jamais vu et je correspondais avec lui grâce à un agent de liaison.

A la nuit tombée, je franchis la passerelle. Je passai par les quais encombrés de marchandises et j'entrai dans la grande rue marchande qui traversait Ceuta d'un bout à l'autre. Les premiers commerces intéressaient surtout les marins et les voyageurs qui voulaient rapporter chez eux un objet qui témoignerait de leur voyage jusqu'au détroit. On vendait des figurines de plâtre alignées sur des étagères où voisinaient les mêmes Ulysse de toutes les tailles ou bien des Hercule tout en muscles, taillés dans du bois d'olivier, arc-boutés sur les Colonnes qu'ils ébranlaient de toutes leurs forces. Il y avait aussi des lampes à huile ornées de sirènes, des colliers de coquillages, des amulettes phéniciennes. Dans les échoppes, des artisans mosaïstes confectionnaient de petits médaillons figurant un poisson ou un cheval. Les clients admiraient leur savoir-faire.

Je tenais au creux de la main le plan tracé par mon agent de liaison. Je le consultai et bifurquai à gauche, dans la rue du Destin. Ceuta tirait un immense profit de la superstition des gens de mer. C'était la terre promise des sorcières et jeteuses de sorts venues de tous les horizons de la Méditerranée. Pourchassées et persécutées chez les chrétiens autant que chez les musulmans, méprisées par les juifs, elles cachaient leur activité pour ne pas finir sur un bûcher ou lapidées et livrées aux chiens. Ici, elles exerçaient leur talent au grand jour. Grâce au trafic maritime, elles jouissaient d'une clientèle sans cesse renouvelée. C'était un avantage appréciable car si la prédiction ne s'accomplissait pas, le marin n'était plus là pour se plaindre.

Dans la rue du Destin, il y avait bien quelques mages et devins mais les femmes tenaient le haut du pavé. Elles œuvraient généralement par deux, le plus souvent la mère et la fille. Sur le seuil, les filles attiraient l'attention du chaland par des déhanchements gracieux, des battements de paupières et de douces paroles. Derrière, les mères, femmes d'âge et d'expérience, inspiraient confiance. Les unes lisaient dans les lignes de la main, d'autres traçaient sur le front du client des signes mystérieux avec du sang de poulet, ou bien scrutaient l'avenir dans des boyaux de dauphins pêchés dans le détroit à la pleine lune. Ces femmes vendaient aussi des onguents faits dans leur cornue : des aphrodisiaques aux testicules de bélier, des crèmes à la chair de cactus contre les douleurs, des élixirs au jus de poisson contre le mal de dents, des pommades au fiel de renard contre les chancres. Une jeteuse de sorts voulut me vendre des plumes de vautour. Elle m'expliqua qu'il fallait façonner une petite poupée d'argile dans laquelle on incorporait un fragment de son ennemi. A l'aide de la plume de vautour, on enfonçait dans le personnage de glaise un cheveu ou un ongle de celui auquel on voulait jeter un mauvais sort. Devant ma mine perplexe, la sorcière ajouta qu'à défaut d'ongle ou de cheveu, un fil de vêtement faisait l'affaire.

Au bout de la rue, à l'angle, un homme grisonnant hélait les passants en promettant les meilleurs taux de change, non seulement de Ceuta mais de toute la Méditerranée. Au-dessus de l'échoppe, un panneau de bois portait en lettres bleues des caractères hébreux, arabes et latins. *Schlomo, Soleiman, Salomon, changeur.* Je m'approchai et vidai ma bourse sur le comptoir. Le changeur prit mes pièces vénitiennes, les examina, les pesa. Je regardai les monnaies éparpillées sur l'étal ou rangées dans des coffrets. Elles venaient de partout. A l'effigie des rois goths, du roi des Francs, du doge de Venise, du Khalife Al-Walid et de son père Abd el-Malik. Sur les pièces de l'Empire byzantin on trouvait le profil d'Heraclius, de Justinien, de Léontios, d'Apsimar.

— Mais celle-ci est fausse. Il n'a pas de nez ! laissai-je échapper en trouvant parmi les pièces byzantines un profil de Justinien, le nez tranché et remplacé par un petit point de cuivre d'un bel effet.

Après avoir songé à la glorification de son nez d'or qui aurait donné de l'éclat et de l'originalité à sa monnaie, Justinien avait finalement choisi d'apparaître avec un nez intact afin que la postérité oublie l'outrage. J'en avais moi-même donné l'ordre à l'Office des médailles, sceaux et monnaies du Palais impérial.

La pièce du changeur Salomon était donc fausse.

— Comment fausse, ma monnaie de Justinien II ? Tu me traites de voleur ! Vous vous rendez compte ? prenait-il à témoin les passants qui s'attroupaient.

Je me mordis la lèvre, furieux contre moi-même. C'était bien la peine de me travestir en Vénitien de la tête aux pieds pour venir ensuite prononcer des expertises sur les monnaies de Constantinople !

— Tu ne sais peut-être pas que l'empereur a le nez tranché et qu'il porte une plaque d'or ? vitupérait le changeur en brandissant la pièce.

Je bondis sur l'occasion.

— Ce n'est pas possible ! Je l'ignorais absolument. Je suis de Venise. Je te présente mes excuses, dis-je au changeur qui se calma.

— Ça se voit, ironisa-t-il en me toisant dans mes broderies et mes rubans. Je n'ai même jamais vu quelqu'un d'aussi vénitien que toi. Vous ne savez donc rien, là-bas, dans votre cul-de-sac de l'Adriatique ? Il faut sortir de votre lagune et venir à Ceuta. Ici, on sait tout sur tout.

Pourvu de ce brevet d'authentique Vénitien que le changeur venait de me décerner devant les passants, j'empochai ses pièces, remerciai et pris congé avec un battement de main typique des marchands vénitiens.

Un peu plus loin, au milieu de la rue, un prestidigitateur avait disposé sur une table pliante une boîte dans laquelle il enfermait un chat noir pour en faire sortir une colombe immaculée. Un montreur de singes leur faisait faire des pirouettes et tendre la main. Je regardais leurs grimaces quand un passant fondit sur moi comme un rapace sur sa proie.

— Un Vénitien ! Un frère ! Dans mes bras, mon cher ! Que puis-je faire pour toi ? Quand deux Vénitiens se rencontrent, ils doivent s'entraider, n'est-ce pas ? De quel quartier de Venise viens-tu ? Attends, laisse-moi deviner. Et ta famille ? La mienne la connaît sûrement. Peut-être sommes-nous parents. Depuis dix ans je vis ici, à Ceuta.

Par bonheur, sa logorrhée ne me laissait pas le temps de donner des réponses que d'ailleurs je n'avais pas. Bien sûr, j'avais pris ce risque en considération, mais je l'avais sous-estimé. J'avais cru que si je venais à croiser un Vénitien, je le reconnaîtrais de loin à son costume et pourrais m'esquiver à temps. Hélas, ce Vénitien-là s'habillait d'une tunique de coton blanc, comme tout le monde à Ceuta.

— Tu vas dîner chez moi, mon cher. Tu vas manger un veau à la vénitienne comme tu n'en as jamais…

— Aïe ! hurlai-je, les mains crispées sur le ventre.

Je venais d'apercevoir des latrines publiques. C'était providentiel.

— Ne me parle pas de nourriture, mon ami ! De grâce ! Une indigestion de poisson avarié me tord les boyaux. Je me vide par le haut et par le bas. J'en sors à peine et je dois y retourner.

Sur ces mots, je m'engouffrai dans les bains publics et m'installai sur des latrines malodorantes. J'estimai à une demi-heure le temps nécessaire pour épuiser la patience de mon Vénitien. Adossé au mur, j'avais tout le temps de méditer les inconvénients d'un déguisement mal choisi : au lieu de me faire passer inaperçu, cet accoutrement se voyait comme une mouche sur du lait. En plus, tous ces velours me tenaient chaud et s'imprégnaient de l'odeur des excréments.

Au bout d'un moment, je m'aventurai dehors, regardant prudemment à droite et à gauche. Le Vénitien était parti. J'avisai un peu plus loin l'enseigne d'une maison de jeu ornée d'un dé et d'un échiquier. Je consultai le plan. C'était bien l'établissement d'Abou Boulos, mon agent à Ceuta.

A l'intérieur, dans une grande salle haute de plafond, une cinquantaine de joueurs faisaient du vacarme. Autour d'une dizaine de tables, quelques-uns jouaient aux échecs, mais la plupart s'affrontaient à coups de dés. Ils les jetaient d'un gobelet de bois sur le tapis où ils roulaient et rendaient leur verdict en provoquant les cris de joie du gagnant et les vociférations du perdant. Trois serviteurs allaient et venaient, les bras chargés de gobelets et de flacons. Ils déposaient des bières sur les tables des Goths et des Francs, du vin sur celles des Grecs, des Romains et des juifs, des sirops de fruits sur celles des Arabes. Je hélai l'un d'eux et demandai à parler à Abou Boulos.

Le maître des lieux apparut bientôt, tel que je l'avais imaginé d'après les descriptions de l'agent de liaison. Il fait penser à un lézard, m'avait-il raconté. C'était bien vu : des paupières lourdes sur des yeux mi-clos, un petit nez crochu, une longue et mince bouche sans lèvres et un crâne chauve dont la peau s'écaillait. Je me fis reconnaître en chuchotant le mot de passe auquel Abou Boulos répondit comme convenu. Nous prîmes place à une table d'échecs au fond de la salle. Abou Boulos commanda du vin au miel pendant que je disposais les pièces. Nous engageâmes la partie sans y prêter grande attention. La tête entre les mains, nous faisions mine de réfléchir. Le tapage environnant garantissait la confidentialité de notre conversation chuchotée. Non, Moussa ne venait jamais à Ceuta, confirmait Abou Boulos. L'émir demeurait à Kairouan, très loin d'ici. Il avait choisi un homme de confiance, Tarak ben Ziad, qui gouvernait Tanger en son nom. C'était un Zénète, d'une riche famille convertie. C'était ce Tarak qui avait signé avec Julien le traité garantissant la souveraineté de Ceuta contre le paiement d'un tribut annuel.

J'avais entendu parler de lui grâce au récit du vieil Abdallah qui avait apprécié l'ardeur de son voisin de table lors du banquet dans la palmeraie. Je savais que Tarak convoitait l'Hispanie et j'entendais bien entrer au plus tôt en contact avec lui. Mais pas par le truchement d'Abou Boulos.

— Ce Berbère renégat nous étrangle, se plaignait-il. Il nous exploite. Julien n'aurait jamais dû accepter un tribut aussi élevé. Il dit que c'est le prix de notre liberté. Où est la liberté quand on la paye d'une rançon qui nous rend esclaves du travail ? Regarde autour de toi. Sur les dix tables de jeu que tu vois, deux travaillent pour payer ce maudit tribut ! Julien prend un cinquième de ce qu'on gagne pour le donner à Tarak ! Et avec ça, Tarak fait vivre Tanger. Ici on se donne du mal et là-bas le Berbère renégat nourrit toute la ville et les environs avec le produit de la sueur de notre front. Et moi, je dois toujours trimer davantage pour acquitter ces taxes. Grâce à Dieu, je viens d'acheter un bel établissement, juste en face. Une maison de plaisir que m'a vendue un Palermitain qui rentrait en Sicile pour ses vieux jours.

De l'autre côté de la rue, un rideau entrouvert, pendu à une porte, laissait apercevoir des danseuses dévêtues qui agitaient des tambourins.

— Je viens de recevoir deux filles du désert. Si tu veux, ce soir…

— Non merci, répondis-je froidement.

Abou Boulos se dégagea de ce mauvais pas en bifurquant.

— Pour te loger, je peux te louer…

— Je loge sur le bateau.

Pour rien au monde je n'aurais dormi sous le toit de ce proxénète d'Abou Boulos. Ce genre de personnage pouvait faire un bon agent, mais il fallait garder ses distances. Dépité, le tenancier fit mine de s'intéresser à l'échiquier et déplaça une pièce.

— Et Florinda ? lui demandai-je.

Je me souvenais de la fille de la Kahina et de Julien faisant ses premiers pas sous l'œil attendri de son père qui lui passait tous ses caprices.

— Florinda ? Elle n'est pas pour rien la fille de sa mère, grinça Abou Boulos. La Kahina changeait d'homme comme de cheval, Florinda aussi.

Bien des années après sa mort, la Kahina enflammait toujours les imaginations. De Carthage à Tanger, son nom était sur toutes les lèvres, celles des Arabes qui maudissaient la sorcière juive, et celles des Berbères qui brodaient des légendes autour de ses batailles et de ses amours. En famille, devant les femmes et les enfants, on évoquait les batailles, mais entre hommes, on parlait de ses amants. On disait qu'elle les aimait autant que ses chevaux, qu'elle agissait de même avec les uns et les autres, qu'elle les choisissait d'un œil sûr, qu'elle les montait, qu'aucun homme n'était jamais venu sur son corps, qu'elle les chevauchait jusqu'à épuisement, qu'elle laissait ses chevaux écumants et ses amants pantelants, qu'elle en changeait souvent pour renouveler les plaisirs qu'elle éprouvait avec chacun.

— Mais Florinda est encore une très jeune fille ! m'étonnai-je.

— Elle a tout juste vingt ans, mais c'est déjà une diablesse, assura le tenancier qui passait ses journées à écouter les ragots colportés autour des tables de jeu.

— Elle a un amant ?

— Elle en a même au moins deux. Et pas n'importe qui. Notre princesse se vautre tantôt à Tolède dans le lit du prince Agila qu'elle se prépare à épouser, tantôt à Tanger dans celui du gouverneur Tarak.

— Tu en es sûr ?

— Si j'en suis sûr ? Mais tout le monde le sait ! Même les poissons du détroit, rigola Abou Boulos.

— Tarak, vraiment ?

— Bien sûr ! Il prend notre argent et par-dessus le marché notre princesse.

— Et Julien laisse faire ?

— Julien ? Pour le mariage avec Agila, il est d'accord, et au sujet de Tarak, il fait comme si de rien n'était.

— Et les deux amants, que savent-ils ?

— Ça l'amuse de les rendre fous de jalousie. Il paraît que chaque matin Tarak sort sur sa terrasse et crache en regardant l'Hispanie.

Je mis fin au bavardage d'Abou Boulos en revenant à des questions plus graves.

— Combien y a-t-il de bateaux de combat à Tanger ?

— Aucun.

— Comment aucun ? Il y a six mois tu m'as fait savoir qu'il y avait cinq bateaux de guerre.

— C'était il y a six mois. La semaine dernière je les ai tous vus passer en Méditerranée. J'ai appris qu'ils allaient à Carthage et ensuite en Syrie. Il paraît qu'une grande invasion se prépare ; peut-être une attaque contre Constantinople.

L'information d'Abou Boulos signifiait que le plan d'Al-Walid était en marche. Les Arabes ramenaient toute leur flotte vers l'Orient pour attaquer Constantinople. N'était-il pas trop tard pour inverser le cours des événements ? Sans bateaux de combat, comment traverser le détroit ?

— Je dois voir Julien.

— Rien de plus facile. Je vais te conduire. Ce soir il réunit le conseil des Sages, comme chaque lundi. A la fin du conseil nous lui demanderons audience. Il ne peut rien me refuser. Je paye assez de taxes pour son maudit tribut !

Julien

Dans la grande salle voûtée de la citadelle, Julien présidait le conseil des Sages de Ceuta. Des épaules larges, une épaisse crinière rejetée en arrière, une mâchoire puissante, des yeux bleu acier : une impression de force et d'autorité émanait du prince de Ceuta. Autour de lui, huit notables avaient pris place de part et d'autre d'une longue table. D'un côté siégeaient un Zénète, un copte, un juif et un Grec, de l'autre un Arabe, un Goth, un Franc et un Sicilien. Chacun était élu par les siens pour représenter les principales communautés de Ceuta. Il y avait encore bien d'autres minorités : des Vandales, des Génois, des Amalfitains, des Levantins, des Maltais… Le recensement était impossible. Car les communautés d'origine se subdivisaient ensuite en communautés religieuses : juives, coptes, maronites, musulmanes. On disait qu'il y avait à Ceuta autant de communautés que de familles.

Julien y était né, sur ce détroit où les mers, les continents, les hommes se rencontrent, se croisent, se repoussent, se mélangent dans des remous puissants qui brassent sans fin les peuples et les eaux. Lui-même était byzantin. Avant lui, son père avait été exarque, nommé par l'empereur pour représenter Constantinople dans cette province de Berbérie. Julien lui avait succédé. Il avait épousé une princesse d'Hispanie, une nièce du roi goth Wittiza. La jeune femme était morte deux ans plus tard. Ensuite, il avait mêlé son sang à celui de la Kahina, la reine berbère, pour donner naissance à Florinda.

Ceuta était un refuge pour les proscrits, les aventuriers, les bannis, les déshérités venus de partout, plus nombreux désormais que la petite population de pêcheurs et d'agriculteurs qui vivait sur la presqu'île depuis des siècles. Les guerres, les invasions, les persécutions religieuses avaient jeté à Ceuta des centaines de familles réfugiées : des juifs qui fuyaient l'Hispanie pour ne pas être contraints de se convertir ; des Arabes en rupture de ban avec Moussa pour des affaires de tribut, ou bien des chiites qui craignaient la vindicte des Ommaya ; des Vénitiens recherchés par le doge ; des nobles goths ou francs déshérités par leur père ; des Maltais ou des Amalfitains qui voulaient faire fortune.

Mais cette population disparate avait su faire cause commune quand Moussa avait tenté d'envahir Ceuta. Sous les ordres de Julien, armés de pioches et de pics, ils avaient tranché l'isthme et séparé la presqu'île du continent. Ils avaient protégé leur cité en édifiant au-dessus du petit chenal un puissant rempart appuyé sur des tours massives et armé de catapultes. Ils s'étaient battus avec héroïsme et avaient infligé à Moussa des pertes considérables.

L'émir avait fini par se décourager. Ce siège était interminable et les assauts infructueux. Estimant que, mis à part ce port et cette montagne, il n'y avait rien d'utile à conquérir, il avait finalement mandaté Tarak ben Ziad pour signer un traité de paix avec Julien qui administrait désormais les affaires d'une principauté autonome.

Pour gouverner Ceuta, Julien s'appuyait sur un homme de confiance, l'intendant Moshe David. Ce juif d'Hispanie était âgé d'une cinquantaine d'années. Ses petits yeux vifs éclairaient un visage rond entouré d'une abondante barbe noire. Moshe David avait fui Tolède pour ne pas être obligé de se convertir. Les Goths contraignaient les juifs à abjurer sous peine de se voir confisquer leur maison et leurs biens et de se trouver réduits à l'errance et à la mendicité. Beaucoup faisaient mine d'abandonner leur religion tout en continuant à la pratiquer en secret. Mais les voisins les épiaient, surtout les jours de shabbat, car ceux qui les dénonçaient touchaient une récompense.

Moshe David pratiquait la médecine à Tolède. Sentant l'étau se refermer, il avait abandonné sa maison des bords du Tage et pris la fuite avec femme et enfants pour se réfugier à Ceuta où les juifs priaient en paix.

Julien avait vite remarqué les qualités de ce nouvel arrivant, travailleur, intelligent, loyal envers la terre d'accueil. Il en avait fait l'intendant dont il avait besoin pour administrer la principauté.

*

* *

Après la réunion du conseil, on m'introduisit dans la salle, une pièce tout en longueur sous une voûte de pierre avec pour seul ameublement deux bancs le long d'une table au bout de laquelle Julien trônait sur un siège à haut dossier. Des candélabres diffusaient une faible lumière et Julien ne me reconnut pas tout de suite sous ma coupe de cheveux et mon vêtement vénitiens.

— Je ne viens pas de Venise mais de Constantinople, annonçai-je en ôtant mon bonnet de velours.

La tonalité de ma voix réveilla la mémoire de Julien.

— Angelos ! Sois le bienvenu. Mais pourquoi ce déguisement ?

— Je vous l'expliquerai.

D'un geste il m'invita à prendre place au bout du banc et il fit apporter une cruche de vin et deux coupes. Je l'observais en cherchant les traces des vingt années qui s'étaient écoulées depuis notre rencontre. Il s'était empâté mais il arborait toujours une épaisse chevelure de jeune homme. Ses yeux clairs avaient le même regard expressif. Nous échangeâmes quelques civilités. Il me demanda comment s'était passé le voyage et je lui fis compliment de Ceuta. Je trouvais la cité plus grande et plus active que lors de mon précédent voyage. Cette référence permit à Julien de faire état de son ressentiment.

— Je n'ai pas oublié ta visite mais j'attends toujours les renforts que tu m'avais promis.

— C'est vrai. L'empire vous a abandonné, mais vous savez bien que Justinien n'en est pas responsable. Ce sont les usurpateurs qui n'ont pas su faire face. En six ans Léontios et Apsimar nous ont fait perdre toute la Berbérie. En revenant à Constantinople Justinien n'a pu que constater l'ampleur du désastre. Heureusement, grâce à vous nous avons sauvé Ceuta et l'empire conserve une position sur le détroit des Colonnes d'Hercule.

Julien se raidit.

— Non ! Le traité de paix conclu avec Moussa le précise très clairement : Ceuta n'est plus une possession impériale. C'est une cité libre et indépendante. Pendant la guerre nous nous sommes défendus nous-mêmes ; aujourd'hui nous nous gouvernons nous-mêmes, affirma-t-il sur un ton péremptoire.

Je me retins de débattre avec lui sur ce point. Je n'étais pas venu jusqu'ici pour revendiquer la possession de cette dérisoire petite ville dont Julien se voulait le prince. Il n'y avait d'ailleurs rien de surprenant dans son attitude. Vingt ans plus tôt, déjà, il ne se comportait pas comme un exarque au service de l'empire. Il parlait et agissait à sa guise comme si ce territoire lui appartenait. Qu'à cela ne tienne ! Je fis mine de consentir à son affirmation. Je ne devais pas perdre de vue l'objectif de ma mission.

— L'empereur m'a chargé d'un message pour l'émir Moussa. Je dois le rencontrer le plus discrètement et surtout le plus vite possible.

— Moussa est à Kairouan.

— Je sais. Nous pourrions partir dès demain.

— C'est impossible. Demain, nous devons aller chez Tarak ben Ziad.

— Qui est ce Tarak ?

Je jouais l'ignorant afin de le laisser parler et d'endormir sa méfiance.

— Un Zénète de Moussa qui gouverne Tanger en son nom. C'est avec lui que j'ai signé le traité et c'est à lui que je paye le tribut.

Et c'est avec lui que couche ta fille, aurais-je aimé ajouter.

— Pourquoi faudrait-il aller voir ce Tarak ? me contentai-je de demander. Justinien m'envoie porter un message à Moussa. Je n'ai pas de temps à perdre en visites inutiles.

Je simulais la contrariété mais j'étais en réalité très désireux de rencontrer Tarak au plus vite. D'après ce que je savais du banquet de Damas c'était l'homme dont j'avais besoin.

— Je me suis engagé par traité de paix à informer Tarak de tout ce qui touche à la sécurité. Je ne peux pas lui cacher ta présence.

— Ma mission auprès de Moussa doit demeurer secrète.

— Sans passer par Tarak, tu ne verras jamais Moussa.

Je fis semblant de me résigner à admettre les arguments de Julien et nous décidâmes de partir à Tanger dès le lendemain au point du jour pour y rencontrer le gouverneur Tarak ben Ziad.

Je quittai la citadelle, escorté par un porteur de torche. Ma galère était amarrée un peu plus loin. Tout à coup, je m'immobilisai, pétrifié par une apparition : montée sur un cheval blanc, une très belle jeune femme, la chevelure brune soulevée par le vent, la poitrine triomphante, les reins cambrés sur une croupe ronde, de longues cuisses fuselées…

— La Kahina, murmurai-je.

Quand j'avais séjourné à Ceuta, j'avais vu la Kahina. Elle était à cheval, comme la jeune femme de ce soir. Depuis tout ce temps, je ne l'avais jamais oubliée.

— Elle vous fait penser à la Kahina ? Vous avez raison, Monseigneur, approuva le porteur de torche. C'est sa fille, Florinda. Elle éveille les sens des jeunes garçons et réveille ceux des vieillards.

Avec grâce, la cavalière sauta à terre et gravit les marches de l'escalier de pierre. Aucun homme ne peut regarder une telle femme sans la désirer, pensai-je. Je devinais l'intensité de la passion et la férocité de la jalousie que Florinda devait inspirer à ses deux amants, Tarak et Agila.

Tarak

Le lendemain, à l'aube, Julien arriva sur le quai du port en tenant deux chevaux par la bride. Ceuta sortait lentement de l'obscurité. Au-dessus des toits, on commençait à discerner le clocher de la basilique. Je sortis de ma cabine, traversai le pont de la galère et franchis la passerelle. Je portais un vêtement de coton blanc et un ample manteau à capuche en laine de chameau. Nous échangeâmes un bref salut.

— C'est mieux que le déguisement vénitien, ironisa Julien. Quand on veut passer inaperçu, mieux vaut s'habiller comme tout le monde.

J'interprétai cette moquerie comme une preuve de l'hostilité de Julien. Elle ne me surprenait pas. Quand j'avais imaginé cette opération, je n'avais pas un seul instant considéré Julien comme un possible allié. Depuis que j'étais à Ceuta, ce que je voyais et ce que j'entendais justifiait ma méfiance : Julien se comportait en maître d'un Etat indépendant, peu soucieux des intérêts de Constantinople. Sa fille avait séduit le prince Agila et le gouverneur Tarak. A Tolède comme à Tanger, Julien entretenait les meilleures relations, autant avec les Goths qu'avec les Berbères.

Pourquoi compromettrait-il une si confortable position en s'aventurant dans une entreprise qui lui ferait perdre les avantages de sa prudente neutralité ?

Conduisant nos montures au pas, nous sortîmes du port avant de franchir la porte fortifiée et le pont-levis de Ceuta. Une fois sur la route de la côte, les chevaux se mirent au trot. Dans un ciel rose nacré, les étoiles s'éteignaient une à une. Un peu plus tard, les premiers rayons du soleil vinrent nous réchauffer le dos et nous nous élançâmes au galop sur la route de Tanger.

Nous chevauchions le long de la côte, sur la crête des falaises, au-dessus du détroit. En face, l'Hispanie émergeait de la brume. On pouvait apercevoir au pied du mont Calpé l'arc doré de la baie où Moussa et Tarak avaient prévu de débarquer. Avec un renfort de dix mille hommes et dix navires, l'émir se faisait fort de traverser le détroit. Ensuite, il brûlerait ses vaisseaux pour forcer ses hommes à avancer. Grâce au récit du porteur de relique rapporté par l'évêque de Damas, je n'ignorais rien des plans de l'émir et du gouverneur de Tanger.

Je me demandais ce que Julien savait de ces projets.

Très haut dans le ciel, des mouettes tournoyaient au-dessus de nous. Elles se laissaient chuter dans le détroit, plongeaient jusqu'à frôler la crête des vagues, gobaient un poisson et remontaient droit vers le ciel. Nous avancions contre le vent qui couchait l'herbe et inclinait les arbres. Nous fîmes halte au cap Malabata pour laisser les chevaux se reposer un moment. La baie de Tanger s'arrondissait devant nous. A l'autre bout de la rade, la ville blanche escaladait la pente de la montagne depuis le port jusqu'à la crête. Les maisons à toitures plates s'étageaient comme des gradins. Je scrutais du regard le port, au pied de la ville. Abou Boulos, hélas, avait dit vrai.

— Je ne vois pas de navires de combat. N'ont-ils pas une flotte ? demandai-je à Julien.

— Elle est à Carthage, je crois.

— Pourquoi ?

— Je l'ignore.

Je savais que Julien mentait. Hier, Abou Boulos m'avait chuchoté que les bateaux faisaient route pour livrer une guerre en Orient. Ce qu'un tenancier de maison de jeu avait appris, Julien ne pouvait l'ignorer. Il savait certainement qu'après Carthage, les bateaux iraient en Syrie pour lancer avec les autres flottes arabes de Méditerranée une attaque de grande envergure contre Constantinople. Mais il estimait sans doute qu'il n'avait pas à me le révéler. Il plaçait au-dessus de tout la sécurité de Ceuta et s'en tenait au traité qui lui interdisait de « cacher des ennemis » ou de leur donner des informations. Puisque Constantinople l'avait oublié quand il se battait pour sauver Ceuta, il estimait avoir le droit d'agir comme il l'entendait, au mieux des intérêts de son peuple. Dans son regard, je lisais les raisonnements de Julien comme dans un livre ouvert.

Tantôt portées par les crêtes des vagues, tantôt avalées par leurs creux, une dizaine d'embarcations naviguaient dans le détroit.

— Ce sont les bateaux qui pêchent le thon, expliqua Julien. C'est avec leurs viscères qu'on fabrique le garum.

Je fis la grimace quand le vent apporta une bouffée malodorante. Je reconnus la détestable odeur de poisson pourri du garum, la spécialité de Tanger. Cet élixir tiré de boyaux de thon fermentés avait fait jadis la richesse de la ville et assuré sa renommée. A Rome ou à Constantinople, à la table des riches, pas de repas sans garum pour relever le goût des mets, et il n'y avait pas de meilleur garum que celui de Tanger.

Une fois arrivés en ville, il nous fallut dix minutes pour monter jusqu'à la maison de Tarak ben Ziad, tout en haut de la cité. La petite rue était encombrée d'un groupe de curieux et d'une nuée de gamins autour d'un homme à califourchon sur un âne. Le malheureux était couvert de matières infectes. Des excréments dégoulinaient de ses cheveux jusqu'aux sabots de sa monture, trempaient ses vêtements et dégageaient une puanteur effroyable.

— C'est Tarif, le producteur de garum. On a dû lui jouer encore un mauvais tour et il vient se plaindre à Tarak, m'expliqua Julien.

Sous les fenêtres du gouverneur, comme un martyr exposant ses stigmates, Tarif écartait les bras, déployant ses manches souillées.

— Tarak, viens voir ce qu'ils m'ont fait ! Viens voir de tes propres yeux et sentir de ton propre nez !

Des mouches bourdonnaient autour de l'infortuné Tarif. Il vitupérait contre les Arabes qui venaient de lui renverser un plein seau d'excréments sur la tête. Et ce n'était pas la première fois ! Tarif et avant lui ses ancêtres produisaient du garum, le meilleur, le plus réputé. Il était fier de son savoir-faire. Quelques gouttes du liquide ambré suffisaient à parfumer les dîners les plus exquis, aux tables les plus prestigieuses. Il vendait son garum dans de petites fioles de verre ornées d'un poisson, emblème de la maison Tarif. Tout allait à merveille jusqu'à l'arrivée des Arabes. L'émir Moussa avait laissé à Tanger un détachement de cavaliers qui prêtaient main-forte au gouverneur Tarak, tout en le surveillant. Or, ces guerriers avaient planté leurs tentes aux alentours de la ville, au-dessus de l'Océan, tout près des ateliers de Tarif où les boyaux de thon macéraient dans de grandes cuves de saumure. Les viscères fermentaient au soleil en répandant une odeur puissante que les Arabes trouvaient pestilentielle. Ils voulaient que le gouverneur Tarak fasse déguerpir Tarif. Ce dernier refusait de déplacer ses cuves de boyaux de thon qui exigeaient une certaine exposition au soleil et au vent pour donner leur meilleur suc. Ce n'était pas pour rien qu'elles étaient là depuis des siècles ! Les Arabes harcelaient le malheureux Tarif. Ils le guettaient quand il allait en ville. Ils se postaient sur une arcade ou sur une terrasse et, quand il passait, ils déversaient sur lui un plein seau d'excréments.

Cette fois, c'en était trop ! Encore trempé par le déluge qui s'était abattu sur lui, Tarif venait demander justice sous les fenêtres du gouverneur qu'il prenait à témoin de sa mésaventure en lui demandant audience. Tarak, peu désireux de laisser l'odeur entrer dans sa maison ou de sortir dans la rue souillée par les déjections, apparut à la fenêtre. Il assura Tarif de son indignation et lui promit de réprimander les Arabes. Tarif repartit en maudissant ceux qui ne savaient pas apprécier le garum.

Tarak nous reçut sur la terrasse. On y accédait par un petit escalier raide. Parvenu à la dernière marche, je tombai en arrêt devant le paysage : l'Océan à gauche, l'Hispanie en face, la Méditerranée à droite. Et Tanger qui descendait jusqu'au port, en cascade de maisons et de ruelles, sous un ciel où couraient de grands nuages.

Nous prîmes place sur des coussins, à l'ombre d'un treillis d'osier, autour d'un plateau rond chargé de fruits et de pâtisseries.

Au seuil de la trentaine, solidement bâti, les épaules larges, le visage carré à l'expression volontaire, Tarak était dans la force de l'âge. Maintenant, j'en étais sûr, c'était l'homme qu'il fallait. Après un échange d'amabilités, je lui demandai de me conduire à Kairouan voir l'émir Moussa à qui je devais transmettre un message de l'empereur Justinien. Tarak me demanda d'en dire davantage.

— C'est un message secret de l'empereur à l'émir.

— Alors, montre-le-moi. Il doit bien y avoir un sceau ou un signe de reconnaissance.

— C'est un message verbal que seul l'émir Moussa peut entendre.

— Tu n'as donc aucune preuve à me fournir. Qui me dit que tu n'es pas envoyé pour le tuer ? Par les partisans d'Ali ou par un autre émir, jaloux de ses conquêtes ? Un homme comme Moussa ne manque pas d'ennemis. Comment puis-je être certain que tu es bien un envoyé de l'empereur ?

— Julien peut en témoigner.

Du bout des lèvres, Julien confirma qu'il me connaissait, que j'étais un proche conseiller de l'empereur Justinien et que j'étais déjà venu à Ceuta pendant son premier règne.

— Je n'ai pas seulement un message pour Moussa, ajoutai-je. Je lui apporte aussi un présent de l'empereur. De l'or, beaucoup d'or.

J'espérais que l'argument serait décisif. Moussa ne pardonnerait jamais à Tarak d'avoir éconduit un visiteur qui voulait lui offrir de l'or.

— L'émir Moussa en est informé par un courrier de l'empereur Justinien, poursuivis-je. J'ai veillé à son expédition avant d'embarquer. Il est certainement arrivé depuis longtemps à Kairouan. Moussa doit commencer à s'impatienter de voir cet or.

J'avais pris cette précaution avant d'embarquer. Tarak n'avait pas le choix. Il prit un air enjoué pour annoncer :

— Nous partirons demain. Tous les trois.

J'avais atteint mon premier objectif : me faire conduire à Kairouan et voir Moussa. Mais je ne voulais surtout pas que Julien nous accompagne et soit témoin de ma conversation avec Moussa. Il était trop lié aux Goths d'Hispanie. Il avait naguère épousé une des leurs, le roi Wittiza lui avait prêté main-forte pendant le siège de Ceuta, et surtout sa fille se préparait à épouser le prince Agila. Je devais tenir Julien à l'écart. Après avoir aperçu Florinda devant la citadelle, hier soir, je supposais que la jalousie tourmentait Tarak. Je n'avais qu'à souffler sur les braises.

— Comment vont les choses en Hispanie ? J'ai appris que le roi Wittiza était malade, demandai-je d'un ton détaché, comme si la vue de la côte espagnole m'inspirait la question.

— Le pays est éprouvé par toutes sortes de fléaux, répondit Julien. La peste et plusieurs années de famine ont fait des ravages. Des villages entiers sont vides et abandonnés. Heureusement, le roi est un sage.

— Je ne sais pas s'il est sage, mais il est vieux et il va mourir, grogna Tarak.

J'avais réussi à créer un malaise entre les deux hommes.

— Et qui va succéder au roi Wittiza ? Il a un fils, m'a-t-on dit. Il s'appelle Agila, n'est-ce pas ?

— Oui, mais rien n'est certain pour la succession, expliqua Julien. Chez les Goths, la couronne n'est pas héréditaire. Les nobles choisissent le roi parmi eux. Agila succédera peut-être à son père, mais il a un rival, Rodrigo, un dangereux aventurier.

Je m'adressai à Tarak :

— Avez-vous déjà rencontré cet Agila ?

— Le jour où je rencontrerai ce chien, je le tuerai !

Je feignis de m'étonner de cet emportement.

— Mon Dieu ! Mais pourquoi donc ?

— Les Goths sont des chiens ! s'enflamma Tarak. Ils arraisonnent nos navires de pêche, ils laissent faire les pirates qui attaquent les navires marchands, ils produisent du faux garum pour concurrencer le nôtre, ils persécutent les juifs au point de les faire fuir à Ceuta ou à Tanger où ils sont désormais beaucoup trop nombreux.

J'approuvai sans réserve son indignation.

— Mais qu'est-ce qui vous empêche de vous venger, de traverser le détroit, d'attaquer ces Goths de malheur ? lançai-je.

— Si cela ne tenait qu'à moi ! Mais il n'y a plus un seul bateau d'attaque dans le port de Tanger.

La semaine précédente, la rage au cœur, il les avait regardés partir vers l'Orient, emportant son rêve de conquête. Obsédé par Constantinople, le Khalife lui avait retiré les moyens de conquérir l'Hispanie. On le privait de la joie de trancher la tête de son rival Agila sur un champ de bataille. Il se retrouvait cloué à Tanger, sachant que Florinda se préparait à épouser ce maudit Goth. Et ça, il ne le supportait pas. La colère obscurcissait son visage.

— Le Khalife nous a coupé les ailes en nous enlevant les bateaux, se borna-t-il à expliquer, sans oser commenter la décision d'Al-Walid.

— Mais pourquoi ?

— Des émirs jaloux de Moussa l'ont influencé.

— Pourquoi ne pas passer outre ?

— Moussa me l'interdit.

— Et si je plaidais votre cause quand nous le verrons ?

— Et pourquoi épouserais-tu ma cause ? demanda Tarak, méfiant.

— L'empire a un compte à régler avec les Goths, répondis-je. Ils nous ont chassés des ports que nous occupions autrefois sur la côte orientale de l'Hispanie. Ils ont commis des atrocités.

Je déguisais mes véritables objectifs sous ce prétendu désir de revanche. En fait, je n'étais pas né à cette époque et c'était vraiment le dernier de mes soucis. Personne à Constantinople ne nourrissait de rancœur envers les Goths. Depuis, les Arabes nous avaient dépossédés de tant de territoires que cette vieille histoire était oubliée depuis longtemps. Mais pour Tarak le prétexte était plausible.

Tout en exprimant mes griefs envers les Goths, je surveillais Julien du coin de l'œil. Il jouait l'absent mais visiblement il ne perdait pas un mot de ce que nous disions.

Profitant de ce que Julien regardait au loin, par un petit signe je fis comprendre à Tarak que je voulais lui parler seul à seul. Tarak acquiesça en battant des paupières. Il but une gorgée d'eau, le temps de trouver un prétexte pour s'écarter de Julien.

— Toi qui viens de Constantinople, me dit-il, je suis sûr que tu vas admirer le sabre qui est dans ma famille depuis plusieurs générations. C'est une superbe lame ciselée qui porte le poinçon des forges impériales. Viens, je vais te la montrer.

Julien, pris au piège de sa posture distraite, nous vit nous éclipser.

Incrustée de fils d'or, ornée de fines gravures de fleurs et de fruits, l'arme témoignait du savoir-faire des ateliers impériaux. Jadis, cinq générations plus tôt, la famille de Tarak servait Constantinople. L'un de ses aïeux avait si bien combattu l'invasion arabe qu'un stratège lui avait remis solennellement ce sabre d'honneur. Il était resté dans la famille, transmis de père en fils. Après la conversion du grand-père de Tarak, la lame s'était retournée contre l'empire pour trancher des têtes byzantines, et ensuite celles des insoumis de la Kahina. Aujourd'hui, l'arme était accrochée dans la grande salle d'audience de la maison de Tarak qui espérait s'en servir bientôt contre l'Hispanie, contre Agila surtout ; la conversation sur la terrasse me l'avait confirmé.

J'admirais le travail de l'armurier.

— Magnifique ! fis-je en passant le bout du doigt sur les ciselures, avant de poursuivre à voix basse : je crois que je peux te faire confiance. Je prends le risque de te révéler le but de ma mission. Justinien veut t'aider à conquérir l'Hispanie. Nous avons eu connaissance de ton plan de traversée du détroit.

— Tu mens ! C'est impossible. Seuls Moussa et moi le connaissons.

— Et le Khalife, qui l'a refusé.

— Je viens de te le dire tout à l'heure, sur la terrasse, s'emporta Tarak. Tu veux avoir l'air bien informé pour te donner de l'importance. Que cherches-tu ?

Je lui répondis d'une voix calme et avec le sourire.

— Dix navires et dix mille hommes, n'est-ce pas ce que vous demandiez à Al-Walid ? Pour débarquer au pied du mont Calpé. Et ensuite brûler les navires, n'est-il pas vrai ?

Tarak demeura interdit en découvrant que je savais tout de ses secrets.

— Pourquoi voulais-tu me parler à l'écart de Julien ?

— Il serait forcément hostile à notre projet qu'il ne doit connaître à aucun prix. Pour des raisons que tu comprends sans doute mieux que moi, il me paraît très indulgent envers ces Goths d'Hispanie.

J'étais certain que Tarak enrageait contre Julien qui consentait au projet de mariage de Florinda avec le prince Agila.

— Tu as raison. N'emmenons pas Julien à Kairouan. Il n'a pas à entendre ce que nous dirons à Moussa.

Carthage

Tarak n'avait jamais eu autant d'or sous les yeux. Les quatre coffres ouverts devant lui contenaient des piles de monnaies byzantines.

— Deux cent cinquante dans chaque coffre, soit mille besants d'or, précisai-je en prenant une pièce que je glissai dans la poche de cuir qui pendait à ma ceinture. Je la montrerai à Moussa, et toi tu pourras témoigner qu'il y en a neuf cent quatre-vingt-dix-neuf autres. Tu veux compter ?

— Je te fais confiance.

Je rabattis les couvercles et les verrouillai avec une clef que je portais sur moi nuit et jour, pendue à une chaînette autour de mon cou. J'empilai sur le trésor les malles d'osier qui contenaient mes effets personnels et j'arrimai le tout avec des sangles de cuir fixées à la paroi de la cabine.

Depuis dix jours que nous avions quitté Tanger, nous partagions cette pièce à l'arrière de la galère. Pendant le voyage, nous avions trompé notre ennui en parlant des heures durant de notre projet commun. Nous avions, pour des raisons différentes, la même volonté de conquérir l'Hispanie. Il fallait en convaincre l'émir Moussa. Je fermai le volet de bois et nous sortîmes prendre l'air sur le pont.

Dans une lumière opalescente le bateau glissait sur une mer plate comme un miroir. Elle reflétait un ciel gris-bleu qui se confondait avec elle. Ce matin, il n'y avait pas d'horizon. Le sillage formait de molles ondulations déployant une longue traîne derrière le navire. Soudain, une brise matinale se leva ; les brumes se dissipèrent bientôt et Carthage apparut, ou plutôt ce qu'il restait de Carthage. Au-dessus de la mer, la colline de Byrsa portait sur son dos et ses flancs le corps disloqué d'un géant abattu. Les remparts, le théâtre, le cirque, les temples, les monuments, les thermes, les palais, tout était ruines. Des ruines colossales, à la dimension de l'immense cité. Pendant des siècles, Carthage avait disputé à Rome la domination de la Méditerranée. Jadis prospère et puissante, la grande cité n'était plus que l'ombre d'elle-même, dévastée par les guerres, détruite par les sièges successifs, pillée, à demi dépeuplée. L'ampleur de ses vestiges permettait d'imaginer sa splendeur passée. Au sommet de la colline, au-dessus de la ville ravagée par les incendies et les destructions, se dressaient des alignements de colonnes qui ne portaient plus rien, tels d'immenses cierges funéraires sur la capitale morte. Accoudé à la balustrade du navire, je songeais à ce qui menaçait Constantinople. J'avais devant moi la preuve saisissante que les cités les plus riches et les plus puissantes ne sont pas éternelles. C'était pour éviter à ma ville un tel désastre que j'étais ici.

La galère entra dans le port à demi obstrué par des blocs de pierre. Elle se rangea le long d'un quai, à côté d'un navire espagnol. Cinq bâtiments de guerre cuirassés par des plaques de métal occupaient le fond du bassin, amarrés l'un derrière l'autre. Tarak soupira :

— Ce sont les bateaux de Tanger sur lesquels nous devions traverser le détroit. Quel gâchis !

— Ne nous avouons pas vaincus ! Puisqu'ils sont encore ici, il n'est pas trop tard. Nous devons convaincre Moussa de leur faire faire demi-tour pour envahir l'Hispanie. Tout dépend de nous.

Sur le pont et autour des navires de combat, des marins et des portefaix transportaient de lourdes caisses, des sacs, des faisceaux de lances, des arcs…

— On dirait qu'ils chargent des armes, observa Tarak.

— Tant mieux ! Nous en aurons besoin.

— Nous n'en sommes pas là, tempéra Tarak. Commençons par aller voir Moussa à Kairouan. Il nous faudra au moins dix jours de caravane.

— Et autant pour revenir. Ce sera trop tard. D'ici là, les bateaux seront repartis.

— Tu connais un autre moyen ? rétorqua-t-il.

— Alors faisons vite. Partons à Kairouan dès aujourd'hui.

— Si j'arrive à obtenir l'autorisation. Je vais aller la solliciter chez le cadi. Mais je le connais, ce cadi. Il est lent.

— Raison de plus pour que nous y allions tout de suite.

— Non. J'irai seul. Tu ne dois pas descendre à terre tant que ton débarquement n'est pas autorisé. Tu viens de Constantinople et on peut te considérer comme un espion si ta présence n'est pas déclarée. Je serai de retour dans deux ou trois heures.

Tarak emprunta la passerelle, héla un loueur de chevaux, choisit une monture et partit au petit trot vers la maison du cadi.

Le ciel était maintenant complètement dégagé grâce à un vent léger qui tempérait l'ardeur du soleil. Au bout d'une heure, malgré la mise en garde de Tarak, je descendis sur le quai qui commençait à s'animer. Des pêcheurs vendaient leur poisson ou réparaient leurs filets ; des hommes de peine portaient des fardeaux en vociférant pour s'ouvrir un passage ; des paysans embarquaient des troupeaux de moutons et de chèvres en les poussant à coups de bâton ; des chameaux avançaient lentement, l'un derrière l'autre, les flancs chargés de ballots mal attachés qui semblaient sur le point de tomber ; grâce à des poulies et des cordes tirées par des bœufs, des manutentionnaires soulevaient d'énormes caisses et les posaient sur des chars. Au milieu de cette cohue, je mangeais des oranges que je venais d'acheter. J'observais l'agitation du port. J'admirais les ruines qui s'élevaient juste au-dessus. J'engloutis trois fruits. En mer, je ne m'étais nourri que de semoule et de poisson pendant dix jours. J'essuyais mon menton dégoulinant de jus quand je vis avancer un étrange cortège. Une dizaine d'hommes portaient une plate-forme ; ils étaient cinq de chaque côté, le plateau sur leurs épaules. Et sur ce plateau reposait une forme humaine enveloppée dans un suaire. C'était comme des funérailles au milieu de l'agitation bruyante ; un convoi funèbre que personne ne suivait. Soudain, un coup de vent souleva le linceul qui recouvrait le corps de la tête aux pieds. J'aperçus les seins ronds d'une jeune femme nue. C'était une magnifique statue de marbre blanc qui étincelait au soleil.

— Hé, toi ! qu'est-ce que tu regardes ? s'écria une voix éraillée. Tu m'as l'air bien curieux.

Un homme m'apostrophait, campé sur le pont du navire espagnol qui était amarré devant la galère. Agé d'une quarantaine d'années, il avait le teint cuivré des gens de mer, une barbe hirsute et une longue cicatrice sur la joue qui lui donnait l'air d'un pirate. Son ventre débordait d'un large ceinturon de cuir. Il pointait sur moi un doigt accusateur.

— Qu'est-ce que tu fais là ? Pourquoi tu fourres ton nez dans mes affaires ? Ton sale nez de Grec ! Ah, je t'ai découvert ! Je reconnais ta galère, figure-toi. Je l'ai déjà vue dans le port de Constantinople. On m'avait dit qu'elle appartenait à Justinien au nez d'or. Tu lui as volé son bateau ? lança-t-il en s'esclaffant et en se tapant sur le ventre.

Un attroupement commençait à se former. Je craignais de voir se vérifier les funestes hypothèses de Tarak. Si ce furieux continuait de clamer à tue-tête que je venais de Constantinople à bord d'un navire impérial, il allait me causer des ennuis. Il fallait calmer cet énergumène. Je m'approchai du navire d'où le forcené m'interpellait.

— Si vous m'autorisiez à monter à bord, je vous expliquerais.

— Monte !

Je gravis la passerelle. Sur le pont du bateau, les hommes installaient la statue qu'ils déposèrent avec précaution à côté d'autres femmes de marbre également nues. Le colosse marchait sur moi, en éructant.

— Je t'écoute ! Je n'aime pas qu'on m'espionne, figure-toi : qu'est-ce que tu fais là ?

— Je viens sauver des âmes.

— Qu'est-ce que tu racontes ? Ne te moque pas de moi.

— Je ne dis que la vérité ! Je suis moine. Mon nom est Angelos. Je suis envoyé par Constantinople auprès des communautés chrétiennes en pays berbère. Au nom de Dieu, chuchotai-je, ne compromettez pas ma mission.

Déconcerté, le braillard ne disait plus rien. J'avais visé juste : c'était un vaurien mais il craignait Dieu.

— Dites-moi votre nom, poursuivis-je, et j'appellerai sur vous la bénédiction du Tout-Puissant.

— Cristobal, marmonna l'Espagnol.

— Sois béni, Cristobal. Et ne t'inquiète pas. Dieu ne prend pas ombrage du commerce des statues auquel je vois que tu te livres. Il n'y a aucun mal à cela.

S'il craignait l'opinion de Dieu, il redoutait plus encore l'irruption d'un possible concurrent.

— Tu n'as rien à vendre ? Ni à acheter ?

— Je n'ai que la parole du Seigneur à offrir.

— Alors, je n'ai rien contre toi, décréta Cristobal. Viens manger. J'ai faim.

Il me prit par le bras et m'entraîna vers une table dressée sur des tréteaux à l'arrière du navire, sous une toiture de palmes sèches ; légumes en ragoût, charcuteries, viandes coupées en tranches épaisses, fromages de chèvre... Cristobal empoigna un jambon et me le tendit.

— Tiens ! Mange du cochon. Ici, figure-toi, ça ne t'arrivera pas souvent. Et goûte-moi ce vin d'Hispanie, ajouta-t-il en arrachant d'un coup de dents la cire qui cachetait un flacon.

Nous prîmes place face à face, sur des bancs de bois. Cristobal dégrafa son ceinturon pour manger à son aise. Il me considérait d'un œil à nouveau soupçonneux.

— Et Tarak ben Ziad ? Qu'est-ce qu'il fait avec toi ? Je l'ai vu sur le pont de ta galère, ce matin.

— Il va me conduire jusqu'à Moussa. Je vais demander à l'émir l'autorisation d'exercer mon ministère auprès des chrétiens d'Afrique.

Cristobal éclata de rire, le ventre secoué.

— Je te souhaite bonne chance. J'espère pour toi que Moussa sera de bonne humeur quand tu feras ta demande, sinon tu pourrais bien finir en martyr.

— Mon salut serait assuré.

— C'est ton affaire, conclut Cristobal. Et Tarak ben Ziad ? Parle-moi de lui.

— C'est le gouverneur de Tanger.

— Tu me prends pour un idiot ? Tu crois que je ne connais pas Tarak ben Ziad ?

— Alors que veux-tu savoir ?

— Tu l'as rencontré comment ?

— Par Julien de Ceuta.

— Tu es passé par Ceuta ?

— Oui. Pour que Julien me conduise à Tarak et que celui-ci me fasse rencontrer Moussa.

— Tu as vu la fornicatrice à Ceuta ?

— Pardon ?

— Florinda. Tu l'as vue ? C'est la fille de Julien et de la Kahina. Et c'est aussi la maîtresse de Tarak ben Ziad, figure-toi. En Hispanie, on ne parle que d'elle. Agila, le fils du roi, en est fou et son rival Rodrigo la convoite.

— Le roi est malade, m'a-t-on dit.

— Wittiza ? Il est plus mort que vif. La bataille fait rage pour le trône et pour le cul de Florinda. Agila est sous le charme, il veut l'épouser et en faire la reine d'Hispanie. Quand elle était à Tolède, au palais royal, il la traitait comme une princesse en la présentant aux Grands du royaume comme la future souveraine. Mais Rodrigo crie au scandale. Il proclame que le roi d'Hispanie ne peut pas se commettre avec une femme pareille. Il faut dire qu'avec une juive et un Byzantin pour parents, et pour amant un Berbère renégat converti à l'islam, Florinda représente tout ce que détestent les nobles d'Hispanie. Mais comme elle est très belle et que Rodrigo ne se prive jamais d'une femme qui lui plaît, il clame qu'il fera d'elle son esclave et qu'il la violera quand bon lui semblera.

— Et qui va emporter la couronne, Rodrigo ou Agila ?

— Bien malin qui le sait. Agila compte sur les amis de son père et Rodrigo sur les mécontents. Moi, je parie sur Rodrigo.

— Pourquoi ?

— Parce que c'est mon client, rigola Cristobal, et un bon client, figure-toi. Il est très, très, très riche. Les statues, c'est pour lui. Pour recevoir les nobles et gagner leur appui, il s'est fait construire un palais à Tolède, et il veut installer des statues romaines dans le parc de ce palais. Un très très grand parc. Il me les achète à prix d'or et moi, je sais où les trouver pour pas cher. Ici.

Cristobal s'interrompit pour avaler tout rond une tranche de rôti et boire d'un trait un plein gobelet de vin.

— Les statues, reprit-il, les Arabes n'aiment pas ça. Surtout les femmes nues. Ça tombe bien, Rodrigo ne veut que des femmes. Alors je prends toutes les femmes des bains. Tu vois les bains là-bas ?

Cristobal montrait du doigt les thermes d'Antonin qui s'élevaient au pied de la colline, devant la mer, en face du port.

— Dedans, c'est plus grand qu'une cathédrale. Et il y a des statues partout ! J'en embarque quinze. Toutes en marbre de Carrare.

— Vous allez faire un gros bénéfice ?

— C'est tout bénéfice, figure-toi ! Je ne vais pas les payer. Pourquoi les acheter aux Arabes puisqu'ils n'en veulent plus ? Je leur évite de se donner la peine de les casser. Je débarrasse et je revends.

Cristobal, l'air canaille, se pencha vers moi et cligna de l'œil.

— Et je ne rapporte pas que des statues de femmes. J'ai aussi des femmes bien vivantes, aussi belles que les statues, mais en chair et en os. Viens voir.

Il m'emmena et me fit descendre par un escalier de bois dans la cale. Elle contenait une dizaine de statues arrimées par des cordes et des sangles pour éviter qu'elles ne se heurtent dans les mouvements du navire. Cristobal leva la lanterne à bout de bras pour éclairer le fond. Derrière une grille de fer, comme des bêtes en cage, trois belles filles noires étaient étendues sur le sol. Prostrées, elles se cachaient le visage entre les mains.

— C'est un marchand de Tunis qui me les vend. Et moi, je les revends dix fois plus cher à Rodrigo. Il les offre aux seigneurs qu'il héberge dans son palais de Tolède. Ça l'aide à gagner leur soutien pour l'élection du roi.

— Mais pourquoi sont-elles en cage ?

— Pour les protéger. Sinon mes marins leur sauteraient dessus et ça me les abîmerait. Il paye bien mais il est exigeant, Rodrigo.

Nous remontâmes sur le pont. La lumière était éblouissante. Je mis mes mains en visière pour observer les bateaux militaires amarrés un peu plus loin. Des hommes dressaient des catapultes sur le pont.

— Ils s'équipent pour le combat, me semble-t-il, fis-je remarquer à Cristobal.

— Et les caisses qu'ils embarquent sont pleines d'armes. C'est moi qui les ai apportées. Je n'ai pas fait le voyage à vide, figure-toi. Moussa voulait des cuirasses, des lances, des casques, des épées, des masses d'armes. Tout ce qu'il demande, je le lui livre.

— Mais la guerre est finie, ici.

Cristobal partit dans un grand rire.

— La guerre n'est jamais finie, moine. Elle se déplace. Moussa envoie ces armes en Syrie, figure-toi.

— Mais en Syrie il n'y a plus de guerre.

— C'est pour aller attaquer… (Cristobal laissa sa phrase en suspens et fit un geste évasif.) Et puis après tout, ils en feront ce qu'ils voudront. Ça ne te regarde pas et ce n'est pas mon affaire. J'encaisse l'argent de Moussa pour les armes, j'encaisserai celui de Rodrigo pour les statues et pour les femmes. Et puis voilà ! fit-il en se frottant les mains. Mais d'abord il me faut négocier le prix avec ce vieux renard de Moussa.

— Quand le verrez-vous ?

— Demain.

— Demain ? Mais comment ferez-vous pour être demain à Kairouan ?

— C'est Moussa qui sera ici. Il vient choisir les colonnes pour sa mosquée. Je vais en profiter pour discuter le prix des armes. Je veux faire au moins du un à dix. Ce que je paye cent, je le vends mille.

— J'avoue que c'est d'un bon rapport.

— C'est le seul commerce qui m'intéresse, figure-toi. Le reste, je le laisse aux marchands de grains et de bestiaux. Moi, je ne travaille que sur des trafics spéciaux et juteux.

— Pouvez-vous m'aider à obtenir une audience auprès de Moussa ?

— Peut-être, finassa Cristobal, mais je ne fais rien pour rien, figure-toi. Et c'est cher, une audience avec l'émir Moussa.

— Dites-moi votre prix.

— Comment ça ? Tout à l'heure, tu me racontais que tu étais un ermite. Tu te moques de moi ?

— J'ai de l'or pour Moussa. Pour qu'il m'autorise à accomplir ma mission auprès des chrétiens d'Afrique. Alors ? Combien ?

Cristobal se grattait le crâne en fronçant les sourcils.

— Je vais y réfléchir, décida-t-il. Moussa me recevra demain matin.

Je pris congé de Cristobal et regagnai la galère où m'attendait Tarak.

— Où étais-tu passé ? J'étais inquiet.

— Je suis allé me dégourdir les jambes, mais rassure-toi, je ne suis pas sorti du port. Alors ? Les permis pour aller à Kairouan ?

— Plus besoin d'aller à Kairouan ! annonça joyeusement Tarak. J'ai une bonne nouvelle : Moussa sera ici demain.

Moussa

Le lendemain matin, à dix heures, Tarak et moi arrivâmes en plein soleil sur l'esplanade du grand forum de Carthage, au milieu d'une forêt de colonnes de pierre, de granit ou de marbre, les unes dressées, d'autres couchées ou brisées.

Un long barrissement nous accueillit. Un éléphant harnaché de lanières de cuir avançait majestueusement en traînant derrière lui un énorme pilier. Tout autour, des centaines d'ouvriers et des milliers d'esclaves démontaient ce qu'il restait des édifices monumentaux qui couvraient toute la colline. Grâce à des treuils et des poulies, ils soulevaient les colonnes, déposaient les chapiteaux ; à l'aide de leviers, ils démantelaient les frontons et descellaient les vasques des fontaines. Ils brisaient toutes les statues à coups de masse.

Un garde vêtu d'une cotte de mailles, un long sabre courbe passé à la ceinture, nous conduisit à travers le dédale du chantier jusqu'à la tente de l'émir Moussa, dressée dans un angle du forum, à l'ombre d'un mur colossal à demi écroulé. Cristobal était déjà là. Il attendait d'être reçu. Il me salua d'un geste de la main et ignora Tarak. Devant le grand pavillon de laine brune, le garde nous invita à patienter et à nous asseoir sur l'un des chapiteaux posés à même le sol. Les uns à côté des autres, les blocs sculptés étaient alignés jusqu'au bout du forum et sur cinq rangées. Je calculai qu'il y en avait au moins cinq cents. Un groupe de religieux musulmans coiffés de turbans blancs arpentait les allées entre les chapiteaux en les examinant un par un.

— C'est pour la mosquée de Kairouan, m'expliqua Tarak. Ils envoient à la casse les chapiteaux qui portent des sculptures de personnages. Ils conservent ceux qui sont ornés de végétaux, et sur les animaux ils discutent. Les imams n'ont pas tous la même interprétation du Coran.

Des ouvriers transportaient les chapiteaux sur un char tiré par une paire de bœufs. Ils inscrivaient à la peinture un numéro sur chaque sculpture. Peu à peu, le groupe s'approchait. Ils étaient maintenant tout près de nous et je pus voir les religieux choisir un chapiteau sans se rendre compte qu'il portait sur le côté une petite croix byzantine. Le contremaître le fit transporter sur le char. Je me penchai vers Cristobal pour chuchoter :

— Quelque part dans la mosquée de Kairouan, tout en haut d'une colonne, il y aura une croix.

Il me répondit par un clin d'œil complice accompagné d'un coup de coude dans les côtes.

*

* *

Pendant ce temps, sous la tente, Moussa recevait l'architecte du projet qui lui tenait tant à cœur : la grande mosquée de Kairouan. De cette ville créée par les Arabes au milieu d'une steppe vide, il avait fait sa capitale. Il voulait que la gloire de Kairouan éclipse à jamais celle de Carthage et il venait puiser dans les somptueux décombres de l'antique cité ce qui allait faire la splendeur de sa ville nouvelle. Grâce à une mosquée qui par sa taille et sa beauté rayonnerait sur toute l'Afrique.

— Ce sera la plus grande jamais construite, affirma l'architecte, un homme tout en longueur, maigre, de haute taille, le nez allongé, le menton pointu et les cheveux pendant sur les épaules.

Jamais en trente-cinq ans d'exercice de son art il n'avait eu à conduire un tel projet. Cette œuvre allait être l'apothéose de sa carrière. Il y travaillait depuis un an déjà et aujourd'hui il venait la présenter à l'émir et à son fils, Abd el-Aziz, que Moussa avait chargé de suivre le chantier. L'architecte avait fait confectionner un modèle réduit de la future mosquée. Les artisans auxquels il avait confié le travail s'en étaient acquittés avec la plus grande précision. Posée au milieu de la tente sur un grand plateau rectangulaire, la maquette mesurait six coudées sur quatre. Les murs de la mosquée, le minaret, les colonnes et les arcs étaient figurés en argile, la charpente et la toiture en bois. L'œuvre était recouverte d'un voile de coton qui la dissimulait. L'architecte voulait créer la surprise.

— La plus grande, dis-tu, mais en es-tu certain ? s'inquiéta Moussa. J'étais à Damas, il y a deux mois.

Le Khalife Al-Walid m'a fait visiter le chantier de sa mosquée. Et il affirme que ce sera la plus grande. Je ne l'ai pas contredit, mais j'aimerais savoir à quoi m'en tenir.

— On ne peut pas comparer ! protesta l'architecte. A Damas, les architectes d'Al-Walid se servent des bâtiments de la cathédrale. Et ces mêmes bâtiments sont pour partie des vestiges de l'ancien temple de Jupiter. C'est un chantier de transformation. Kairouan, c'est la création d'un lieu nouveau, né pour l'islam. Votre mosquée n'aura jamais abrité des idoles.

— Tu as raison. Ce n'est pas comparable. Montre-moi ton travail.

— Et voilà ! fit l'architecte en enlevant d'un grand geste le tissu qui recouvrait le modèle.

L'émir et son fils Abd el-Aziz se levèrent pour examiner la maquette de plus près. Elle était posée sur de hauts tréteaux, presque à hauteur des yeux.

— D'abord, une enceinte extérieure sobre et solide, expliquait l'architecte. Elle sera austère, à l'image de la maison du Prophète. Ce n'est pas comme la mosquée de Damas avec cette profusion de mosaïques dorées ! Tout ce décor chamarré avec des arbres, des fleuves, des palais perchés sur des montagnes, des paysages verdoyants, c'est indécent. Ce foisonnement d'images colorées n'est pas propice à la prière et à la méditation. La mosquée du Khalife sera étincelante comme l'étaient les temples païens. La vôtre, tout aussi grande, s'inspirera d'un grand principe de l'islam : l'humilité de l'homme devant Dieu. Remarquez également la solidité des murs. Ils permettront de résister à d'éventuelles attaques de rebelles berbères. Vous pouvez le voir, les ouvertures sont rares et étroites.

Comme il n'y avait plus assez d'espace à l'intérieur de Kairouan pour une aussi vaste mosquée, il fallait bâtir un édifice solidement fortifié hors des remparts qui protégeaient la jeune cité.

— Ici, le minaret, poursuivait l'architecte. Il se dressera dans l'axe de la grande cour. Il dominera toute la ville et l'appel à la prière s'entendra partout. C'est aussi une tour de guet d'où l'on peut surveiller les environs.

— L'escalier intérieur du minaret sera en bois ? s'enquit Moussa.

— Non ! en pierre. J'ai choisi une centaine de pierres tombales dans un cimetière de Carthage. Elles feront d'excellentes marches. J'ai aussi trouvé une belle frise romaine qui encadrera la porte de l'escalier, au pied du minaret. La cour, maintenant. Comme vous pouvez le voir, elle s'étend au milieu d'un péristyle de plus de cent colonnes.

Au milieu de la cour, fichée dans le sol, une petite pièce de métal attira l'attention de l'émir.

— Qu'est-ce que c'est ?

— Ce sera un magnifique cadran solaire. Je l'ai trouvé tout près d'ici, devant l'ancien temple de Jupiter. Je pourrais vous le montrer tout à l'heure si vous le souhaitez. Je pense l'installer à côté du bassin des ablutions.

— Et ces ouvertures dans le sol ? demanda Moussa en désignant de petits orifices au centre de la cour.

— Vous venez de mettre le doigt sur la grande innovation du projet ! Quel est le grand défi que nous devons relever à Kairouan ? Le manque d'eau. Pas de rivière, pas de sources, juste quelques puits qui donnent une eau saumâtre. L'eau ne vient que du ciel. Et quand il pleut, il ne faut surtout pas la laisser se perdre dans le sol ou s'évaporer. Nous devons recueillir l'eau de pluie et la conserver à l'abri du soleil. C'est ce que nous faisons ici. Les toitures de la salle de prière et la cour représentent une surface immense, et toute l'eau de pluie ruissellera jusqu'à ces ouvertures dans le sol. Par ces bouches, elle se déversera dans une grande citerne souterraine. En fait, la cour sera construite sur un réservoir aussi grand qu'elle.

— C'est une idée magnifique !

— Si vous voulez faire de Kairouan une grande capitale, il faudra que nous réussissions à capter et à conserver l'eau de pluie. J'ai pensé à un projet de grands bassins vers lesquels on détournerait l'eau des oueds. Je vous le présenterai si vous le permettez.

— Un autre jour, si Dieu le veut. Parlons de la mosquée.

L'architecte et Abd el-Aziz soulevèrent avec précaution la toiture de bois qui recouvrait la salle de prière et les galeries.

— Dix-sept nefs, huit travées, plus de quatre cents colonnes, annonça fièrement l'architecte. Dans la salle de prière, on sera comme dans l'ombre bienfaisante d'une palmeraie, alors que la clairière de la cour sera inondée de lumière. Vous voyez ?

Il se tut brusquement, craignant d'avoir indisposé l'émir par un trop long discours. Il brûlait maintenant de connaître l'opinion de Moussa. Celui-ci, les mains derrière le dos, tournait autour de la maquette en hochant la tête, sans rien dire. Il s'arrêta, se caressa la barbe et se prononça :

— C'est magnifique. Je n'ai rien d'autre à dire. Que Dieu te protège.

L'architecte laissa échapper un soupir de soulagement. Maintenant, il allait pouvoir formuler ses demandes.

— Ce n'est que le résultat imparfait de ce que vous m'avez commandé. Mais je ne vous cache pas qu'il faudra des moyens considérables.

— Tu les auras.

— Des hommes et de l'or.

Moussa se racla la gorge. C'était, chez lui, la première manifestation d'un agacement. Il alla se rasseoir.

— Je viens de te dire que tu auras tout ce que tu veux. Que veux-tu de plus ?

— Je ferai tout pour être digne de votre confiance.

— Combien de temps te faudra-t-il ?

A Damas, Al-Walid se donnait trois ans pour mener à bien son chantier et Moussa aurait aimé le devancer.

— Plusieurs années.

— Deux, trois ?

— Impossible ! s'écria l'architecte en levant les bras au ciel, il me faut au moins cinq ans.

— Alors, commence dès aujourd'hui.

— C'est ce que je vais faire. Nous allons choisir les colonnes.

— Ici, ce n'est pas difficile. Tu n'as que l'embarras du choix.

— Justement ! Il faut en sélectionner près de cinq cents. Les examiner une par une, décider de leur emplacement futur dans la mosquée. Comme vous le voyez, expliquait-il en revenant vers la maquette, les colonnes ne sont pas toutes de même hauteur, ni de même diamètre. Et puis il faut les disposer en tenant compte de la nature de la pierre, en combinant les marbres, les grès, les granits. Je dois aussi veiller à marier les couleurs. Elles vont du blanc au pourpre en passant par tous les gris et tous les ocres. C'est un long travail d'ajustement.

— Ton projet me plaît. Mène-le à bien. Je suis encore ici pour quelques jours. Reviens me voir chaque soir pour me rendre compte.

L'architecte s'inclina et sortit de la tente.

*
* *

L'émir nous fit entrer, Tarak, Cristobal et moi.

— Soyez les bienvenus. La paix soit avec vous.

Moussa donna l'accolade à Tarak mais ne m'accorda qu'un geste de la main. Il nous invita à prendre place sur les longues banquettes garnies de coussins qui formaient le seul ameublement de la tente au milieu de laquelle trônait la maquette de la mosquée. Moussa nous la fit admirer, puis il engagea la conversation.

— Alors ? comment vas-tu, Tarak ? Comment va Tanger ?

— Grâce à Dieu, je vais bien, émir. Et Tanger aussi. Je suis venu avec…

Alors que Tarak s'apprêtait à me présenter, Moussa reprit la parole en s'adressant à Cristobal.

— Mon fils Abd el-Aziz a inspecté ta livraison d'armes. Les lames sont de belle qualité, m'a-t-il dit. D'où viennent-elles ?

— D'un peu partout en Hispanie. J'ai pris ce qu'il y avait de meilleur. Evidemment, le prix…

— Ah, le prix ! l'interrompit Moussa qui se tourna vers moi. A ce propos, il paraît que tu m'apportes de l'or.

— Vous avez donc reçu la lettre de l'empereur Justinien, lui répondis-je.

— Oui. Mais elle ne dit pas combien tu en apportes.

— Mille besants, annonçai-je en sortant de ma poche la pièce d'or que j'avais prélevée dans le coffre.

Je la déposai dans la main que me tendait Moussa.

— Tarak a vu le trésor, ajoutai-je. Il peut en témoigner.

— C'est vrai, confirma celui-ci.

Moussa, le visage impassible, se caressait la barbe.

— Et toi, demanda-t-il à Cristobal, combien veux-tu pour les armes ?

— Cinq cents besants, annonça l'Espagnol.

D'après les modes de calcul qu'il pratiquait, il n'avait pas dû les payer cinquante.

Moussa se racla la gorge et but une gorgée d'eau qu'il avala lentement avant d'exprimer son opinion.

— C'est très cher.

— Elles sont d'un bon métal. Votre fils vous l'a confirmé.

Après un instant de réflexion, Moussa hocha la tête avec un petit sourire.

— Soit ! Cinq cents besants, j'y consens. Où est cet or que tu m'apportes ? me demanda-t-il.

— A bord de ma galère. Elle est amarrée juste à côté du bateau de Cristobal.

— Bien. Et cet or est sous clef, je suppose ? dit Moussa en tendant à nouveau la main vers moi, paume ouverte.

J'ôtai de la chaîne que je portais autour du cou la clef du trésor que je déposai dans la main de l'émir.

— Je m'attendais à votre demande et j'ai donné des instructions au capitaine. Il mènera vos hommes à la cabine où se trouvent les quatre coffres.

— Nous disons donc cinq cents besants pour les armes, confirma Moussa à Cristobal qui n'en revenait pas d'avoir si aisément obtenu satisfaction. Maintenant, parlons des statues.

— Ne vous inquiétez pas, émir. J'ai complètement débarrassé les thermes de toutes ces sculptures, promit-il.

— Il y en avait beaucoup, je crois, de ces statues obscènes.

— Une quinzaine, très lourdes, très difficiles à transporter, mais j'ai tout enlevé.

— Il n'y a plus de femmes nues qui offensent le regard d'un musulman ?

— Plus aucune, émir. Vous pouvez aller aux bains sans crainte.

Moussa passait la main sur sa barbe en réfléchissant.

— Une quinzaine, dis-tu. Je me demande à combien les estimer.

— Mais… bafouilla Cristobal, je vous rends service en les enlevant, puisque vous n'en voulez plus.

— Et ensuite tu gagnes beaucoup en les revendant. Sinon, tu ne les transporterais pas jusqu'en Hispanie. J'en veux cinq cents besants, le même prix que les armes. Nous sommes donc quittes.

— Cinq cents besants ! gémit Cristobal qui voyait s'évanouir ses espérances.

— Je n'ai pas marchandé le prix des armes, ne marchande pas celui des statues.

— Tout de même…

— Je te conseille de partir très vite. Retourne sur ton bateau, hisse les voiles et va-t'en. Si demain tu es encore dans le port, je ferai inspecter ton navire. Et si par malheur on trouvait des femmes prisonnières dans la cale – et je crois qu'on en trouverait – je confisquerais le bateau, les femmes et les statues. Et tu rentrerais à pied chez toi. Pour passer en Hispanie, Tarak pourrait te faire traverser le détroit des Colonnes d'Hercule. Il en rêve. N'est-ce pas, Tarak ?

Moussa, d'un geste impérieux, congédia Cristobal qui sortit en exécutant quelques courbettes accompagnées d'un regard mauvais.

— Qu'il aille au diable ! lança l'émir avant de se retourner vers moi. Sais-tu ce que je pense en te voyant arriver ici avec ton or et ton air sournois ?

Après avoir ruiné les espoirs de Cristobal et l'avoir chassé, Moussa s'en prenait maintenant à moi. Je me retrouvais en position délicate et sans monnaie d'échange depuis que Moussa avait pris la clef du trésor. L'émir pouvait maintenant faire de moi ce qu'il voulait ; me faire mettre à mort, me mutiler, me jeter en prison. Mais il se contenta de me demander :

— Pourquoi cet or ?

— Justinien vous l'envoie pour financer une expédition en Hispanie.

— En Hispanie ? Quelle idée !

— Ce n'est pas son idée, c'est la vôtre, émir. A Damas, il y a deux mois, au cours d'un déjeuner dans la palmeraie, vous avez présenté votre projet au Khalife Al-Walid. Sans flagornerie, je tiens à dire que votre plan était très bien étudié. Il est parfaitement réalisable. Le chaos règne en Hispanie. C'est le moment. Vous avez vu juste. Hélas, le Khalife ne vous a pas écouté. Alors que vous lui promettiez la Table de Soleiman, il vous a rabroué en vous rappelant le mauvais procès qu'on vous a fait à Alexandrie pour détournement de fonds. C'était injuste de vous humilier ainsi devant vos pairs.

Déconcerté, Moussa découvrait qu'il avait affaire à un espion fort bien renseigné. Il grimaça un sourire qui ressemblait à une envie de mordre.

— Tu es très malin. C'est à croire que tu assistais au déjeuner caché sous la table.

Il se demandait quel était le traître qui avait pu divulguer la conversation.

— Je n'avais pas besoin d'être là, puisque j'avais quelqu'un. Un émir, précisai-je afin de protéger Abdallah des soupçons et de sauvegarder la source de renseignements que j'avais à Damas.

— Dis-moi le nom de ce chien ! éructa Moussa.

Il devait passer en revue les visages des émirs qui assistaient au repas et constater sans doute que chacun aurait pu médire à son sujet.

— Je te donnerai de l'or si tu parles. Les cinq cents besants que j'ai refusés à Cristobal sont à toi. Qui a trahi ?

— Vous m'offensez, m'offusquai-je. Je ne suis pas Cristobal.

— Je peux aussi te faire torturer, s'énerva Moussa. Tu es un espion et je n'hésiterais pas à te soumettre à des supplices que tu n'imagines même pas.

Je fis mine d'hésiter devant une décision difficile. Je pris un air honteux.

— Je sais que sous la torture je finirais par parler, confessai-je à mi-voix.

— Alors, autant avouer avant d'avoir à souffrir.

— C'est l'émir Maslama, lâchai-je tête basse.

— Le chien ! J'en étais sûr.

Parmi les émirs qui assistaient au déjeuner de Damas, j'avais choisi d'accabler Maslama dans l'espoir de semer le désordre dans le commandement de l'armée arabe d'Asie Mineure qui se préparait à marcher sur Constantinople.

— Il est à notre solde depuis des années, ajoutai-je pour sceller son sort.

A vrai dire, j'avais bel et bien tenté de soudoyer Maslama. L'an dernier, je lui avais envoyé deux de mes hommes porteurs d'un message oral lui proposant un accord secret qui aurait assuré sa fortune. Ces émissaires n'étaient jamais revenus. Je profitais de l'occasion pour venger mes agents.

— Voilà pourquoi nous n'avançons pas en Asie Mineure ! s'indignait Moussa. Je comprends pourquoi nous ne réussissons pas à prendre Constantinople. Mais ça va changer. Grâce à tes aveux, nous allons nous débarrasser de ce traître. Tu nous rends grand service. Quand nous prendrons Constantinople, je veillerai à ce qu'on t'épargne. Car tu sais que nous allons prendre Constantinople, n'est-ce pas ? puisque ce chacal de Maslama t'a tout raconté.

— Je sais qu'au prochain Ramadan vous allez essayer. Mais je suis sûr que vous allez échouer.

— Nous y serons, si Dieu le veut, au prochain Ramadan.

— Peut-être, mais dans ce cas ce serait la victoire du Khalife, pas la vôtre. Alors que la conquête de l'Hispanie et de la Table de Soleiman serait votre triomphe.

Moussa savait que j'avais raison et moi je savais qu'il brûlait d'envie de prendre l'Hispanie et de rapporter la Table à Jérusalem. Mais les injonctions et les menaces d'Al-Walid ne lui laissaient pas le choix.

— Si vous ne voulez pas désobéir au Khalife, intervint Tarak, laissez-moi traverser le détroit et conquérir le pays en votre nom. Je planterai votre bannière à Tolède et je reprendrai aux Goths la Table de Soleiman. Donnez l'ordre aux bateaux de repartir sur le détroit avec les armes de Cristobal. A Tanger, j'ai plus d'hommes qu'il n'en faut. Je suis sûr que je peux réussir.

— Jamais ! tonna Moussa. Tu m'entends ? Jamais ! Les musulmans vont un jour conquérir l'Hispanie, si Dieu le veut, mais c'est moi qui les conduirai. Pas un

Berbère. Tu es là pour me seconder, Tarak ben Ziad, pas pour me remplacer.

— Je vous ai remplacé dans beaucoup de batailles !

— Je ne conteste pas ton courage mais tu me dois obéissance. D'ailleurs, je sais bien pourquoi tu veux à tout prix attaquer l'Hispanie.

— C'est pour la gloire de…

— Non ! C'est à cause de Florinda, cette fornicatrice ! Elle te rend fou, cette putain qui couche avec tout le monde. Oublie-la ! Prends une nouvelle épouse si les tiennes t'ennuient, fais-lui des enfants et chasse cette sorcière de ton esprit !

Il enrageait de devoir différer cette conquête et ne pouvait tolérer que Tarak la lui dérobe et s'arroge la gloire de rapporter au Khalife la Table de Soleiman. Sous le coup de l'énervement il s'était levé et pointait sur Tarak un index menaçant.

— Tu vas immédiatement rentrer à Tanger et réunir les hommes dont tu disposes. Mais pas pour aller en Hispanie ! Je te l'interdis ! Et si tu oses désobéir tu le paieras de ta tête. Tu m'entends ? Je t'attends ici dans cinq semaines au plus tard. Nous partirons aussitôt pour Constantinople.

Moussa s'assurait ainsi que Tarak ne profiterait pas de son absence pour transgresser ses ordres, aller s'emparer de la Table et l'offrir à Al-Walid. L'émir se réservait cette prise de guerre qui vaudrait les faveurs du Khalife à celui qui la rapporterait à Damas.

— Et sur quels bateaux pourrais-je embarquer mes hommes ? objecta Tarak. Ils sont tous ici.

Moussa réfléchit un instant.

— Prends les bateaux de Julien, ordonna-t-il. Combien en a-t-il ?

— Trois. Mais je ne peux pas les lui confisquer. Ce serait contraire à notre traité. De son côté, il l'a toujours respecté.

— Très bien, concéda l'émir. Alors, tu n'as qu'à les lui acheter. En échange, je l'exonère du paiement du tribut pour cette année. Qu'il garde son huile et ses barils de graisse et qu'il arme ses trois bateaux pour te conduire ici avec tes hommes.

*

* *

Le retour fut sinistre. En partant vers Carthage, Tarak, qui ne doutait pas de réussir à convaincre Moussa, s'était montré volubile et enthousiaste. En repartant vers Tanger, il était au contraire accablé, muré dans le silence, en proie à des idées noires qui assombrissaient son visage. Je me tenais à l'écart et le laissais ruminer dans l'attente d'une circonstance propice. Un soir, après la mauvaise soupe servie dans la cabine par le capitaine Petros, quand nous nous allongeâmes chacun sur notre grabat, je rompis le silence.

— Moussa t'a parlé de façon outrageante. Il a voulu t'humilier. J'ai souffert pour toi.

— Il m'a traité comme un chien !

— On voit bien qu'il méprise les Berbères.

— Je ne lui pardonnerai jamais ces injures.

— Tu as bien raison. Après la façon dont il s'est comporté, tu peux te sentir libre. Tu as un bon moyen de lui faire savoir que tu n'es pas son esclave : ignore ses ordres et emmène tes hommes en Hispanie sur les bateaux de Julien. Puisque Moussa n'a rien voulu entendre, tant pis pour lui ! La gloire de la conquête sera pour toi et pour les Berbères. Quelle belle vengeance !

— C'est impossible, tu le sais bien. Tu as entendu ses menaces.

— Je te croyais plus audacieux, Tarak. Si Florinda t'entendait, tu la perdrais.

— Je suis prêt à mourir cent fois en combattant pour conquérir l'Hispanie et rapporter la Table de Soleiman ! protesta Tarak. Mais je ne veux pas finir les mains liées derrière le dos et la tête tranchée.

— Ce qui veut dire que tu vas te soumettre ?

— Que veux-tu que je fasse ? Je n'ai pas le choix. Je vais rassembler mes hommes et partir rejoindre Moussa.

— Tu tiens vraiment à mourir sous les murs de Constantinople ?

Tarak préférait courir ce risque plutôt que périr décapité comme la Kahina.

— Grâce à Moussa, Agila aura le champ libre pour épouser Florinda, glissai-je perfidement. Même si tu reviens un jour de Constantinople vivant et entier, il sera trop tard. Florinda sera reine d'Hispanie.

Tarak ne répondit pas. Je savais que la jalousie le tenaillait. Il souffla la lampe et se recroquevilla sous la rêche couverture de laine.

C'était le neuvième jour de navigation depuis que nous avions quitté Carthage. Poussée par des vents favorables, la galère s'était engagée ce matin-là dans le détroit. Elle était passée entre les Colonnes d'Hercule, puis devant le port de Ceuta où j'avais aperçu les trois gros bateaux de Julien amarrés le long des quais. Passé le cap de Malabata, nous venions d'entrer dans l'immense baie de Tanger. Au bout, la ville blanche s'étageait sur la colline. Je plissai le nez et fronçai les sourcils en respirant une odeur nauséabonde. Le vent répandait les effluves malodorants du garum. J'eus un petit rire en repensant au malheureux Tarif couvert d'immondices, vitupérant sous les fenêtres de Tarak. Soudain, l'idée d'utiliser Tarif me traversa l'esprit ! Je me mis à imaginer un enchaînement de circonstances improbable mais pas impossible à provoquer. J'étais sur le point d'en parler à Tarak mais je me ravisai. Je voulais me donner quelques heures de réflexion, approfondir l'idée, méditer l'intrigue et la meilleure façon de la mener, envisager les rebondissements. J'en parlerais à Tarak le soir même, au moment de la détente, après le bain. D'ici là, j'allais affûter mes arguments afin de lui présenter la manœuvre sous un jour convaincant. C'était la dernière chance.

QUATRIÈME PARTIE

Florinda

Ce matin-là, comme chaque jour, Florinda se leva bien avant le soleil. A l'heure où le ciel commençait à pâlir, elle était déjà en selle. Dans la rue principale de Ceuta qui s'éveillait à peine, le claquement des sabots de son cheval résonnait entre les façades aux volets clos. Julien lui avait offert ce pur-sang noir qu'elle nommait *Anazar*, le défi, comme celui de la Kahina. « Plus droite, ma fille, tiens-toi droite », s'entendit-elle dire. Florinda qui vivait sous le regard exigeant de sa mère se redressa et creusa les reins.

A la sortie de la ville, elle talonna Anazar. Il s'élança sur le sentier qui gravissait le mont Abyla. Elle chevauchait en poussant des cris de guerre, ceux que la Kahina lançait pour entraîner ses cavaliers berbères. Parvenue au sommet du mont, Florinda s'arrêta au milieu d'une grande clairière. Elle mit pied à terre et ôta sa chasuble sous laquelle elle portait un justaucorps. Elle s'avança jusqu'au bord de la corniche qui surplombait le détroit que le vent faisait moutonner. Tout en bas, les vagues explosaient contre d'énormes récifs noirs. De l'autre côté, l'Hispanie était clairement visible dans la lumière pure du levant. Chaque matin, Florinda venait contempler son futur royaume.

Comme sa mère, elle serait reine. Il lui suffisait d'attendre la mort du roi Wittiza, le dernier obstacle. Ce vieillard obstiné interdisait à son fils d'épouser Florinda. Il craignait qu'en se mariant avec une Berbère, Agila ruine ses chances d'être élu pour porter la couronne des rois goths. Florinda attendait impatiemment que l'âge et la maladie emportent Wittiza. Dès qu'Agila monterait sur le trône, elle l'épouserait. Elle n'en doutait pas un instant. Elle avait capturé le jeune homme timide dès leur première étreinte dans les jardins du palais de Tolède. C'était au début de l'automne dernier. Julien accompagné de sa fille était allé en Hispanie rendre visite à son vieil ami Wittiza. Comme chaque année à pareille époque, il avait séjourné pendant deux mois au palais royal de Tolède. La saison y était douce et ensoleillée en cette fin de septembre alors que le mauvais temps commençait à sévir sur le détroit. Le roi des Goths et le prince de Ceuta se connaissaient et s'estimaient depuis longtemps. Julien éprouvait une reconnaissance infinie à l'égard de Wittiza qui lui avait porté secours quand Moussa assiégeait Ceuta. Le roi avait fait régulièrement acheminer par bateau des vivres, des armes et des renforts qui avaient permis à Julien de tenir Moussa en échec.

Le soir, ils prenaient le frais sur la vaste terrasse du palais royal. Elle dominait le Tage, là où son cours forme une boucle qui enlace Tolède. Ce sillon colossal entre les rives abruptes, les légendes antiques l'attribuaient aussi à Hercule, comme les colonnes du détroit. Elles disaient qu'il avait creusé cette vallée profonde d'un seul coup circulaire de son épée.

Au cours de leurs longues conversations, Wittiza avait confié ses tourments à Julien. Septuagénaire, chenu, les mains tremblantes, le regard délavé, il se voyait assailli et rongé par toutes sortes de maladies. Malgré les douleurs qu'elles lui infligeaient, il espérait que Dieu lui accorderait le temps d'asseoir sa succession.

— Si je rendais l'âme aujourd'hui, mon fils ne serait pas élu, avait-il avoué à Julien. C'est Rodrigo qui emporterait la couronne. Il a su gagner le soutien des familles influentes. Il me faut encore du temps pour parvenir à imposer Agila, puisqu'il n'en est pas capable lui-même.

— Il est encore très jeune, avait plaidé Julien.

— C'est vrai, mais il n'y a pas que l'âge. Plus encore que les années, c'est le caractère qui lui manque. Agila est un agneau tandis que Rodrigo, lui, est un loup affamé.

Engagés dans d'interminables discussions qui se prolongeaient chaque soir jusque très tard, les deux hommes n'avaient guère prêté attention à leur progéniture. Le fils de Wittiza et la fille de Julien avaient tout juste vingt ans. La beauté et l'assurance de Florinda fascinaient le jeune Agila. Long et frêle, le dos légèrement voûté, étroit d'épaules, dominé par son père devant lequel il tremblait, il doutait de lui-même. Ce manque de confiance se traduisait par une élocution hésitante et le regard fuyant de ses yeux globuleux qui filaient tantôt vers le ciel tantôt vers le sol sans jamais regarder en face. Tout le contraire de

Florinda, épanouie, sensuelle et sûre de son destin. Elle nourrissait un ambitieux dessein forgé dans ses colloques quotidiens avec la Kahina, et la mission qu'elle s'assignait exigeait tout d'abord la conquête d'Agila.

Elle avait entrepris d'investir les brèches béantes offertes par les faiblesses du jeune prince. Son absence de caractère faisait de lui une proie facile. Elle l'avait vite subjugué, se montrant tour à tour attentive puis indifférente, lointaine puis charmeuse. Parfois, elle posait sur lui un regard admiratif, qu'il n'avait jamais rencontré chez une femme ni d'ailleurs chez quiconque, pour lui adresser un compliment qui le désarçonnait ; parfois, elle se faisait distante, le laissant dans l'expectative, en proie à ses doutes. En s'esquivant puis en revenant vers lui, elle l'avait mis dans l'état d'un homme qui se noie, privé d'air, puis remontant à la surface et retrouvant la vie avant de replonger dans l'asphyxie. Il était pantelant, totalement à la merci de Florinda qui avait alors refermé le piège.

Un soir, pendant une promenade nocturne, arrivée au fond du parc du château, elle s'était soudain dévêtue devant Agila. Elle ne portait qu'une tunique de soie prune dont elle s'était débarrassée d'un seul mouvement pour apparaître nue dans la lumière du clair de lune qui donnait à sa chevelure et à sa toison des reflets fauves. Sur un ton impérieux, mais d'une voix troublante, elle lui avait ordonné de lui ôter sa virginité, là, sur-le-champ. Ebloui par la beauté de Florinda mais décontenancé par son audace, il avait maladroitement entrepris de se défaire de ses vêtements sous l'œil ironique de celle qui allait devenir sa maîtresse. Jusque-là, Agila n'avait connu que de rares et piteuses expériences charnelles qui l'avaient toujours laissé insatisfait et vaguement honteux. Ni la lingère craintive et docile qui l'avait déniaisé, ni la courtisane intrigante qui cherchait à se faire épouser, ni la prostituée obscène qui lui avait soutiré une grosse somme avant de lui dérober une bague en or, aucune femme ne lui avait fait connaître des sensations différentes de celles qu'il se procurait en solitaire. Mais cette nuit-là, l'intensité du plaisir que Florinda lui avait fait découvrir l'avait terrassé. Au-dessus d'eux, sur le chemin de ronde qui courait le long du rempart, les sentinelles éberluées devinaient la silhouette des deux amants accouplés. Surtout, ils entendaient les feulements de Florinda. Vierge mais effrontée, elle s'était emparée d'Agila avec l'impudeur d'une femme d'expérience. Dès le lendemain, ces témoins avaient raconté la scène à qui voulait les entendre. Leur récit imagé avait fait le tour de Tolède avant de se répandre en Hispanie.

« La conquête de ce benêt est ta première victoire, ma fille, lui avait soufflé la Kahina. Mais c'est la plus facile de toutes celles que tu devras remporter pour atteindre notre but. »

Les semaines suivantes, Florinda avait affermi sa prise en le tenant par la privation autant que par le plaisir. Le plus souvent, le soir venu, elle se dérobait et partait dans sa chambre où elle s'enfermait à double tour. Pendant des heures, il grattait à sa porte en gémissant des mots d'amour et des supplications.

Elle n'ouvrait pas ; elle ne répondait même pas. Allongée sur le lit, elle se donnait du plaisir en pensant à Tarak, l'homme qu'elle désirait depuis longtemps. Comme le voulait le plan arrêté avec la Kahina, elle avait offert sa virginité à Agila, et puisqu'elle était débarrassée de son pucelage, elle allait enfin pouvoir faire de Tarak son amant. Elle se caressait en imaginant l'amour avec lui. En entendant ses soupirs, Agila, effondré au pied de la porte close, fondait en sanglots.

Après s'être refusée plusieurs soirs de suite, au moment où il perdait espoir, elle s'emparait à nouveau de lui. Les voluptés qu'elle lui prodiguait effaçaient les affres qu'elle lui avait infligées les nuits précédentes, et nourrissaient par avance les frustrations qu'elle allait lui faire subir dès le lendemain.

Elle avait pris possession non seulement de son corps, mais également de son esprit. Elle l'obligeait à faire face à son rival, Rodrigo : « Ton sang t'oblige. Ta famille porte la couronne et tu dois la conserver. Fais-le pour ton père, pour tes ancêtres. » Comme il dodelinait de la tête, avouant silencieusement son impuissance, elle avait asséné l'argument décisif : « Fais-le pour moi. Je t'en prie, Agila, ne gâche pas mes sentiments, ne détruis pas l'admiration que je te porte. Ne me déçois pas. » Agila l'avait suppliée de l'épouser. Il était prêt à désobéir à son père et à convoler sur-le-champ. Mais le vieux Wittiza avait peut-être raison, se disait Florinda : ce mariage risquait de compromettre l'élection d'Agila. Beaucoup de nobles avaient exprimé leur désapprobation et Rodrigo en tirait parti pour gagner des électeurs. Or, ce qu'elle voulait, ce n'était pas Agila, c'était être reine. « Je t'épouserai quand tu auras vaincu Rodrigo et que tu seras roi. Je ne serai ta femme que si tu accomplis ton destin. »

Quand Florinda et son père avaient quitté Tolède pour rentrer à Ceuta, elle avait entendu le jugement de la Kahina : « Tu le manœuvres parfaitement bien, ma fille. Continue. Ce pauvre garçon a bien de la chance de t'avoir rencontrée. »

Elle prit l'arc, les flèches et l'épée qui pendaient à la selle d'Anazar. A trente pas d'un pin, campée sur ses longues jambes, elle saisit un trait dans le carquois et inspira longuement avant de décocher son tir. Le bruit de la flèche qui se ficha dans le bois en vibrant longuement lui procura un frisson de plaisir. Aussitôt, elle en prit une autre, s'éloigna de trois pas et réussit à nouveau. Sur dix traits, elle n'en manqua que deux. « C'est bien, ma fille, mais c'est une cible immobile », entendit-elle. Juste à ce moment-là, un renard au poil gris fila hors de son terrier. Florinda suivit sa course et tira sans l'atteindre. « Tu vois ! Et les cavaliers arabes sont bien plus rapides que ce malheureux renard. » Elle laissa tomber son arc, se défit du carquois et empoigna son épée pour se jeter à l'assaut des grands buissons qui bordaient la clairière. Elle fit un carnage, décapitant les taillis, tranchant les branches et les ronces jusqu'à l'extermination des broussailles qui la cernaient. A bout de souffle, elle lâcha son arme et se laissa tomber sur le sol. Allongée sur le dos, inondée de sueur, le cœur battant, elle écoutait : « Je suis fière de toi, ma fille. » C'était ce que Florinda espérait entendre mais connaissant sa mère elle ne fut pas surprise par les reproches qui suivirent. « Ce n'est pas suffisant. Tu dois t'exercer contre de vrais guerriers. Sinon, à la première bataille tu seras saisie d'effroi. » Florinda savait qu'elle n'était pas encore prête malgré ses exercices quotidiens. Mais avec qui pratiquer le maniement des armes sans éveiller les soupçons ? Julien finirait fatalement par l'apprendre et il devinerait aussitôt le dessein de sa fille. Le projet qu'elle avait imaginé était un secret qu'elle ne partageait qu'avec sa mère.

A Tolède, Agila voulait croire que Florinda était éprise de lui. Le roi Wittiza, lui, pensait qu'elle ensorcelait son fils pour vivre dans le luxe et les fastes. Ils se trompaient l'un et l'autre. Elle nourrissait de bien plus hautes ambitions : venger la mort de la Kahina, prendre sa revanche contre les Arabes et rendre aux Berbères leur terre et leur liberté. Parvenue sur le trône d'Hispanie, l'ascendant qu'elle exerçait sur Agila lui permettrait aisément d'en faire l'instrument du plan qu'elle méditait avec sa mère : elle allait rassembler une grande armée, la masser au sud de l'Hispanie, réquisitionner une flotte, traverser le détroit et débarquer à Tanger. En voyant Florinda à la proue du navire de tête, le peuple acclamerait la fille de la Kahina venue libérer les Berbères. Elle haranguerait la foule massée sur le quai, on marcherait sur le camp des Arabes sans faire de quartiers. Par amour pour elle, Tarak se rallierait. Des centaines de cavaliers de Tanger et des environs s'élanceraient alors derrière Florinda pour reconquérir la Berbérie. Dans toutes les contrées traversées, les tribus viendraient grossir leurs rangs jusqu'à former une invincible armée qui assiégerait les Arabes repliés derrière les remparts de Kairouan. Un siège implacable les condamnerait à mourir de soif ou à se rendre. L'accomplissement final de sa vengeance serait la mort de Moussa qu'elle tuerait de ses propres mains pour venger sa mère. En devenant reine de Berbérie, Florinda accomplirait le rêve pour lequel la Kahina avait donné sa vie.

Quand Florinda redescendit de la montagne, Ceuta était en pleine activité. Les étals des marchands encombraient les rues, les chalands se bousculaient, les colporteurs s'égosillaient pour attirer l'attention. Des mouettes tournoyaient en poussant des cris aigus au-dessus des bateaux de pêche qui regagnaient le port. Sur les quais, des portefaix transportaient toute sorte de marchandises dont l'Afrique et l'Europe faisaient commerce et qui passaient par le port de Ceuta.

Au milieu de la cohue, Julien faisait sa tournée matinale, accompagné de l'intendant de la principauté. Moshe faisait consigner dans un registre toute l'activité commerciale, en mentionnant les quantités et les prix de chaque cargaison afin de calculer le montant des taxes qu'il exigerait. Il accomplissait sa fonction à merveille. Evidemment, ce rôle ingrat lui valait des inimitiés mais il savait se faire respecter. Quand il surprenait une grimace ou entendait un quolibet, il majorait aussitôt le montant. Des hommes d'armes le protégeaient.

Arrivé tout au bout du quai, Julien pénétra dans un enclos de planches où s'entassaient des sacs et des tonneaux. C'était le tribut qu'il devait à Moussa : quatre boisseaux d'orge et quatre de blé par habitant, ainsi que quatre tonneaux de graisse et quatre de vinaigre, deux barils de miel et deux amphores d'huile. La presqu'île, qui ne parvenait même pas à satisfaire les besoins de sa population, était bien trop petite pour produire de telles quantités. Grâce aux taxes qu'il prélevait sur toutes les activités de la principauté, Julien achetait aux villageois des environs les denrées nécessaires. Ceuta faisait vivre les campagnes et nourrissait Tanger où chaque mois Julien expédiait une cargaison représentant le douzième du tribut annuel.

Des hommes de peine embarquaient les marchandises à bord des trois bateaux sous l'œil de Moshe dont le visage s'assombrit en voyant arriver sur le port une petite troupe d'une dizaine de cavaliers berbères. C'était Tarak et son escorte. Il marchait en tête, un léger sourire aux lèvres. La foule s'écartait devant eux. On grommelait des jurons, on jetait des regards hostiles, on esquissait des gestes obscènes, mais rien de plus. Si les habitants de Ceuta se plaignaient du tribut, ils ne voulaient pour rien au monde rompre la paix. Le souvenir des années de siège était encore vivant dans tous les esprits.

— Le rapace vient compter ses sacs, marmonna Moshe.

Tarak descendit de cheval et échangea une brève accolade avec Julien.

— Sois le bienvenu, Tarak. Je te croyais à Kairouan avec Angelos.

— Nous n'avons pas eu besoin d'aller si loin. Moussa était à Carthage. Il m'a dit de te saluer.

— Son tribut est prêt, annonça Julien en désignant d'un geste l'amoncellement de sacs et de tonneaux. Ce soir, tout sera à bord. Nous prendrons la mer demain à la première heure et à midi nous accosterons à Tanger.

— C'est inutile. Tu peux faire débarquer les marchandises.

Julien haussa les sourcils.

— Je ne comprends pas.

— Ce sont les ordres de Moussa. Je dois réquisitionner tes bateaux pour partir à Constantinople avec mon armée.

— Mais c'est absolument contraire au traité ! Vous n'avez pas le droit de confisquer mes navires ! Je refuse.

— Ce n'est pas une confiscation, c'est un achat. En échange des bateaux, Moussa renonce au tribut pour cette année. Avoue que tu fais une très bonne affaire.

Julien se tourna vers Moshe qui acquiesça : la valeur du tribut était au moins deux fois plus élevée que celle des navires.

— Mais ils sont faits pour transporter des marchandises, objecta Julien. Pour y faire voyager des hommes, il faudrait les aménager.

— Bien sûr. Engage les travaux et je les paierai. Combien de temps te faudra-t-il ?

— Au moins deux mois.

— Impossible ! Moussa m'a ordonné de partir au plus tard dans un mois. Il ne m'accorde pas un jour de plus. Le Khalife est impatient d'attaquer Constantinople.

— Et toi ? Tu as tellement envie de te battre pour le Khalife ? Tu t'intéresses tant à Constantinople ? Je croyais que tu rêvais de conquérir l'Hispanie. J'ai toujours pensé que c'était une folie, mais l'idée te tenait à cœur, me semble-t-il.

— Moussa me l'interdit, sous peine de mort. Je n'ai pas le choix. D'ailleurs, tu dis toi-même que ce serait une folie. N'en parlons plus. Veux-tu que je t'envoie des charpentiers pour aménager tes bateaux ?

Tarak mentait, Julien en était certain. Son enthousiasme sonnait faux. Il renonçait à la conquête de l'Hispanie sans manifester le moindre regret. Il partait pour une guerre lointaine qui ne le concernait pas et il s'y préparait d'un cœur léger. Plutôt que de tenter de découvrir ce que Tarak manigançait et d'éveiller ainsi sa méfiance, Julien feignit la naïveté.

— Si tu veux partir dans un mois, j'ai besoin d'ouvriers. Au moins une quinzaine.

— Tu les auras.

— Je vais faire décharger les bateaux. Les charpentiers auront le champ libre dès demain. Pas de temps à perdre. Et Angelos ? Il est reparti à Constantinople ?

— Non, il est encore à Tanger.

— Pourquoi n'est-il pas venu ici avec toi ?

— Le voyage l'a beaucoup fatigué.

Pour Julien, cette absence était un indice supplémentaire : une opération se tramait. Il n'en doutait pas.

*
* *

A travers la fenêtre de sa chambre, entrouverte sur le port de Ceuta, Florinda observait Julien et Tarak en grande conversation. Elle se tenait légèrement en retrait, de façon à ne pas être vue. Quand les deux hommes étaient ensemble, elle veillait toujours à rester à l'écart. Surtout depuis qu'elle était devenue la maîtresse de Tarak, un an plus tôt, à son retour de Tolède. Avec le jeune prince goth, à Tolède, elle n'avait connu que la satisfaction orgueilleuse de posséder celui qu'elle avait choisi d'asservir, elle avait dû sans cesse solliciter la virilité chancelante de son amant fragile et maladroit. A son retour à Tanger, elle avait pleinement joui de la vigueur de Tarak qui n'avait épuisé son ardeur qu'au petit matin. Grâce à lui, Florinda avait compris pourquoi sa mère aimait tant les hommes. Après avoir sombré dans un bref sommeil, il s'était réveillé enchanté. Jamais il n'avait éprouvé l'extase qu'il venait de ressentir. Ses deux épouses, du même âge que Florinda, ne lui apportaient qu'un agréable soulagement. Il y avait une autre différence entre Florinda et ses femmes : en la regardant dormir, les jambes largement écartées, il avait été surpris de ne constater sur ses cuisses aucune trace de sang. Elle avait donc connu un homme ! Peut-être plusieurs ! Après le plaisir, la jalousie l'avait brusquement submergé. Il s'apprêtait à la questionner mais quand elle avait ouvert les yeux, il s'était dit qu'il lui en parlerait plus tard. Finalement, il n'avait pas osé. Il avait d'ailleurs vite compris.

Torturé par l'absence de Florinda, Agila espérait abolir la distance qui les séparait grâce à des messages quotidiens. Pigeons voyageurs et cavaliers partaient chaque jour de Tolède vers Ceuta. Sur les routes, sur les eaux du détroit, dans les airs, voyageaient les mots d'amour éplorés. Une trentaine de chevaux et dix couples de pigeons y suffisaient à peine. Pour traverser les Colonnes d'Hercule et déposer leur pli à la citadelle de Ceuta, les porteurs de missives embarquaient sur de petits bateaux. Cette noria avait éveillé la curiosité des passeurs. Contre une cruche de vin et un bon repas, les messagers confiaient le secret en chuchotant. Les rumeurs colportées d'une rive à l'autre du détroit battaient leur plein.

Fidèle à la stratégie qui lui avait si bien réussi à Tolède, Florinda répondait rarement aux complaintes de son soupirant. Quand elle y consentait, c'était parfois en des termes laconiques et froids, parfois avec des mots propres à éveiller l'orgueil ou à susciter le désir chez Agila. Elle entretenait soigneusement la flamme qui consumait le prince espagnol.

Quand Florinda se lassait de la monotonie de ses exercices martiaux et de la lecture fastidieuse des courriers d'Agila, elle envoyait à Tanger un pigeon messager pour prévenir Tarak de son arrivée. Aussitôt, il s'apprêtait et congédiait ses femmes qui se repliaient au harem, dans l'annexe de la maison. Les malheureuses se retiraient tête basse et inquiètes, car elles se sentaient coupables de n'avoir mis au monde que des filles : cinq filles à elles deux, et pas un seul garçon. Elles craignaient par-dessus tout que Florinda donne à Tarak un héritier. Elles ne pouvaient pas savoir que leur crainte était vaine. Soucieuse avant tout de ne pas compromettre son projet de mariage, elle prenait toutes les précautions nécessaires. Une vieille sorcière nommée Roula, qui tenait commerce rue du Destin, à Ceuta, lui préparait une décoction dont elle tapissait son sexe et qui empêchait la semence de Tarak de germer dans son ventre.

Il était midi quand Julien revint à la citadelle après sa tournée sur le port. Le vent avait cessé de souffler et la chaleur écrasait Ceuta. Le silence envahissait les rues et les quais déserts. A cette heure, chacun rentrait chez soi pour manger et dormir jusqu'au milieu de l'après-midi. Fatigué par cette longue matinée et préoccupé par la conversation qu'il venait d'avoir avec Tarak, Julien se laissa tomber sur un siège en soupirant. Aussitôt un serviteur vint lui éponger le visage, délacer ses sandales et lui laver les pieds.

Les yeux fermés, Julien sentit qu'on posait un baiser sur sa joue. C'était Florinda qui venait de descendre de sa chambre. Elle passa délicatement le bout de son doigt sur les trois rides qui barraient le front de son père.

— Tu es soucieux. Dis-moi pourquoi.

Il attendit que le serviteur soit parti pour répondre.

— Tarak est venu ce matin.

— Ah bon, fit-elle sur un ton détaché, comme si elle l'apprenait.

Pendant qu'il parlait avec Tarak, Julien avait aperçu sa fille à la fenêtre de sa chambre. Mais il avait aussitôt détourné le regard. Il y avait un pacte tacite entre eux. Jamais le père ne parlait de la relation de sa fille avec Tarak. Ils n'effleuraient même pas le sujet et faisaient comme si de rien n'était. Evidemment, Julien ne pouvait ignorer les fréquentes escapades de Florinda, qui ne revenait de Tanger qu'au petit matin. Ne doutant pas qu'il savait, elle ne cherchait pas à mentir ni même à dissimuler. Elle se contentait d'être discrète. Quand elle rentrait à Ceuta à l'aube, les yeux cernés et les cheveux défaits, elle empruntait une porte dérobée qui lui permettait d'accéder directement à sa chambre. Elle évitait ainsi le risque de croiser Julien et de provoquer une situation embarrassante. Quand elle réapparaissait, au milieu de la journée, Julien faisait comme si l'absence de Florinda était passée inaperçue. Il n'y avait pas que de la faiblesse dans son attitude, le silence qu'il observait sur la vie amoureuse de sa fille respectait une promesse faite à la Kahina. Quelques jours après la naissance de Florinda, la reine berbère était repartie se battre contre les Arabes. Elle avait confié leur enfant à Julien avec des mots qui révélaient ses pressentiments : « Je crois que je ne la reverrai jamais. Veille bien sur elle. Je suis sûre qu'elle te rendra fier d'être son père. Elle est le plus beau présent que je pouvais te faire. Grâce à elle, je serai toujours près de toi. Je te demande une seule chose : fais-moi le serment que tu respecteras sa liberté comme tu as respecté la mienne. Quand elle sera femme, il faudra que tu acceptes qu'elle dispose de son corps comme tu as su l'accepter avec moi. »

Pendant les années qu'avait duré leur liaison passionnée, Julien savait qu'il partageait la Kahina avec bien d'autres amants mais il l'acceptait. On disait qu'elle accueillait dans son lit un jeune prisonnier arabe dont elle avait fait son fils en lui donnant le sein en public, comme le voulait la coutume d'adoption chez les Berbères. Pendant qu'elle faisait la guerre le jour et l'amour la nuit, Julien l'attendait. Durant d'interminables mois, l'absence de la Kahina enflammait son imagination. Il la savait entourée d'hommes. Il la voyait à la tête de ses cavaliers et poussant ses cris de guerre ; ensuite il l'entendait crier son plaisir en chevauchant son amant, le jeune Arabe ou tout autre homme qu'elle aurait désiré ce jour-là. Mais quand elle arrivait à l'improviste à Ceuta, il ne formulait aucune question, encore moins un reproche. Il veillait même à ne faire aucune allusion. Sans doute y avait-il, comme avec Florinda, une part de faiblesse dans son consentement tacite. Mais il y avait surtout de l'amour. Il avait compris que pour la mériter il fallait ne pas l'effaroucher, ne pas chercher à l'entraver. Elle avait la beauté d'un animal sauvage. On pouvait l'approcher, pas la domestiquer. Quand elle était loin, il souffrait, mais quand elle surgissait, elle le transportait de bonheur. Ses séjours étaient brefs, toujours trop brefs pour Julien. Il savait qu'elle allait disparaître comme elle était venue. Sauf quand elle était arrivée le ventre rond, résolue à demeurer à Ceuta jusqu'à la naissance de l'enfant conçu six mois plus tôt avec Julien. Elle voulait le mettre au monde chez son père, à Ceuta. Devant le berceau, Julien avait promis de respecter la liberté de Florinda comme si leur enfant était un garçon.

Julien s'interdisait donc de parler de Tarak devant Florinda. Cette fois pourtant, il était obligé d'enfreindre la règle qu'il s'était imposée jusque-là. Il devait absolument savoir ce que Tarak manigançait. Il redoutait une initiative catastrophique pour Ceuta. Et seule Florinda pouvait faire parler Tarak.

— Il vient de rencontrer Moussa à Carthage, ajouta Julien, et il est venu sur le port dès son retour pour me parler du tribut.

— Ce chien galeux de Moussa veut augmenter le tribut ? J'en étais sûre ! s'écria Florinda.

La colère lui donnait une voix aiguë. De toutes ses forces, Florinda haïssait Moussa. Il avait combattu sa mère ; il avait repoussé son père à Ceuta et il en avait fait le siège. Pour prix de la liberté de cette presqu'île dérisoire, il exigeait un tribut inique. « C'est un pillage qui s'accomplit avec le consentement du pillé », reprochait-elle parfois à son père à qui elle pardonnait difficilement d'avoir traité avec l'ennemi.

— Détrompe-toi. C'est même le contraire. Cette année, il ne prendra pas de tribut.

— Pas de tribut ? dit-elle, déconcertée, avant de repartir à l'assaut. Mais tu ne me dis pas ce qu'il exige. Car je n'imagine pas ce rapace lâcher sa proie sans prendre quelque chose en échange.

— Tu as raison. Il prend mes bateaux.

— J'en étais sûre ! Le pillage continue ! J'espère bien que tu vas refuser.

— Je ne peux pas. Le tribut auquel il renonce représente une valeur deux fois supérieure à celle des bateaux. Un refus de ma part serait un acte hostile, avec des conséquences pour la sécurité de Ceuta. Je n'ai aucune raison valable de ne pas accepter.

— Et que veut-il faire de tes bateaux ?

— Il les envoie en Orient. Le Khalife prépare une grande offensive contre Constantinople. Il rassemble tout ce qu'il peut : des navires, des armes, des hommes. (Julien se tut un instant avant d'ajouter :) Tarak est réquisitionné lui aussi.

Florinda réprima un tressaillement. Seul un battement de paupières la trahit. Tarak partait ! Elle se ressaisit aussitôt en entendant une voix intérieure lui ordonner de faire face. « Laisse-le s'en aller puisqu'il préfère obéir aux ordres de ce chien de Moussa ! Il ne te mérite pas. Tu aimeras d'autres hommes qui te donneront autant de jouissance. Seul Agila importe car tu as besoin de lui pour libérer notre peuple. »

— Il part pour longtemps ? ne put-elle s'empêcher de demander.

— Dieu seul le sait. La dernière fois que les Arabes ont fait le siège de Constantinople, ils n'ont finalement abandonné qu'au bout de plusieurs années.

Florinda se concentrait sur l'auscultation de ses propres sentiments. Souffrait-elle ? Sans doute, mais ce n'était pas insupportable. Tarak était peut-être un bon amant, mais un faible qui se prosternait devant ce tyran de Moussa. Seule la libération des Berbères devait compter pour elle. Or, de ce point de vue, ce que Julien venait de lui annoncer était peut-être une bonne nouvelle. « C'est inespéré, lui soufflait sa mère. Et Moussa va-t-il partir ? Si les Arabes sont occupés à Constantinople, tu auras le champ libre. »

— Et Moussa, pendant ce temps-là, restera tranquillement à Kairouan, je suppose ?

— Certainement pas. Il partira lui aussi. Le Khalife va engager toutes ses forces.

C'était ce qu'elle espérait entendre. Elle eut un léger sourire et passa la main sur les cheveux de son père.

— Je ne comprends pas pourquoi tu te soucies. Qu'ils partent !

— Je soupçonne Tarak de m'avoir menti.

Julien fit part de ses doutes ; l'air enjoué de Tarak, son ton, son expression n'étaient pas ceux d'un homme qui part à la guerre contre son gré et pour une cause qui lui est étrangère ; jamais il ne s'était montré si peu que ce soit concerné par les conquêtes du Khalife ou le destin de Constantinople ; en revanche, il ne rêvait que de débarquer en Hispanie.

— Surtout depuis quelques mois, ajouta Julien en fixant Florinda. Pour des raisons qu'il serait inutile de préciser, n'est-ce pas ?

Florinda ignora l'allusion et Julien poursuivit en dépeignant les conséquences d'une attaque contre l'Hispanie. Quelle qu'en soit l'issue, elle serait dramatique. Si l'opération échouait, les Goths exerceraient des représailles et Ceuta ne serait pas épargnée puisque Tarak aurait utilisé les bateaux de Julien. Si, au contraire, et en dépit de toute probabilité, elle venait à réussir, Moussa se lancerait aussitôt sur les traces de Tarak pour s'approprier la conquête et le butin. Les Arabes reviendraient en masse sur le détroit et l'indépendance de Ceuta n'y résisterait pas longtemps.

En écoutant la démonstration de Julien, Florinda voyait se dessiner tout le contraire de ce qu'elle avait imaginé. Elle qui rêvait de chasser les Arabes grâce à une armée venue d'Hispanie, elle allait assister à l'invasion de l'Hispanie par les Arabes ! Elle se vit soudain comme une toute petite fille qui se complaît dans des rêveries enfantines. « Parce que tu as séduit ce pauvre Agila et que tu livres bataille chaque matin contre des broussailles, tu pensais que rien ne te résisterait. Cesse de caresser des chimères et affronte la réalité », lui enjoignait sa mère.

A la fin de leur conversation, avant de monter dans sa chambre pour se reposer, Julien lui dit sans détour ce qu'il attendait d'elle :

— Je dois absolument savoir ce que prépare Tarak. C'est à toi de me l'apprendre. Tu es pour partie responsable de ce qui risque d'arriver, alors trouve le moyen de le faire parler.

Tarif

Tout au sommet d'une montagne, derrière la colline de Tanger, la maison de Tarif était une longue bâtisse de pierre, aveugle, plate et basse, construite autour des cuves de macération du garum. La famille de Tarif, établie là depuis des générations, avait choisi ce lieu inhospitalier en raison de son exposition à tous les vents. C'était le secret d'un bon garum. Dans un air immobile, la fermentation du boyau de thon produisait une pourriture qui gâtait aussitôt la cuvée. Sur cette crête pelée, il n'y avait pas un jour sans vent : tantôt celui de l'Océan, fort en iode ; tantôt celui, plus salin, de la Méditerranée. Cette alternance enrichissait la saveur du garum. La maison était à l'écart du monde ; tout autour, pas âme qui vive. L'endroit était trop exposé au vent, trop difficile d'accès et, surtout, cerné par la puanteur qui émanait de l'atelier où Tarif travaillait les viscères de poisson. L'unique voisinage était une poignée de cavaliers arabes qui avaient établi une garnison sous des tentes dressées un peu plus loin. Depuis ce sommet, ils pouvaient surveiller à la fois la Méditerranée et l'Atlantique. C'était le meilleur point d'observation. Incommodés par l'odeur, ils trompaient leur ennui en criant des injures et en lançant des pierres en direction de la maison.

Tarif vivait là avec sa sœur Leïla. Il avait vingt-cinq ans, elle vingt-sept, et ils étaient tous deux célibataires. Depuis toujours, les ancêtres de Tarif avaient eu le plus grand mal à trouver quelqu'un qui accepte de vivre loin de tout et au milieu des émanations des boyaux de thon. Ils finissaient par épouser des personnes très laides dont nul ne voulait. C'est ainsi que, de génération en génération, la famille était devenue d'une laideur repoussante. Tarif et Leïla avaient hérité ce patrimoine de disgrâces. Le jeune homme accumulait sur son visage les grosses narines béantes de son père, les petits yeux minuscules et rapprochés de sa mère, et les oreilles vastes et pointues d'une tante. Le tout lui donnait un air porcin. Il avait aussi une jambe torse qui le faisait marcher comme s'il dansait maladroitement. Leïla tenait d'une aïeule de longs bras au bout desquels pendaient des mains aussi larges que des battoirs. Les générations précédentes s'étaient liguées pour accabler la physionomie de Tarif et de sa sœur.

Ce matin-là, debout sur le seuil de sa maison, le cœur battant, Tarif regardait deux cavaliers gravir la montagne, le long du chemin caillouteux qui conduisait chez lui.

C'étaient Tarak et moi. Une heure plus tôt, un message venu de Tanger avait avisé Tarif que le gouverneur allait lui rendre visite en compagnie d'un conseiller de l'empereur de Constantinople. Il n'avait eu que le temps de se laver les cheveux et de tailler sa barbe avant de revêtir une tunique propre. Il avait envoyé Leïla à la cuisine préparer de quoi honorer cette visite inespérée. Un dignitaire venu de Constantinople ! Jamais il n'aurait osé espérer un tel privilège. C'était peut-être sa chance de sortir du marasme dans lequel les Arabes l'avaient plongé. Avant leur arrivée, il vendait son garum dans toutes les villes d'Afrique, de Carthage à Tanger. Les marchands byzantins, les armateurs, les officiers supérieurs, les administrateurs, le lui achetaient à prix d'or. Fins connaisseurs, ils savaient en apprécier la saveur particulière. Hélas, la guerre l'avait ruiné. Tous ses clients avaient fui devant l'avancée des armées arabes. Désormais, il n'y avait plus d'amateurs de garum. Les Berbères ne l'aimaient pas et les Arabes en avaient horreur. Seules quelques familles de Ceuta en achetaient encore.

Nous descendîmes de cheval devant la maison. Tarif s'inclina devant le gouverneur Tarak et me baisa la main comme celle d'un bienfaiteur.

— C'est l'empereur Justinien qui m'envoie, annoncai-je. Il a beaucoup entendu parler de ton garum, l'un des meilleurs, lui a-t-on dit. Il m'a chargé de m'en assurer. Je dois donc le goûter et m'informer sur la façon dont tu le prépares. Si ce qu'on a dit à Justinien se révèle exact, je t'en achèterai.

Tarif tremblait d'émotion. Son garum à la table de Justinien ! On ne pouvait rêver plus belle consécration de son savoir-faire. Ce privilège lui ouvrirait ensuite tous les palais de Constantinople où l'on voudrait le même garum que celui de l'empereur. Après tant de malheurs la chance allait peut-être lui sourire enfin. Fébrile, il nous entraîna dans la cour de la maison pour nous faire visiter son atelier. Une quinzaine de cuves étaient creusées à même la roche. Avant l'arrivée des Arabes, il les utilisait toutes. Maintenant, il n'en exploitait plus que trois. Il m'expliqua les soins constants qu'il prodiguait à ce produit vivant, en fermentation permanente. Plusieurs fois par jour, il touillait les viscères, il trempait son doigt pour surveiller la température, il goûtait, il ajoutait du vinaigre, du sang ou bien du piment. Parfois, quand le vent tombait, il se levait la nuit pour remuer le garum à grands coups de spatule.

Alors que Tarak se tenait à l'écart, un linge sur le nez, je manifestais une curiosité passionnée ; je posais des questions, humais les parfums des différentes cuves, m'informais sur la durée de la fermentation.

— Vous êtes un connaisseur, apprécia Tarif qui n'avait jamais vu quiconque s'intéresser ainsi à son activité.

— L'empereur Justinien est un grand connaisseur, rectifiai-je. Il dit souvent que le garum est le suc de la mer mais qu'il n'est pas donné à tout le monde de savoir l'extraire. A force d'écouter ses commentaires, j'ai appris à distinguer un bon garum d'un mauvais. Et le tien est succulent !

Tarif se rengorgea.

— Pour le réussir, Excellence, il faut trois conditions : de bons boyaux, de bons vents et, surtout, de bons secrets de fabrication.

— Et aussi énormément de travail.

— Bien sûr ! Sinon on fabrique la mauvaise sauce qu'ils produisent là-bas ! lança dédaigneusement

Tarif en pointant un doigt accusateur sur la côte espagnole. Pourtant ils pêchent les mêmes thons que moi et ils ont les mêmes vents qu'ici. Mais ils n'en font que du jus de poisson pourri. Tout simplement parce qu'ils n'ont pas les recettes que je tiens de mes ancêtres. Ils se croisent les bras et regardent le travail se faire tout seul. Ça ne peut donner qu'une mixture infecte.

— Evidemment !

La visite accomplie, il nous fit entrer dans la maison. Leïla avait préparé un ragoût de thon. Nous prîmes place sur un banc, côte à côte, en face de Tarif qui déboucha aussitôt une petite fiole de sa production et me la tendit.

— Ce garum fera merveille sur le ragoût de poisson.

J'en versai quelques gouttes dans mon assiette et le dégustai avant d'émettre un petit gloussement de satisfaction.

— Quel délice ! Je vais pouvoir confirmer à l'empereur ce qu'on lui avait dit à ton sujet. De quelle quantité disposes-tu dans tes réserves ?

— Douze amphores, Excellence.

— Pas plus ?

— Hélas, non. Je regrette.

— Je les prends.

— Les douze ?

— Bien sûr.

Je décrochai de ma ceinture une bourse que je vidai sur la table. Elle contenait bien plus qu'il n'en fallait. Eberlué, Tarif fit une proposition.

— Comme vous prenez une grande quantité, je peux diminuer le prix.

— L'empereur m'a dit de te payer généreusement. Quelle quantité pourrais-tu nous fournir chaque mois ?

— Cinq amphores, peut-être six en remettant toutes les cuves en service.

— Un bateau viendra régulièrement en prendre livraison à Tanger. Le capitaine te paiera ce que tu demanderas. Tu es d'accord ?

Tarif acquiesça en bafouillant. Mon offre dépassait l'entendement. Le sort lui devenait enfin favorable. Autant le destin avait été cruel, autant il le comblait aujourd'hui.

— Excellence, vous me rendez ma fierté ! Les Arabes me versaient des seaux de merde sur la tête et voilà que ma production est distinguée par l'empereur. Mon nom est à nouveau honorable. On ne rira plus de Tarif !

A cet instant, Tarak se racla bruyamment la gorge pour attirer l'attention et rompit le silence qu'il observait depuis le début du repas.

— Il y a une difficulté.

Il avait l'air embarrassé de celui qui doit annoncer une mauvaise nouvelle.

— Quelle est cette difficulté ? demandai-je en fronçant les sourcils.

— Hier, j'ai reçu un message de l'émir Moussa. Il ordonne la fermeture de ton atelier, soupira Tarak en regardant Tarif. Je dois veiller personnellement à l'exécution de la décision de l'émir. J'en réponds sur ma tête. Je te donne huit jours pour vider et nettoyer tes cuves. Mais tu peux garder ta maison. A condition, bien sûr, de ne plus y faire de garum.

Tarif, bouche bée, clignait les yeux comme s'il refusait de croire ce qu'il entendait.

— C'est à cause de tes voisins arabes, ceux de la garnison. A force de harceler Moussa, ils ont obtenu ton éviction. C'est malheureux, mais c'est ainsi.

Tarif baissait la tête. Décidément, il était maudit. Il repoussa brusquement son assiette encore pleine de ragoût. Il n'avait plus faim. Au moment où la chance commençait à lui sourire, elle se détournait à nouveau. Le bonheur qu'il avait fugitivement entrevu grâce à moi rendait plus cruel encore le malheur que Tarak lui annonçait. Debout dans un coin de la pièce, sa sœur Leïla qui avait tout entendu pleurait silencieusement. Ils étaient l'un et l'autre muets devant l'adversité. J'engageai une vive controverse avec Tarak.

— Et que vais-je dire à l'empereur ? Je lui rapporte quelques amphores d'un excellent garum et je dois en même temps lui annoncer qu'il n'en aura plus jamais ! C'est impossible !

— Ce qui est impossible, me répondit Tarak, c'est que je désobéisse à Moussa. Je reçois un ordre, je l'exécute. Même si c'est à contrecœur. Je suis désolé, mais je n'ai pas le choix.

— Je comprends ton point de vue, concédai-je. Mais je te demande de te mettre à ma place. Comme chacun sait, Justinien n'est pas d'un caractère indulgent. Il se met facilement en colère. Il m'a donné pour mission de lui procurer du garum de Tarif et je dois satisfaire sa demande. Moi non plus, je n'ai pas le choix.

Je m'interrompis, me passai la main sur les yeux, me frottai le menton. Puis je repris :

— Réfléchissons. Il doit bien y avoir une solution. Ce que l'empereur veut, c'est un garum préparé par Tarif. Peu importe l'endroit. Tu pourrais t'établir un peu plus loin, suggérai-je à Tarif.

Le malheureux murmura :

— Pourvu qu'il y ait les deux vents et que…

— C'est impossible, trancha Tarak. L'ordre de Moussa concerne toute la province. Il ne tolère plus aucun atelier de garum sur les territoires qu'il gouverne.

Le silence se fit à nouveau. On n'entendait que les sanglots étouffés de Leïla. Soudain, je frappai du plat de la main sur la table.

— J'ai peut-être une idée ! Tout à l'heure, tu m'as parlé de ceux qui te font concurrence, de l'autre côté du détroit.

— Ce sont des incapables. Leur garum est infect. Mais ils le vendent dans toute l'Hispanie où on en consomme beaucoup.

— Où sont-ils établis ?

— Juste en face. C'est un petit hameau de cinq familles et d'une quarantaine de cuves.

— Tu connais l'endroit ?

— J'y suis allé un jour. Juste pour voir comment ils travaillent. Si l'on peut parler de travail. Ils laissent le boyau se transformer tout seul. Comme je vous l'ai dit, si vous n'ajoutez pas…

Je l'interrompis d'un geste, l'empêchant de se lancer dans une nouvelle explication.

— Je te pose une simple question : pourrais-tu faire là-bas aussi bien qu'ici ?

— Bien sûr !

— Alors je crois savoir comment sortir de nos difficultés, annonçai-je. Ecoutez-moi bien.

J'exposai un plan en m'adressant tantôt à Tarak, tantôt à Tarif.

D'abord, Tarak exécute la volonté de Moussa et oblige Tarif à cesser son activité. Dans un mois, Tarak embarque ses soldats pour Constantinople. Là encore, il accomplit la volonté de Moussa. Seulement, juste avant d'entreprendre le long voyage, Tarak traverse le détroit pour débarquer de l'autre côté avec Tarif et une trentaine d'hommes en armes. Ils s'emparent du hameau des producteurs de garum. Et Tarif peut se mettre au travail sous leur protection. Pendant ce temps, je me rends à Tolède, je demande audience au roi et je lui présente une requête de la part de l'empereur : que le hameau soit concédé à Tarif, moyennant un tribut. Il y aura une enclave sur la rive nord, comme il y en a déjà une sur la rive sud, avec Ceuta.

— Ton idée est séduisante, admit Tarak, mais elle n'est pas réalisable.

— Pourquoi ?

— Parce que Moussa m'a ordonné de partir sans faire de détour. Et ses ordres sont très stricts. Je serais sévèrement châtié si j'allais d'abord en Hispanie.

Tarak se tut un instant avant d'ajouter :

— Sauf cas de force majeure, bien sûr.

Je haussai les épaules.

— Qu'à cela ne tienne ! lançai-je comme une évidence. Le cas de force majeure, nous n'avons qu'à le créer.

Je me grattai le menton, me frottai les paupières, me pris le front entre les mains. Sans rien dire, les deux autres me regardaient faire mine de réfléchir.

— Imaginons par exemple des pirates espagnols. Il y en a, n'est-ce pas, Tarak ? Tu m'en as parlé l'autre jour. Bien. Ces pirates enlèvent Tarif pendant qu'il pêche le thon dans le détroit. Ils le retiennent prisonnier près du hameau des producteurs de garum. Et ils exigent une rançon. Toi, Tarak, tu es en train d'embarquer tes hommes pour l'Orient quand tu apprends cette capture. Tu ne vas tout de même pas abandonner Tarif ! Tu ne vas pas le laisser entre les mains des pirates alors que tu disposes d'une flotte et d'une armée. Voilà bien un cas de force majeure. Donc, tu traverses le détroit et tu débarques sur l'autre rive pour porter secours à ton compatriote. Alors ? Qu'en pensez-vous ?

Tarak opinait en hochant la tête. Tarif, lui, avait l'air moins convaincu.

— Mais ces pirates, s'inquiéta-t-il, c'est tout de même dangereux.

— Tu as mal compris, le rassurai-je. Il n'y aura pas de pirates. Tu ne seras pas prisonnier. Tu vas seulement partir te cacher de l'autre côté jusqu'à ce que Tarak vienne à ton secours. Tu emporteras des provisions, de l'eau et des couvertures pour la nuit.

— Et si je me fais prendre ?

— Tu diras que tu as fait naufrage.

Tarif ne manquait pas de courage. Son ardeur à la tâche et l'austérité de son existence en témoignaient. Mais il n'était pas intrépide et cette aventure lui faisait peur. Jusque-là, rien d'extraordinaire n'était venu troubler la monotonie de sa vie et il hésitait devant cette extravagante proposition. Bien que minuscules, ses yeux étaient expressifs et reflétaient le débat qui l'agitait. S'échouer volontairement sur la côte espagnole, se cacher derrière un rocher, attendre l'arrivée de Tarak et des secours... Tout cela ne lui disait rien qui vaille. Mais au prix de ces dangers, il pouvait espérer la fortune, être riche et respecté, retrouver sa dignité, effacer toutes les avanies que les Arabes lui faisaient subir. Je devinais la blessure d'amour-propre que ressentait Tarif, son désir de revanche. Dans cette brèche, j'enfonçai un nouvel argument.

— Et tu deviendras célèbre, promis-je. Le village que tu vas nous aider à conquérir, nous lui donnerons ton nom. Nous l'appellerons Tarifa. Qu'est-ce que tu dis de ça ?

Tarifa ! C'est cette idée qui décida Tarif à accepter de jouer le rôle que je lui proposais.

Quand nous redescendîmes de la montagne, nous avions tout lieu d'être satisfaits. Notre plan avançait comme nous le désirions. Julien mettait les bateaux en chantier et Tarif consentait à fournir le prétexte pour débarquer.

Tarak avait une autre raison de se réjouir. Il m'avoua qu'il avait reçu un message porté par un pigeon venu de Ceuta. Florinda venait le voir ce soir, à Tanger.

Cette visite m'inquiétait.

Le secret

Cette nuit-là, Florinda ne ferait peut-être pas l'amour avec Tarak. Elle s'y était résolue après avoir longuement hésité car elle en mourait d'envie. Cette fois, elle ne venait pas à Tanger pour y trouver du plaisir auprès de son amant. Elle était en mission. Elle devait faire parler Tarak et lui arracher tout ce que Julien attendait de savoir. La conversation avec son père l'avait convaincue : une tentative de traversée ne pourrait avoir que de funestes conséquences. Parmi les différentes hypothèses, la pire serait le retour de Moussa sur le détroit où il ne venait plus depuis qu'il avait confié le gouvernement de la province à Tarak. A toutes les raisons formulées par Julien s'en ajoutait une pour Florinda : une attaque contre l'Hispanie lancée par Tarak grâce aux bateaux de Julien anéantirait le projet qu'elle avait imaginé. Son père et elle seraient considérés par les Goths comme des ennemis de l'Hispanie. Elle n'aurait plus aucune chance de devenir reine et de lever une armée pour libérer les Berbères. Heureusement, se rassurait-elle, Julien était déterminé à faire obstacle à cette folie. Mais pour mettre le plan en échec, encore fallait-il le connaître. C'était à elle de percer le secret de Tarak, de lui faire avouer la vérité sur ce qu'il préparait et d'en apprendre les moindres détails, avait insisté Julien. Elle avait envisagé différentes façons de procéder. Elle s'était dit qu'elle pourrait commencer par faire l'amour à Tarak pour mieux le faire parler. A regret, elle avait finalement considéré qu'il serait sans doute plus efficace de le tenir en haleine, de susciter son désir et de se refuser à lui. Au moins tant qu'il ne lui aurait pas tout dit.

Elle mit encore plus de soin que d'habitude à se préparer. Le khôl donnait de l'intensité à son regard et le henné des reflets à sa chevelure tressée en couronne autour de sa tête ; elle peignit ses ongles ; avec du caramel brûlant elle s'épila les aisselles ainsi que le sexe, pour le cas où tout irait bien et où elle pourrait s'accorder ce qu'elle désirait ; elle enduisit tout son corps d'huiles parfumées qui donnaient à sa peau douceur et saveur ; elle se drapa dans un vêtement clair et léger, presque transparent, sous lequel elle était nue. Une large échancrure laissait voir la naissance de ses seins qui pointaient sous la soie et dont un collier soulignait l'arrondi ; des bijoux d'argent tintaient à ses chevilles et à ses poignets ; une parure de perles de corail ornait son front.

En sortant de la citadelle et avant de prendre la route de Tanger, elle se rendit rue du Destin pour consulter la sorcière Roula qui jadis fournissait la Kahina. Elle demanda à la vieille femme comment voir clair dans les desseins d'un homme.

— Quand je te regarde, je me dis que tu n'as guère besoin d'aide, dit aimablement Roula en considérant

Florinda d'un œil admiratif. J'ai tout de même une recette qui peut t'aider à déceler les secrets. Rien de tel que l'œil de chat. Mais attention ! avertit-elle en dressant un index prolongé par un ongle long et sale, il faut un chat éborgné par une nuit sans lune, quand les humains sont plongés dans les ténèbres, comme des aveugles, et que le chat voit comme en plein jour. Et ce n'est pas tout. Il faut consommer l'élixir tant que le chat est encore vivant pour que son œil puisse trouver ce que tu cherches. Tu as vraiment de la chance. Il se trouve qu'à la dernière nuit sans lune, j'en ai éborgné un.

De son menton où proliféraient de gros poils recourbés, elle désigna un chat roulé en boule dans une petite cage de roseaux, le bout des pattes sur les yeux.

— Au prochain changement de lune, je lui enlèverai l'autre.

Roula écarta un rideau crasseux et prit sur une étagère un petit flacon dont elle retira le bouchon et qu'elle tendit à Florinda.

— Ça s'avale d'un seul coup.

Florinda eut envie de vomir à la seule idée de boire cette liqueur répugnante. Roula qui la connaissait bien avança l'argument auquel sa jeune cliente ne résistait jamais :

— Ta mère, paix à son âme, en prenait parfois afin de connaître les secrets de ses ennemis. Tiens, ma belle.

Florinda fit la grimace, prit la fiole du bout des doigts, la porta à ses lèvres, renversa la tête en arrière et goba le liquide fade et gluant. Elle n'y croyait pas vraiment mais elle voulait mettre toutes les chances de son côté ; et puis elle aimait cette idée d'exécuter la mission confiée par son père grâce à des moyens dont usait sa mère.

Après une longue chevauchée, Anazar se mit au pas en franchissant la porte de Tanger. Florinda lâcha les rênes. Il se dirigea tout seul vers la maison de Tarak perchée en haut de la ville car il connaissait le chemin pour l'avoir emprunté souvent. La nuit venait de tomber et les rues étaient déjà vides. Seuls quelques chiens y traînaient encore. Les fenêtres ouvertes laissaient échapper des odeurs de cuisine, des conversations bruyantes, parfois de la musique, des chants ou des pleurs d'enfants.

Tarak inspecta la terrasse d'un regard circulaire. Puisqu'il faisait bon, il allait y recevoir Florinda et faire l'amour avec elle sous les étoiles, à l'abri de la treille qui murmurait dans une douce brise. Il avait fait disposer de gros coussins, des brûle-parfums et des coupes pleines de figues et de raisins, les fruits qu'elle préférait.

Des voix enfantines se firent entendre tout à coup. Elles chantaient en chœur une vieille comptine berbère qui parlait d'amour et d'éternelle fidélité. Tarak reconnut les voix de ses filles. Elles étaient avec ses épouses au harem, de l'autre côté du jardin. L'épaisse et haute végétation dissimulait la maison des femmes mais laissait entendre les voix des enfants. Tarak devinait la raison de ce concert soudain. Ses deux épouses avaient sûrement encouragé les fillettes à chanter à tue-tête. C'était leur façon de signifier à l'intruse, à l'intrigante, à la fornicatrice, que son amant avait une nombreuse famille.

— Taisez-vous ! cria-t-il avec autorité en direction du harem.

Les voix se turent aussitôt, il y eut quelques rires étouffés et puis le silence, comme une réprobation muette. Cette soirée commençait mal. Impatient de prendre Florinda dans ses bras, il redoutait les questions qu'elle allait certainement lui poser. Il ne savait pas lesquelles car tout dépendait de ce que Julien avait dit à sa fille. Lui avait-il appris que son amant partait ? Probablement. Lui avait-il révélé sa destination ? Peut-être. Connaissant l'impétuosité de Florinda, Tarak ne doutait pas qu'il saurait vite dans quel état d'esprit elle se trouvait.

Je lui avais dit et répété qu'il ne devait rien laisser soupçonner de nos projets. Après notre visite chez Tarif, nous avions passé un long moment aux bains afin de nous débarrasser de l'odeur du garum qui nous collait à la peau et imprégnait nos cheveux. Tout en me frottant, j'avais conjuré Tarak de tenir sa langue.

Il allait et venait sur la terrasse en se demandant comment dissimuler alors qu'avec Florinda il s'était toujours abandonné sans retenue. Le pas sonore d'Anazar l'avertit de son arrivée. Il se pencha pardessus le parapet pour avoir une vue plongeante sur la rue. C'était elle. Il descendit précipitamment les deux étages et sortit de la maison au moment où elle mettait pied à terre. Le vieux portier aux jambes torses prit Anazar par la bride pour le mener à l'écurie. Comme toujours, il baissait les yeux devant Florinda qui se demandait si c'était chez lui un signe de respect ou de mépris. Au moins, il n'y avait plus de gardes devant la porte. Le soir de sa première visite, une dizaine de traîneurs de sabre se tenaient devant la maison. Ils jouaient les importants, occupés à ne rien faire. Elle n'avait pas aimé leurs regards ; les plus jeunes, l'air égrillard, l'avaient déshabillée des yeux pendant que les aînés la toisaient sévèrement. « Je ne veux plus les voir quand je reviendrai. Ils me regardent comme une prostituée », avait-elle dit à Tarak. Depuis, il les renvoyait chez eux quand elle venait à Tanger.

Devant l'expression de Florinda, il comprit que sa supposition était juste : elle savait quelque chose. Arrivée sur la terrasse, elle se débarrassa de la cape et de la capuche qui l'avaient protégée de la poussière du chemin et son corps apparut, moulé dans la tunique de soie blanche. Au même instant, la lune se leva. Elle était pleine et le ciel sans nuages. Brusquement le détroit devint un fleuve d'argent entre deux rives obscures.

— Elle te souhaite la bienvenue, dit-il en désignant l'astre d'un geste un peu trop théâtral qui trahissait son embarras. Elle est aussi heureuse que moi de t'accueillir ce soir.

Il s'approcha d'elle pour la prendre dans ses bras mais elle recula d'un pas.

— Il paraît que tu t'en vas.

— J'allais justement t'en parler.

— C'est donc bien ce que je disais. Tu t'en vas et je l'apprends par mon père !

— J'allais te le dire.

— Dis-moi d'abord pourquoi je dois apprendre par mon père que mon amant me quitte.

— Mais je ne te quitte pas !

— Si ! Mais tu n'as pas osé me le dire et tu as fait en sorte que ce soit mon père qui se substitue à toi. Tu es lâche, Tarak.

— Laisse-moi t'expliquer.

— Où vas-tu ?

— Ton père ne te l'a pas dit ?

— Tu attendais qu'il m'informe non seulement de ton départ mais aussi de ta destination ?

— Je vais à Constantinople.

— A Constantinople ? Et peux-tu m'expliquer ce que tu vas faire à Constantinople ? Assister à des courses de chars, voir Sainte-Sophie, te prosterner devant l'empereur au nez d'or ? Il faut de solides raisons pour entreprendre un tel voyage.

— Je pars faire le siège de Constantinople. C'est un ordre du Khalife Al-Walid et de l'émir Moussa.

— Ah, Moussa ! Il suffit que les Arabes te donnent un ordre et tu obéis comme un domestique servile.

Tarak se cabra. Elle était allée trop loin.

— Ça suffit ! s'écria-t-il. Si je n'étais pas gouverneur de Tanger, c'est Moussa lui-même qui serait ici. Préférerais-tu que ce soit lui qui vienne chaque mois à Ceuta chercher le tribut ? Le Khalife a décidé de faire la guerre et je suis un guerrier, voilà tout. Je pars la mort dans l'âme mais je ne peux pas me dérober. C'est une question d'honneur.

Elle sentait qu'elle s'y prenait mal. Elle se montrait trop brutale, trop méprisante. Si leur conversation se poursuivait sur le même ton, ils allaient se séparer sur des éclats de voix et elle rentrerait bredouille à Ceuta. Elle entendit le conseil de sa mère : « Cesse de fouetter son orgueil et brise-lui le cœur. »

Elle alla s'asseoir sur l'un des gros coussins. Avec un pâle sourire, Tarak lui tendit une coupe de jus de fruits. Elle but deux ou trois petites gorgées, les yeux dans le vague, perdue dans ses pensées. D'une voix calme et avec une expression d'infinie tristesse, elle rendit les armes.

— J'ai eu tort de m'emporter et de te parler ainsi. Tu as peut-être raison, Tarak. Il faut que chacun accomplisse son destin. Le tien est de partir à Constantinople, le mien d'aller en Hispanie.

Le ton apaisé de Florinda rassura Tarak. L'orage était passé. Mais ce qu'elle venait de dire l'inquiétait.

— En Hispanie ? C'est mon tour de te demander ce que tu vas faire en Hispanie.

— Je vais épouser le prince Agila.

Comme si la colère était passée de l'un à l'autre, Tarak s'emporta. La jalousie qui bouillonnait en lui depuis des mois jaillit brutalement, comme la lave d'un volcan. Il cracha sur Agila tout ce qu'il avait entendu dire à son sujet : un faible sans caractère ni détermination, que l'on n'avait jamais vu les armes à la main, qui tremblait devant son père !

— On t'a trompé sur son compte en le calomniant afin de te complaire, assura Florinda qui fit d'une voix douce un portrait d'Agila que celui-ci aurait aimé entendre.

Non, il n'était pas faible, mais délicat et raffiné ; il n'était pas tremblant devant son père, mais respectueux et loyal ; il n'avait pas le goût des armes car il était ennemi de la guerre et voulait le bonheur de son peuple ; il n'était pas indécis mais sage et réfléchi.

— Et il a besoin de moi à ses côtés, conclut-elle. Il me supplie de l'épouser. Au nom de quoi refuserais-je, puisque tu pars ?

Tarak chercha à gagner du temps. Dans un mois il débarquerait en Hispanie. Ce jour-là, Florinda comprendrait qu'il savait tenir tête à Moussa et qu'il ne l'abandonnait pas.

— Je te demande seulement d'attendre un mois.

— A quoi bon ?

— Juste un mois, je t'en prie.

— Dans un mois, tu embarqueras pour Constantinople. Je n'ai pas envie de subir cette douleur et cette humiliation. Je partirai en Hispanie demain.

— Demain ? Je t'en supplie, donne-moi…

— Non ! Ma décision est prise, Tarak.

En se triturant les doigts, il cherchait les mots, les arguments qui pourraient la convaincre. C'était insupportable d'imaginer une telle absurdité ; Florinda partait rejoindre Agila quelques jours à peine avant que lui-même traverse le détroit.

— Et quand vas-tu… commença-t-il à demander en peinant à prononcer les mots, quand penses-tu te… te marier ?

— Dès mon arrivée, bien sûr.

— Mais enfin, c'est insensé !

— Pourquoi ? Agila m'attend depuis un an et m'envoie chaque jour un message me suppliant de l'épouser. A cause de toi, je n'acceptais pas.

Aujourd'hui, je n'ai plus aucune raison de refuser. A quoi bon attendre ?

Qu'elle parte dès demain, soit, puisqu'elle y est décidée, mais qu'au moins elle ne se marie pas ! enrageait Tarak. Il devait obtenir un sursis. Ensuite, quand elle apprendrait qu'il avait débarqué en Hispanie, elle comprendrait son erreur, elle regretterait de l'avoir trop vite et si mal jugé et elle s'élancerait à sa rencontre pour se jeter dans ses bras.

— Je t'en conjure ! Je m'incline devant ta décision de partir mais je te demande de ne pas te marier aussitôt. Dans un mois, tu comprendras.

— Je veux comprendre maintenant. Donne-moi une raison.

Tarak baissait les yeux et se mordait les lèvres pour s'empêcher de parler. Pour la première fois depuis le début de leur conversation, elle sentait qu'elle allait peut-être obtenir ce qu'elle était venue chercher. Il semblait sur le point de le lui révéler. Elle avait la même sensation que lorsqu'elle pêchait et que soudain le fil se tendait et vibrait. Tarak venait de mordre à l'hameçon. Elle assura la prise.

— Pourquoi devrais-je attendre ? reprit-elle. Hormis ton départ pour Constantinople que va-t-il se passer dans un mois ? Je veux bien consentir à différer mon mariage, mais à condition que tu m'expliques pourquoi.

Tarak était écartelé.

Il se leva pour aller s'accouder au parapet de la terrasse, du côté de la baie. En bas, le bassin du port luisait sous la lune comme une flaque de mercure.

— Et puis, au diable Angelos ! murmura Tarak qui tourna le dos au port et se retourna brusquement vers Florinda. Dans un mois, je débarquerai en Hispanie. C'est un secret que je te confie.

Il poussa un soupir de soulagement. Malgré un léger scrupule, il respirait mieux. Il avait bien failli la perdre mais, grâce à l'aveu qu'il venait de faire, elle était à nouveau à lui. Il lui sourit et revint s'asseoir près d'elle, mais elle s'écarta.

Florinda admirait la perspicacité de son père. Julien ne s'était donc pas trompé et elle était fière d'avoir su en obtenir la confirmation. Mais sa mission n'était que partiellement accomplie. Elle devait connaître les détails du projet de Tarak.

— Un secret ? Tu veux dire un mensonge, un de plus !

— Je te le jure ! protesta-t-il en prenant sa main qu'elle retira sèchement.

— Je ne te crois plus, Tarak. D'abord tu me caches ton départ, ensuite tu me parles de Constantinople, maintenant c'est l'Hispanie… quand faut-il te croire ?

— Je viens de te dire la vérité.

— Donc tout à l'heure, tu me mentais.

— Oui.

— Puisque tu mens, pourquoi ne mentirais-tu pas maintenant ? Tu as dit à mon père que Moussa t'interdisait d'aller en Hispanie et qu'il t'ordonnait de partir pour Constantinople. Ça, je le crois. Alors, comment vas-tu faire ?

Puisque Tarak avait dévoilé l'essentiel, pourquoi dissimuler l'accessoire ? Pour convaincre Florinda, il lui révéla tout ce qu'il préparait, le faux enlèvement de Tarif qui fournirait le prétexte, l'expédition qui se dérouterait vers l'Hispanie pour libérer l'otage…

— Comment veux-tu que je te fasse confiance ? ponctuait-elle chaque révélation de Tarak qui fournissait sans cesse de nouvelles précisions afin de la persuader.

Il expliqua comment il avait, grâce au garum, entraîné Tarif dans cette aventure, comment il l'avait convaincu de s'y risquer en lui promettant de nommer Tarifa le village où il débarquerait ; il montra à Florinda la baie où aurait lieu l'opération. Elle regarda attentivement. On voyait quelques feux briller dans la nuit. Elle s'efforçait d'inscrire chaque information dans sa mémoire. Quand elle fut certaine d'avoir obtenu tout ce qu'elle pouvait espérer, elle ôta sa tunique et ils firent l'amour.

En partant, au milieu de la nuit, elle lui promit qu'elle attendrait pour se marier. Dans un mois, elle verrait bien si Tarak lui avait dit la vérité. Mais en attendant, elle partirait en Hispanie. Dès le lendemain.

*

* *

Julien, couvert d'un manteau de laine brune qui le protégeait de la fraîcheur de l'aurore, monta sur la terrasse de la citadelle pour assister au lever du jour sur Ceuta. Il n'avait pas fermé l'œil de la nuit ; il ne s'était même pas allongé. Il n'avait fait que lire, réfléchir, tourner en rond et se tourmenter. Florinda allait-elle réussir ? Assis sur le banc de pierre, il regardait distraitement une petite barque avancer lentement. Blanc et rouge, elle portait à la proue un œil noir qui semblait scruter le fond de la mer. A l'arrière, un vieil homme assis en tailleur, vêtu d'un pagne, torse nu et coiffé d'un turban mal noué, laissait traîner une ligne. Assis au milieu de la barque, un garçon aux longs cheveux noirs et bouclés tirait vigoureusement sur les avirons. Les bras écartés, il lançait son buste en avant puis le rejetait très loin en arrière en donnant de l'ampleur au mouvement des rames.

Un peu plus loin, sur le pont d'un bateau, des pêcheurs remontaient un filet ventru qui sortait de l'eau en palpitant comme un gros animal vivant convoité par les mouettes qui tournoyaient autour du navire. Quand un poisson s'échappait des mailles et retombait dans l'eau, un oiseau fondait aussitôt sur lui et le cueillait à la surface. Les marins vidèrent le filet et leur prise se répandit sur le pont en cascade argentée. Trois pêcheurs se mirent à trier les poissons. Les petits frétillaient, les gros faisaient des sauts. Les hommes attrapaient les uns à pleines mains et les autres par les ouïes. Pendant ce temps, deux marins armés de bâtons faisaient des moulinets et poussaient des cris en s'efforçant d'écarter les oiseaux de mer qui plongeaient sur le bateau pour prélever leur part.

Derrière Ceuta, les collines et, plus loin, les montagnes sortaient de l'obscurité. Sur le sentier qui gravissait la pente et allait desservir les villages des environs, un homme montait une mule et deux ânes le suivaient, chargés de sacs de grain. Il se tenait très droit, ses pieds touchaient presque le sol, et il chantait.

C'était l'heure que préférait Julien. Les jours où la mer était calme et plate comme ce matin, il aimait écouter le silence. Il le goûtait mieux encore grâce aux ponctuations sonores variées qui venaient le mettre en valeur : le chant du muletier, le pas sec des ânes qui s'éloignaient sur le chemin caillouteux ; les cris des oiseaux, aigres comme des injures lancées aux marins qui leur répondaient avec des insultes ; et puis, tranquille, régulière comme l'haleine d'un paisible dormeur, la douce respiration de la mer sur le rivage. De minuscules vaguelettes déposaient leur frange d'écume puis se retiraient. Le bruissement de l'eau sur le sable produisait chaque fois des tonalités légèrement différentes. Tantôt chuchotée, tantôt murmurée, c'était toujours la même phrase indéfiniment répétée entre deux silences.

Mais toute la sérénité de cette aube n'apaisait pas l'inquiétude de Julien. Le retard de Florinda le souciait.

Tout à coup, les arbres de Ceuta résonnèrent tous ensemble de milliers de piaillements aigus. Les oiseaux perchés dans les épais feuillages saluaient ce jour nouveau en s'égosillant comme pour convoquer le soleil. Il surgit à l'horizon en répandant sur le bleu de la mer une coulée de lumière éblouissante comme un métal en fusion. A cet instant, l'appel à la prière s'éleva du minaret qui se dressait à côté de la basilique et non loin de la synagogue. Dans les rues, les volets qu'on ouvrait faisaient entendre leurs claquements.

Le jour était maintenant levé et Florinda n'était toujours pas en vue. Julien, les yeux plissés, scrutait la route. Il ne voyait qu'un char lentement tiré par une paire de bœufs. Jamais elle ne rentrait de Tanger à pareille heure. Julien le savait bien car, avant de sortir de sa chambre, il attendait toujours d'avoir entendu Florinda regagner la sienne, de crainte de rencontrer sa fille alors qu'elle revenait de chez son amant. Julien se faisait des reproches. Il aurait dû imaginer une façon de se renseigner qui n'aurait pas mis sa fille en danger.

Au moment où ces scrupules l'assaillaient, Julien aperçut enfin un nuage de poussière qui rattrapait le char à bœufs. Il reconnut le galop d'Anazar et vit la chevelure de Florinda soulevée par le vent.

Quand elle mit pied à terre dans la cour du château, Julien lut sur son visage qu'elle avait réussi. Son sourire triomphant et son regard fier proclamaient sa victoire.

— Tu avais raison, lui dit-elle. Il veut attaquer l'Hispanie. Je sais tout de ses préparatifs.

— J'en étais sûr !

— Sûr de quoi ? D'avoir eu raison ou du succès de ta fille ? plaisanta Florinda avec, dans le regard, une lueur d'ironie qui rappelait la Kahina.

— J'étais sûr de toi, ma fille, la rassura-t-il en la prenant dans ses bras et en déposant un baiser sur son front. Un jour, ta mère m'a dit que tu me rendrais fier d'être ton père. Elle avait raison.

— J'ai faim ! fit Florinda en tournant les talons.

Elle ne voulait pas laisser paraître son émotion et elle était réellement affamée. Julien, dès qu'il avait aperçu sa fille chevauchant sur la route, avait fait disposer sur la table basse de la grande salle des galettes de pain à peine sorties du four, du lait, du miel, des dattes, du fromage, du poisson séché, de l'huile et des olives. Florinda se mit à genoux sur un coussin de cuir brun, but de longues gorgées de lait et dévora de gros morceaux de fromage de chèvre qu'elle arrosait de miel. Entre deux bouchées, elle commença à raconter ce qu'elle avait appris.

— Prends ton temps, mange d'abord, proposa Julien.

— Non, insista-t-elle, la bouche pleine. Ils sont prêts. Nous n'avons pas de temps à perdre.

Elle fit un récit détaillé des révélations de Tarak : l'affaire du garum prétendument interdit, l'utilisation de la détresse de Tarif, le simulacre d'enlèvement, la fausse demande de rançon, le débarquement des libérateurs du faux otage qui allait se prêter à cette comédie car on lui avait promis que le village du garum se nommerait Tarifa. De sa visite chez Tarak, elle n'omit rien, sauf la conclusion amoureuse.

Quand Florinda fut rassasiée et désaltérée, ils montèrent un instant sur la terrasse d'où elle désigna à Julien la baie où Tarif puis Tarak et ses hommes allaient tour à tour débarquer.

— Tu dois aller te reposer, conseilla Julien. Je te réveillerai quand tout sera prêt pour ton départ. D'ici là, je vais réfléchir à ce que tu viens de m'apprendre. Je dois trouver le moyen de déjouer cette supercherie.

Pendant que Florinda dormait dans sa chambre, à l'étage, Julien fit venir Moshe. Il lui demanda de veiller à l'armement d'un navire léger et rapide, de choisir cinq cavaliers aguerris pour escorter Florinda jusqu'à Tolède. Pendant ce temps, Soum, la nourrice qui avait élevé Florinda, préparait le paquetage : un grand sac et un petit coffre qui pouvait se fixer à la selle du cheval par une sangle de cuir. Ensuite, Julien se rendit au colombier, dans une annexe du château, contre le rempart. C'était une petite tour carrée où vivait le vieil Abou, entouré de ses pigeons dont il s'occupait depuis trente ans. Avec le temps, l'homme avait fini par leur ressembler curieusement : l'œil rond, une petite tête enfoncée entre des épaules étroites, un jabot, des cheveux gris rejetés en arrière et plaqués sur le crâne, un petit nez pointu. Il traitait ses messagers comme ses propres enfants. Le colombier était sa maison, et ses hôtes toute sa vie. Il les nourrissait, les abreuvait, leur parlait en les appelant par le nom qu'il avait donné à chacun. Il les soignait, les caressait, les chérissait et ils lui rendaient cette affection par des roucoulements incessants et des effleurements de leurs plumes sur sa joue râpeuse.

— Je pense que Mercure fera l'affaire. Il est très endurant, très rapide. Et très amoureux. Sitôt lâché, il reviendra ici à tire-d'aile retrouver sa compagne.

Abou ouvrit une porte grillagée, prit un pigeon dans ses mains et le présenta à Julien. Il avait l'œil vif, le jabot majestueux, les pattes solides, le plumage lustré bleu et argent. Abou le plaça dans une cage et versa dans un sac un savoureux mélange d'orge et de blé enrichi de coquilles d'œuf pilées, agrémenté d'un peu de sel. Esseulée, la femelle roucoulait et Mercure lui répondait.

— Il va revenir, chuchota Abou. N'est-ce pas ? Ne traîne pas en route, susurra-t-il au messager. C'est pour un long voyage ? demanda-t-il à Julien.

— Non. Juste la traversée du détroit.

— Oh, une promenade pour lui !

Vers midi, Julien dit à Soum de réveiller Florinda. Quand sa fille descendit de sa chambre, sanglée dans un vêtement de voyage couleur d'automne, les cheveux enfermés dans un large bonnet de toile, il la fit asseoir et lui expliqua précisément ce qu'il avait imaginé. Elle l'écouta avec attention, les sourcils froncés. Parfois, elle l'interrompait pour poser une question ou formuler une suggestion.

— Qu'en penses-tu ? demanda Julien à la fin de son exposé. Tout va reposer sur toi mais tu auras besoin du concours d'Agila. Peut-on compter sur lui ?

— Il fera tout ce que je lui demanderai.

Une heure plus tard, Florinda, les cinq cavaliers, le pigeon en cage et les bagages étaient à bord. A peine sorti du port, le navire trouva le vent propice à la traversée et fila vers l'Hispanie à pleines voiles. Au bout de la jetée, Julien regardait Florinda s'éloigner.

— Que Dieu te protège, murmura-t-il.

Comme le matin, quand il attendait anxieusement son retour, il se reprochait déjà d'exposer sa fille à ces périls : Tarak et les Berbères, les Arabes et Moussa, Agila et Rodrigo ; tant de forces adverses étaient en mouvement. Et Florinda se retrouvait au beau milieu.

CINQUIÈME PARTIE

Azzouz

Je me heurtais à une grave difficulté et me reprochais de ne pas y avoir pensé plus tôt. J'avais réussi à recruter Tarif en lui faisant miroiter la promesse d'une vie meilleure et d'une glorieuse renommée grâce à Tarifa, mais cette participation, pour nécessaire qu'elle fût, n'était pas suffisante. L'exécution du plan exigeait un deuxième homme qui mènerait le bateau de l'autre côté, près du hameau du garum pour y laisser Tarif avant de traverser le détroit dans l'autre sens, de débarquer à Ceuta et de donner l'alerte. En y réfléchissant, je mesurais à quel point le deuxième homme jouerait un rôle majeur, plus important encore que celui de Tarif. Celui-ci n'avait finalement qu'à se cacher derrière un rocher, ou bien sous un arbre en attendant l'arrivée de Tarak. En revanche, le complice de cette mise en scène allait devoir inventer l'abordage et l'enlèvement imaginaires ; décrire les pirates, leur accoutrement, émouvoir son auditoire et le convaincre de porter secours au malheureux Tarif. Restait à trouver cet homme qui devait être non seulement un bon navigateur mais surtout un excellent menteur.

J'envoyai chez Tarif un messager lui demandant de descendre au plus vite à Tanger où je le reçus à bord de la galère et lui fis part du problème. Pensif, Tarif se grattait le crâne en répandant autour de lui une odeur de garum mêlée d'âcres relents de transpiration. J'ouvris le volet de bois et la porte de la cabine pour créer un courant d'air.

— A part ma sœur et Azzouz, je ne côtoie pas grand monde, avoua Tarif un peu confus.

— Qui est Azzouz ?

— Mon marin. Ah, c'est un brave jeune homme ! Et un bon navigateur. A vingt ans, il connaît le détroit aussi bien qu'un vieux passeur.

— Ça, c'est une bonne chose.

— Et il a du flair ! Il va tout droit sur les bancs de thon, comme un chien qui traque le gibier.

— Très bien, mais ce jour-là, tu n'auras pas le temps de pêcher.

— Et un garçon honnête, je vous assure.

J'aurais préféré un fourbe, très malhonnête mais bon simulateur.

— Quel est son rêve ?

— Je ne sais pas s'il fait des rêves.

— Tu as mal compris. Je te demande quel est son désir, son espoir, le but de sa vie.

— Ah ! Il économise pour acheter son propre bateau. Comme il est méritant, il finira bien par y arriver dans quelques années.

Je n'avais guère le choix. Après avoir demandé l'avis de Tarak qui ne connaissait pas le jeune marin mais n'avait pas d'objection, je fis venir Azzouz. C'était un garçon robuste, au visage avenant et au regard franc qui me fit aussitôt bonne impression. La promesse d'une somme qui lui permettrait d'acquérir son bateau et le versement immédiat d'un acompte convainquirent aussitôt le jeune homme de se mettre à mon service. Sous le sceau du secret, je lui expliquai ce que j'attendais de lui. Azzouz ne posa aucune question ; il ne manifesta aucune inquiétude ; il ne parut même pas surpris. Cette placidité me convenait mais elle m'inquiétait aussi : le jeune marin saurait-il interpréter le rôle d'un homme bouleversé, à peine revenu d'une terrible frayeur, appelant à sauver Tarif en danger de mort ?

— Tu viendras ici chaque matin, annonçai-je. Avec Tarif nous travaillerons jusqu'à ce que tout soit parfait.

La cabine devint une scène de théâtre et les progrès de l'acteur étaient spectaculaires. Azzouz s'améliorait de jour en jour ; il ajoutait une mimique, modifiait une attitude, essayait un nouveau geste, une exclamation, un roulement d'yeux. Il réussissait même à se faire sangloter pendant qu'il racontait le désespoir de son maître aux mains des cruels pirates. Ses larmes étaient si convaincantes que Tarif frissonnait. Cette tragédie qu'Azzouz savait rendre tellement vraisemblable, n'allait-elle pas finir par se produire ? se demandait-il en tremblant.

Pendant ce temps, Tarak rassemblait son armée et la mettait sur le pied de guerre. Une centaine de vétérans, des Berbères convertis à l'islam, formaient l'effectif permanent. Sous les ordres de Tarak, ils avaient combattu avec les Arabes contre d'autres Berbères menés par la Kahina. Depuis leur victoire et l'achèvement de la conquête, ils demeuraient en garnison dans une caserne bâtie contre le rempart de Tanger. Après avoir connu l'ivresse des batailles, ils menaient depuis cinq ans une morne existence. Ils faisaient des rondes de surveillance, se tenaient en sentinelle ou bien patrouillaient sur les marchés pour arrêter les voleurs ou mettre fin à une rixe. Eux qui rêvaient d'aventure acclamèrent Tarak quand il vint leur ordonner de se préparer à une nouvelle guerre de conquête. Il ne leur révéla pas la destination mais leur promit la victoire.

Ces guerriers de métier encadraient le reste de l'armée composée de combattants supplétifs, des hommes de Tanger ou qui venaient des localités environnantes derrière leur chef de clan. Ils étaient jeunes, inexpérimentés mais fougueux et impatients de s'illustrer les armes à la main, de vaincre et de rentrer chez eux en héros.

Tarak comptait les jours. Florinda lui avait accordé un mois et il ne restait qu'une semaine. Quand je vins lui dire que Tarif et Azzouz étaient prêts, il donna l'ordre du départ vers Ceuta et la troupe se mit en marche. Sur les terrasses étagées des maisons de Tanger, les femmes et les enfants poussaient des cris, chantaient et agitaient des écharpes colorées en regardant les hommes parader sous les remparts et partir vers leur destin, bientôt masqués par un nuage de poussière.

*

* *

Le lendemain, la panique s'empara des habitants de Ceuta quand ils aperçurent l'armée berbère qui marchait sur la ville. Les rues se vidèrent. Julien alerta la garde et fit fermer la porte du rempart. Des hommes en armes montèrent sur le chemin de ronde. Des archers se postèrent aux créneaux et Julien apparut, couvert d'une cuirasse et coiffé de son casque, le sabre à la ceinture. A côté de lui, Moshe évaluait le nombre des guerriers berbères qui dressaient leur camp à un jet de flèche du rempart de Ceuta.

— J'en vois déjà plus de deux mille, estima-t-il.

— Et ils continuent d'arriver.

Plusieurs colonnes de cavaliers convergeaient de toutes parts. Ils s'établissaient sur les flancs de collines, face à Ceuta, comme pour en faire le siège.

*

* *

Au milieu du camp, sous la plus haute des tentes, Tarak se préparait à défier Julien qui lui fermait sa porte. Il endossait sa cotte de mailles, fixait ses épaulettes de fer et ceignait le sabre de ses ancêtres. Il espérait ne pas avoir à s'en servir contre le père de Florinda. Mais il le ferait sans hésiter si Julien se mettait en travers de son chemin. Tarak voulait embarquer sans retard. Les bateaux étaient prêts. Nous l'avions appris la veille, grâce à deux charpentiers qui travaillaient sur les navires de Julien pour les aménager. Les deux hommes s'étaient sérieusement blessés. L'un avait fait une chute, l'autre avait eu les doigts écrasés par un coup de marteau. Ils étaient rentrés à

Tanger pour se faire soigner. J'avais interrogé les deux charpentiers qui avaient été formels : le travail était terminé, les bateaux aménagés comme prévu et prêts à prendre la mer. Or, Julien n'en avait pas informé Tarak. Il nous faisait inutilement perdre du temps. Ce qui signifiait que Julien connaissait la véritable destination des navires. Sinon, quelle raison aurait-il eue de retarder le départ pour Carthage au risque de subir les représailles de Moussa ? En revanche, il avait de nombreuses raisons de redouter un débarquement en Hispanie. La souveraineté de Ceuta risquait d'être balayée par la guerre et le projet de mariage de Florinda serait anéanti.

En regardant Tarak coiffer son casque et endosser son armure, je repensais à Justinien, sous sa tente, devant les remparts de Constantinople, le soir de la reconquête.

— C'est parfait, approuvai-je. Tu dois relever son défi. Il se pavane sur le rempart, avec sa cuirasse et ses porte-étendards à côté de lui. Te voyant en équipement de guerre, il comprendra que tu ne te laisses pas impressionner.

Tarak sortit de sa tente, se mit en selle et partit au trot vers la muraille. Une dizaine de cavaliers l'accompagnaient. J'étais parmi eux, vêtu d'un manteau de laine et la tête enveloppée dans une longue écharpe qui dissimulait mon visage. Ainsi masqué, Julien ne pourrait pas me reconnaître.

Parvenu au bord du fossé, Tarak s'immobilisa. Il leva les yeux vers Julien, mit ses mains en porte-voix, et lança :

— Tu me fermes les portes de ta ville lorsque je me présente ! Tu me traites en ennemi !

— Tu es toujours le bienvenu, Tarak. Sauf quand tu arrives à la tête d'une armée.

— Tu sais bien que nous sommes là sur ordre du Khalife et de l'émir. Cette armée va conquérir Constantinople, si Dieu le veut.

Tarak mentait avec une aisance que j'appréciais en connaisseur.

— Même si Dieu le veut, répliqua Julien, tes hommes sont beaucoup trop nombreux pour embarquer tous. Les trois bateaux ne pourraient même pas en contenir la moitié.

Pour établir une solide tête de pont de l'autre côté du détroit et remporter les premiers combats en attendant des renforts, Tarak et moi estimions qu'il nous fallait au moins cinq mille hommes. Or, chaque navire pouvait à peine en contenir cinq cents. Nous avions prévu de faire plusieurs traversées. A cet endroit, la distance était si courte entre les deux continents qu'avec de bons vents et de la chance nous pourrions en deux jours faire passer l'armée d'Afrique en Europe. Tarak balaya l'objection :

— Nous verrons bien. Ouvre les portes.

— Non, les bateaux ne sont pas prêts à prendre la mer. Il me faut encore quelques jours de travail, affirma Julien.

— Je sais que le travail est terminé, insista Tarak. Des ouvriers me l'ont appris.

— Ils ont menti.

— J'embarquerai demain. Veille à ce que les portes soient ouvertes !

— Je ne les ouvrirai que quand je le jugerai nécessaire.

Tarak repartit au galop vers le camp.

*

* *

Julien descendit du rempart et gagna la salle du conseil où il s'enferma avec Moshe.

— Fais dresser les catapultes et amasser les boulets. Il faut doubler le nombre de guetteurs sur le rempart. Envoie le crieur public annoncer que les hommes valides sont réquisitionnés et que les femmes doivent confectionner des pansements et des onguents pour les blessés.

Assis à la table du conseil, Moshe prenait note des instructions que Julien lui donnait en arpentant la salle à grandes enjambées.

— Il faudrait aussi faire creuser des tombes, ajouta Moshe, beaucoup de tombes.

— Nous ne sauverons pas la ville sans subir de pertes. Le dernier siège a coûté de nombreuses vies. Mais grâce au sacrifice de ces héros, nous sommes libres.

— Nous devons sauvegarder cette liberté. Or je crains qu'en subissant un nouveau siège nous perdions tout.

Julien s'immobilisa, déconcerté par le propos de Moshe.

— Je te croyais brave, Moshe. Je ne te reconnais plus.

— J'ai du courage et je vous le prouverai si par malheur il fallait se battre. Je suis prêt à donner ma vie pour défendre Ceuta. Mais la bravoure n'empêche pas la lucidité. Cette fois-ci, le siège sera bien plus difficile à soutenir.

— Au contraire ! Cette fois, les Arabes ne sont pas là. Il n'y a que les Berbères.

— Les Arabes arriveront bientôt. Dès que Tarak aura fait savoir à Moussa que tu refuses l'accès aux bateaux, l'émir lèvera une armée qui viendra renforcer celle de Tarak et la ville tombera.

— La dernière fois ils ont échoué.

— Oui, mais à cette époque ils livraient bataille partout à la fois : pour conquérir Tanger, pour écraser des révoltes dans la montagne, pour pacifier des localités. Aujourd'hui, la province leur est entièrement soumise et ils pourront concentrer toutes leurs forces contre nous.

Julien savait que Moshe disait vrai. Ceuta serait l'obstacle sur la route de Constantinople, Julien deviendrait l'ennemi de l'islam, celui qui veut empêcher l'envoi de renforts au Khalife, celui qui refuse ses bateaux aux combattants du *djihad*.

Moshe sentait que sa mise en garde troublait Julien et il tenta de le convaincre :

— Pourquoi ne pas les laisser embarquer tranquillement et partir pour Constantinople ?

— Parce que, hélas, Tarak ne part ni pour Carthage, ni pour la Syrie, ni pour Constantinople. Il se prépare à attaquer l'Hispanie.

— Mais... fit Moshe interloqué, mais qu'est-ce qui vous fait croire...

— Je ne le crois pas, mon ami, je le sais, soupira Julien.

Il révéla à Moshe ce qu'il avait appris du projet de Tarak. L'intendant se prit la tête entre les mains. Il entrevoyait le pire.

— Les Goths nous rendront responsables, puisque Tarak aura traversé sur nos bateaux. D'abord, ils rejetteront les Berbères à la mer, et ensuite ils nous attaqueront pour nous punir d'avoir été complices.

— Je suis du même avis, approuva Julien. Et si, par extraordinaire, Tarak réussissait ? Avec le désordre qui règne chez les Goths, ce n'est pas impossible. Que se passerait-il, d'après toi ?

— Dans ce cas c'est Moussa qui nous accusera d'avoir aidé Tarak à transgresser ses ordres et il nous le fera payer très cher. Il arrivera ici pour traverser à son tour et il fera de Ceuta sa tête de pont. Il nous piétinera.

Julien hochait la tête quand soudain, Moshe s'écria :

— Et votre fille ? Elle est en grand danger à Tolède. Les Goths vont se venger sur elle. Pourquoi l'avoir laissée partir ?

— C'est moi qui le lui ai demandé. Je lui ai confié une mission pour tenter d'empêcher cette catastrophe. J'attends un message qui doit me faire savoir que le plan a été mis à exécution. Et tant que je ne l'aurai pas reçu, je ne laisserai pas Tarak embarquer.

*

* *

Dans le camp des Berbères, en fin d'après-midi, on allumait des feux, on chauffait des marmites de soupe, des hommes aiguisaient leur sabre, soignaient leurs chevaux, graissaient le cuir de leur ceinturon, pendant que d'autres chantaient et dansaient au son des tambourins. Tarak allait d'un groupe à l'autre pour stimuler l'ardeur de ses guerriers. En le voyant si proche, si familier, certains s'enhardissaient et lui posaient la question qui était sur toutes les lèvres : où allaient-ils ?

— Vous le saurez demain, quand nous embarquerons. Mais dès à présent je vous promets que notre peuple va s'illustrer grâce à vous. Nous allons étendre les conquêtes de l'islam. Et cette fois, la victoire sera nôtre, nous ne serons pas sous les ordres des Arabes. Nous allons montrer que notre peuple est valeureux, aussi digne que les Arabes de porter la parole du Prophète.

Pendant ce temps, j'envoyai à Tanger un message destiné à Tarif et Azzouz. L'opération commençait : il fallait embarquer immédiatement. Après avoir laissé Tarif sur l'autre rive, Azzouz devait arriver à Ceuta demain, à midi, pour donner l'alerte.

Au coucher du soleil, les hommes s'alignèrent, tournés vers La Mecque. Ensemble ils se prosternèrent en priant avec ferveur.

*

* *

A Ceuta aussi, on se préparait au combat. Les crieurs publics parcouraient les rues en clamant les instructions du prince Julien. Chaque homme valide en âge de se battre devait fourbir ses armes et se rendre à la citadelle le lendemain au point du jour.

Les femmes devaient se tenir prêtes à porter secours aux blessés. Des ouvriers calaient de gros madriers contre les portes de la ville pour les renforcer. Sur le chemin de ronde, les sentinelles observaient les Berbères en prière dans les dernières lueurs du jour.

A cet instant, posté sur le toit du pigeonnier, Abou aperçut ce qu'il guettait depuis des jours. Dans les pourpres et les traînées d'encre du crépuscule palpitait une forme argentée, comme un ange qui volait vers lui. Dans un bruissement soyeux, Mercure vint se poser sur le perchoir de son logis, aussitôt accueilli par le roucoulement de sa compagne.

Julien accourut, prit connaissance du message, poussa un soupir de soulagement et fit aussitôt débloquer les portes de la ville.

— Préparez-vous à les ouvrir demain matin, quand je vous en donnerai l'ordre.

*

* *

Au lever du jour, nous nous préparions à donner l'assaut. Mais tout à coup, alors que nous nous mettions en selle, nous vîmes la porte de Ceuta s'ouvrir à deux battants. Une immense clameur salua cette première victoire remportée sans subir de pertes ni même livrer bataille. Les hommes y voyaient l'intervention de Dieu qui leur ouvrait la voie du *djihad*. Autour de Tarak quelques flagorneurs disaient à voix forte, pour se faire entendre de lui, que sa détermination face à Julien avait fait plier le prince de Ceuta. Pour ma part, je ne croyais ni à l'intervention divine ni à une faiblesse de Julien. Que s'était-il passé depuis la veille ? Je n'en avais pas la moindre idée, mais je me méfiais de Julien, bien plus retors qu'on pouvait le croire de prime abord.

L'armée se mit en ordre de marche et s'avança comme pour une parade. Tarak chevauchait en tête, encadré de ses porte-étendards, suivi de ses chefs de clan, des cavaliers, des lanciers et enfin des hommes de troupe armés de frondes et de couteaux. Nous entrâmes dans la ville ouverte et marchâmes sur le port où nous trouvâmes les trois navires amarrés, parfaitement en état de naviguer. Après une rapide inspection des bateaux, Tarak ordonna l'embarquement.

L'opération dura des heures, dans une inextricable cohue mêlant les hommes en cuirasse, encombrés de leur bouclier, le sabre pendant au ceinturon, les chevaux harnachés, les bêtes de somme qui portaient d'énormes sacs, des caisses, les tentes repliées... Les officiers tentaient en vain de mettre de l'ordre dans cet enchevêtrement confus, ils se brisaient la voix en hurlant des ordres contradictoires au milieu du vacarme. En franchissant la passerelle qui menait au navire, plusieurs hommes perdirent l'équilibre et tombèrent à l'eau. Coincés entre la coque et le quai, ils battaient désespérément des bras et se noyaient. Les chevaux effrayés roulaient des yeux fous et tiraient sur leur bride, se cabraient, hennissaient et ruaient sous les coups de fouet.

*

* *

Sur la terrasse de la citadelle, Julien et Moshe parcouraient du regard le long serpent aux écailles de fer que formait l'armée berbère. Hérissé de lances, comme des épines de métal, le reptile s'étirait depuis les collines jusqu'au rempart de Ceuta et passait par l'étranglement de la porte de la ville. Il avait pour tête ce grouillement qui recouvrait les quais du port et le pont des navires.

— D'après toi, combien d'hommes vont-ils embarquer ? demanda Julien.

— Pas même le quart, estima Moshe. Il leur faudra plusieurs traversées. D'autant plus qu'ils embarquent des chevaux, des armes et un matériel considérable.

— Ils n'en auraient pas besoin s'ils partaient en renfort de l'armée du Khalife comme Tarak le prétend. Arrivés en Orient, tout leur serait fourni. Une preuve de plus que le débarquement en Hispanie était préparé et que Tarak l'avait décidé bien avant le pseudo-enlèvement de Tarif que nous n'allons sans doute pas tarder à apprendre. Le fait démontre la duplicité de Tarak et nous devons le mentionner dans la lettre à l'émir.

Julien préparait un message pour Moussa. Il avait demandé à Abou de choisir un pigeon prêt à voler vers Carthage. Si les événements tournaient mal, si Julien ne parvenait pas à empêcher la traversée, il enverrait aussitôt ce courrier à l'émir afin de le convaincre que Tarak portait seul la responsabilité de cette attaque absurde.

Mais Julien espérait bien ne pas en arriver là, grâce à la parade qu'il préparait. Le message reçu la veille lui avait appris que le plan se déroulait comme prévu.

Florinda était arrivée à Tolède ; elle avait alerté Agila ; elle l'avait convaincu de rassembler des hommes et de se rendre sur le lieu du débarquement ; elle avait très précisément expliqué à Agila ce qu'il devait faire. Le message apporté par le pigeon la veille au soir informait Julien qu'Agila était à pied d'œuvre, prêt à déjouer la manœuvre de Tarak.

— Où est Tarak ? Je ne le vois pas.

Julien fouillait du regard la cohue qui s'agitait autour des navires.

— Je crois que c'est lui, là-bas, indiqua Moshe en désignant du doigt deux cavaliers, loin du tumulte des quais, à l'autre extrémité du port, tout au bout de la digue, immobiles, tournés vers la mer. Moshe plissa les yeux pour tenter d'identifier le cavalier qui se tenait à côté de Tarak.

— Il est avec un homme que je ne reconnais pas, un Berbère.

— Ce n'est pas un Berbère, c'est Angelos vêtu comme un Berbère, rectifia Julien.

*

* *

Tarak et moi scrutions le détroit. Sous un ciel sans nuages, le vent et la mer étaient favorables. Il était déjà midi, et depuis près d'une heure nous attendions d'apercevoir la voile blanche.

— Que feras-tu si Azzouz et Tarif ne réussissent pas ? lui demandai-je.

Tarak se tourna brusquement vers moi, les sourcils froncés.

— Pourquoi ne réussiraient-ils pas ? Dieu est avec nous.

— On ne sait jamais. Peut-être ont-ils été réellement capturés tous les deux.

— Ce serait parfait ! Nous partirions libérer deux hommes au lieu d'un seul. Quoi qu'il advienne, plus rien ne me fera renoncer. Je veux conquérir ce pays. Que Moussa, le Khalife et Constantinople aillent au diable !

— Le voilà ! m'écriai-je soudain en mettant ma main en visière pour mieux voir le navire qui glissait à pleines voiles vers Ceuta.

Un quart d'heure plus tard, le bateau de pêche entrait dans le port. Azzouz le guida d'une main sûre vers la digue où j'agitais les bras en lui faisant signe d'approcher.

Le malheureux Azzouz était dans un état pitoyable, le visage tuméfié, le front ensanglanté, deux dents cassées, le nez tordu, une bosse sur le crâne, les vêtement en lambeaux. En sanglots, il se jeta aux pieds de Tarak, implorant du secours pour son maître Tarif. Les pirates qui les avaient attaqués étaient plus terrifiants que des démons, plus cruels que des bêtes féroces. Ils l'avaient violemment battu de même que Tarif qu'ils retenaient en otage en exigeant une rançon. Azzouz était si convaincant, et surtout si terriblement défiguré par les coups, que Tarak ne savait à quoi s'en tenir. Je le rassurai. Pour accréditer son récit, Azzouz avait l'ordre de s'entailler le front avec un tesson de verre et de se taper la tête contre le mât du bateau. Le valeureux garçon avait courageusement exécuté mes instructions ; il était défiguré.

Devant l'armée rassemblée, Azzouz fut bouleversant. J'étais fier de mon disciple. Perché à la proue d'un navire, appuyé sur une canne, le bras en écharpe mais la voix forte, il raconta l'attaque des pirates et les violences qu'ils lui avaient infligées. Avec des accents à fendre l'âme il exhorta Tarak et son armée à partir délivrer Tarif sans perdre un instant.

Les hommes criaient vengeance, brandissaient leur sabre et maudissaient les pirates. Tarak prit alors la parole. Il n'avait plus qu'à leur accorder ce qu'ils réclamaient : traverser le détroit, débarquer sur la côte hispanique, sauver Tarif et châtier sans pitié les pirates, les Goths, et tous les gueux qui vivaient de l'autre côté !

— Puisqu'ils cherchent la guerre, nous la ferons et nous la gagnerons ! conclut Tarak sous les acclamations. Puisque Dieu l'a voulu, c'est en Hispanie que nous étendrons la maison de l'islam !

Dès lors, Tarak prit fermement en main les opérations d'embarquement. D'une voix sonore et pleine d'autorité, il réussit à mettre un semblant d'ordre dans cet immense chaos.

*

* *

— Ils en ont encore pour une heure ou deux, jugea Moshe qui surveillait les préparatifs depuis la fenêtre du premier étage de la citadelle.

— Et toujours pas de bateau en vue ? s'enquit

Julien assis à sa table de travail devant une fine feuille couverte de son écriture, le calame entre les doigts, prêt à conclure le récit qu'il destinait à l'émir Moussa.

— Non, mais le miroitement du soleil sur la mer est éblouissant. Je n'y vois rien.

— Normalement, il devrait arriver d'ici une heure. A condition que tout se soit passé comme prévu.

Grâce au message qui lui était parvenu la veille, Julien savait qu'Agila avait pris position autour de la baie où Tarif devait s'échouer et se cacher. Mais ensuite ? Agila avait-il réussi à faire repartir Tarif aussi vite que possible et sans effusion de sang ? Tarif allait-il arriver à temps ? Avant que les Berbères aient largué les amarres et pris la mer ? Sinon, ce serait trop tard et plus rien n'empêcherait la guerre et la ruine de Ceuta.

— Il me semble apercevoir quelque chose, là-bas, à contre-jour, hésita Moshe. C'est peut-être lui.

Julien laissa son travail d'écriture et se mit à la fenêtre.

— C'est lui, affirma-t-il, j'en suis certain. Dans une demi-heure il sera là. Allons parler à Tarak.

Au bout d'un petit rempart relié à la citadelle et qui séparait le port du reste de la ville, une grande terrasse carrée, bordée de créneaux, surplombait les quais. Julien sortit sur cette esplanade, la main posée sur la poignée de son épée, suivi de Moshe et entouré d'une garde d'archers en armure. En contrebas, Tarak était au milieu de ses hommes en train de donner des ordres, quand il entendit la voix de Julien qui l'interpellait.

— Salut à toi, Tarak ! J'ai peine à croire ce que je viens d'entendre quand tu haranguais ton armée tout à l'heure. Tu veux attaquer l'Hispanie ? Les ordres de Moussa sont pourtant formels. De mon côté, j'ai respecté le marché. En échange du tribut, les bateaux sont à toi. Mais pour aller à Constantinople. Pas pour débarquer en Hispanie.

Tarak se tenait campé au pied du rempart, les poings sur les hanches, la tête levée vers Julien.

— N'as-tu pas vu ce que ceux d'en face ont fait à ce malheureux pêcheur ? Regarde-le.

Azzouz gisait un peu plus loin, le front bandé.

— C'est regrettable mais ce n'est pas une raison suffisante pour entrer en guerre contre les Goths.

— Et Tarif ? Un musulman de Tanger est prisonnier des pirates et nous ne lui porterions pas secours ? Nul ne m'empêchera de sauver ce frère en danger de mort et de punir ses ravisseurs, ni le Khalife, ni l'émir, ni personne ! C'est une question d'honneur.

— Trêve de mensonges, Tarak. Il n'y a pas eu d'enlèvement. C'est toi qui as envoyé Tarif de l'autre côté du détroit pour te fournir un prétexte. Grâce à tes pirates imaginaires tu crois pouvoir t'affranchir de Moussa, ignorer ses ordres, te dispenser du *djihad* à Constantinople et t'emparer de l'Hispanie pour ton propre compte.

— Oui, je vais conquérir l'Hispanie au nom de l'islam. Et j'empêcherai Florinda d'épouser un homme qu'elle n'aime pas !

C'était la première fois que Tarak parlait à Julien de Florinda et de la relation amoureuse qu'il entretenait avec elle. Entre les deux hommes, il n'y avait plus désormais d'égards, plus de précautions. Ils se défiaient ouvertement. Autour d'eux on faisait silence.

— As-tu pensé que les Goths pourraient te rejeter à la mer et s'en prendre ensuite à ma ville pour me punir de t'avoir donné mes bateaux ?

— Ne crains rien. Dieu est avec moi. Je vaincrai.

— As-tu pensé que Florinda est peut-être déjà mariée ?

— Je sais qu'elle ne l'est pas encore.

— C'est elle, bien sûr, qui m'a révélé ton stratagème et ton invention d'un faux enlèvement de Tarif. Moussa ne te pardonnera jamais de l'avoir dupé. Et il le saura vite si tu persistes dans ton aventure. Un pigeon portera un message à Carthage, si jamais tu attaques l'Hispanie.

Tarak éclata de rire et fit un geste vers les bateaux où s'entassaient ses guerriers.

— Regarde ! Mille témoins de bonne foi diront que tes accusations sont mensongères. Ils ont vu Azzouz et entendu son récit. Ses blessures prouvent qu'il dit vrai. N'as-tu pas entendu mes hommes crier vengeance ?

— C'est vrai, reconnut Julien. Ton faux témoin était très convaincant. Si j'ignorais ton stratagème, je l'aurais cru sans hésiter. Je comprends la colère de tes hommes. Mais ils vont être rassurés sur le sort de Tarif. Plus besoin de débarquer en Hispanie pour le délivrer. Il est là, annonça Julien avec un geste désignant un grand vaisseau aux voiles rouges qui entrait au même moment dans le port de Ceuta.

Le navire vira de bord au milieu du bassin, affaissa sa voile et vint se ranger doucement contre un quai. Des marins mirent précipitamment en place une passerelle. Un passager l'emprunta et descendit à terre : un boiteux vêtu comme un seigneur. C'était Tarif.

Déjà, le bateau hissait les voiles, s'éloignait du quai et glissait vers la sortie du port pour reprendre la mer.

Devant cette apparition stupéfiante, Tarak resta sans voix, cloué sur place. A côté de lui, je chancelai, assommé par l'effondrement du plan que j'avais échafaudé.

— Tu vois, Tarak, lança Julien depuis le chemin de ronde avec un large sourire et un regard ironique, Tarif est sain et sauf. Tu n'as plus besoin d'aller en Hispanie pour le libérer. Maintenant, tu peux partir directement pour Carthage où Moussa t'attend.

Tarak ignora les moqueries de Julien. D'ailleurs, il ne l'entendait même plus, il ne voyait que Tarif qui agitait les bras et trottinait vers nous aussi vite que le permettait sa jambe torse. Ayant retrouvé mes esprits, je me précipitai sur Tarif et j'empoignai le col de sa toge. Je m'emportais rarement mais ce retournement de situation me mettait en rage ; j'étais si furieux que je ne trouvais pas les mots pour l'exprimer. Je brandis un poing fermé devant le visage de Tarif qui s'écria :

— Excellence ! Ne me frappez pas ! Vous allez être content de moi. Vous aurez tout le garum que vous voulez. Vous pourrez fournir l'empereur Justinien. Mais laissez-moi vous raconter ce qui m'est arrivé.

A son tour, Tarak empoigna Tarif par les épaules et le secoua violemment.

— Tu devais nous attendre à l'endroit convenu ! hurla-t-il. Nous étions sur le point d'embarquer et tu viens tout gâcher. Tu es encore plus bête que…

— Je vous en prie ! Ecoutez-moi et vous verrez que Dieu est grand. Figurez-vous que… Oh ! mon pauvre ami, s'émut soudain Tarif en voyant approcher Azzouz, le visage tuméfié. Mon pauvre Azzouz ! Tu ne t'es pas ménagé. Quand je pense que tu aurais pu t'épargner toutes ces blessures si nous avions deviné ce qui m'attendait en Hispanie.

— Deviner quoi ? aboyai-je.

— C'est ce que j'essaye de vous dire, Excellence, mais vous ne me laissez pas raconter cette merveilleuse histoire.

Tarak me fit signe de lâcher le col de Tarif. Ce dernier remit de l'ordre dans son vêtement, reprit de l'assurance et proclama fièrement :

— Au lieu de me bousculer, vous devriez me féliciter. J'ai obtenu tout seul ce que vous vous apprêtiez à conquérir avec des milliers d'hommes et en faisant couler beaucoup de sang. Sachez que le village où j'ai débarqué ce matin s'appelle désormais Tarifa.

— Je n'entends rien à ton histoire, gronda Tarak. Ou bien tu t'expliques clairement, ou bien je te fais jeter dans le port avec une pierre attachée au cou.

— Je comprends votre stupeur, admit Tarif. Ce qui m'est arrivé est si extraordinaire !

Il se tourna vers moi.

— Vous, Excellence, vous vouliez du garum pour l'empereur. Et vous, rappela-t-il à Tarak, vous m'annonciez que l'émir Moussa interdit désormais la fabrication du garum. C'est pour me permettre de fournir l'empereur que nous avons imaginé mon installation de l'autre côté du détroit, n'est-ce pas ?

Tarif quêtait une approbation que ni Tarak ni moi ne lui accordions. Tarak se contenta de lui faire signe de poursuivre.

— Donc, reprit Tarif, ce matin, je saute du bateau près du village, à l'endroit prévu. Et Azzouz repart vers Ceuta pour vous alerter, comme prévu.

— Ne dis pas que tout s'est passé comme prévu, alors qu'il s'est produit l'inverse ! s'emporta Tarak.

— Justement, à cause d'un extraordinaire imprévu. Mais vous ne me laissez pas vous raconter ! Je me trouve donc sur la plage, mouillé des pieds à la tête, à la recherche d'un abri pour me cacher en attendant votre arrivée. Et soudain, que vois-je ?

Tarif fit silence un instant, prenant plaisir à nous tenir en haleine avant de reprendre son récit :

— Un homme qui vient vers moi, les bras ouverts, et qui m'accueille comme un ami.

— Un homme du village ? questionnai-je.

— Pas du tout, Excellence. Il était magnifiquement vêtu et portait des bijoux. Mais surtout, surtout, insista Tarif pour exciter notre curiosité, surtout il portait une couronne.

— Une couronne ? fit Tarak interloqué. Mais quel genre de couronne ?

— Une couronne d'or, une couronne de prince. Car c'était un prince. Le prince Agila en personne !

— Agila ! suffoqua Tarak.

— Oui, le fils du roi Wittiza, le prochain roi d'Hispanie. Vous imaginez ma stupeur. Des domestiques et des servantes accouraient, ils me débarrassaient de mes vêtements trempés. Ils me lavaient, me séchaient près d'un feu qu'ils avaient allumé. Ils me parfumaient, m'aidaient à revêtir ces beaux habits que vous voyez sur moi. Pendant ce temps, le prince Agila qui m'appelait son ami Tarif, m'expliqua ces mystères. Que faisait-il là ? Pourquoi cet extraordinaire accueil ? Comment connaissait-il mon nom ?

— L'explication de ces mystères ne se nommerait-elle pas Florinda ? glissai-je perfidement, ne doutant pas de la réponse.

— Exactement ! Cette fois, vous avez vu juste.

Tarak serra les poings pour contenir la colère qu'il sentait monter. Ce qu'il avait confié à Florinda sous le sceau du secret, elle l'avait révélé non seulement à son père mais aussi à Agila ! Il évita de croiser mon regard, noir et lourd de reproches.

— Que Dieu protège la princesse Florinda ! Elle est allée jusqu'à Tolède pour intervenir en ma faveur auprès du prince Agila qui m'a tout accordé. Grâce à elle, le sang ne coulera pas. Nous n'avons plus à nous emparer du village puisque le prince Agila me l'a donné. Regardez.

D'un étui en cuir qui pendait à sa ceinture, Tarif tira un document qu'il déroula.

— Voici son sceau, indiqua-t-il du bout de l'index. Cet acte me donne propriété de l'atelier de garum du village qui se nomme désormais Tarifa. Le prince a très généreusement indemnisé les familles qui vivent là. Chacune a reçu beaucoup d'or pour renoncer à sa part de l'atelier. Mais ces braves gens m'ont proposé de continuer à travailler pour mon compte. Je crois que je vais les employer. Certes, leur garum est médiocre mais je suis sûr de pouvoir leur enseigner…

— Va au diable avec ton infect garum ! s'emporta Tarak. Tu ne pouvais pas rester là-bas comme je t'en avais donné l'ordre ?

— Non, justement. Le prince Agila a beaucoup insisté pour que je parte au plus vite à bord de son bateau afin de venir ici vous annoncer qu'il n'y avait plus de raison d'attaquer l'Hispanie. A quoi bon livrer une bataille quand on a obtenu ce qu'on voulait conquérir ? D'ailleurs, le prince m'a prévenu que mon atelier me serait retiré si jamais vous attaquiez tout de même. On peut le comprendre.

— Ce que je comprends, c'est que ce lâche a peur. Il veut coûte que coûte éviter la guerre, ce couard. Il a raison d'avoir peur car la guerre, il l'aura. Je suis impatient de le tuer. Finalement, c'est une bonne nouvelle de le savoir sur le détroit plutôt qu'à Tolède. Je vais pouvoir en finir tout de suite avec ce chien.

— Vous allez envoyer vos hommes au massacre ! s'écria Tarif.

— Pourquoi dis-tu ça ? demandai-je.

— Mais parce qu'ils sont des milliers ! Il y a des soldats partout sous les arbres, autour de la baie, sur les collines. Je ne saurais pas vous dire combien j'en ai vu mais ils sont très nombreux et fort bien armés.

*

* *

C'était une nuit obscure, sans lune, sous un ciel noir piqueté d'étoiles éparpillées.

A bord des navires solidement amarrés, les soldats couchés à même le plancher sur le pont ou dans les cales dormaient ou cherchaient le sommeil au milieu des ronflements.

A terre, sous un appentis de planches appuyé derrière un hangar du port, Tarif soignait les blessures d'Azzouz et changeait ses pansements en se lamentant sur les caprices du sort. Cette succession d'espoirs et de désillusions l'accablait. Il y a un mois, on venait lui annoncer que l'empereur appréciait son garum et qu'il en commandait en grande quantité, mais au moment où il voyait la prospérité lui sourire enfin, Tarak lui apprenait que l'émir Moussa interdisait désormais la production de garum. L'espoir à peine né se voyait foudroyé. Aujourd'hui, c'était la même malédiction. La fortune lui souriait avant de lui tourner le dos. Ce matin, il était devenu propriétaire de l'atelier de garum. Mais ce soir, il savait qu'il allait tout perdre, dès que Tarak aurait débarqué en Hispanie comme il semblait décidé à le faire.

— Ces gens puissants sont étranges. Ils voulaient du garum pour l'empereur ? Grâce à moi, ils l'ont ! Pourquoi veulent-ils tout gâcher ?

Azzouz entrouvrit une paupière bleue et enflée et ses lèvres tuméfiées articulèrent péniblement :

— Je crois que le garum n'était qu'un prétexte.

Tarif se gratta la tête et opina.

— Tu as peut-être raison.

Sous la tente dressée sur le quai, à quelques pas des navires, Tarak, assis devant une table pliante, examinait une carte du détroit à la lueur d'une lampe à huile. A l'aide d'un compas, je mesurais les distances entre Ceuta et différents lieux propices à un débarquement.

— Il faut s'écarter autant que possible de ce maudit village du garum puisque Agila et ses hommes y sont massés, préconisai-je.

La trahison de Florinda mortifiait Tarak. Qu'elle ait parlé à son père, il l'admettait ; mais qu'elle ait manigancé contre lui avec Agila, c'était insupportable. Maintenant, face aux soldats goths, l'opération de débarquement s'annonçait beaucoup plus hasardeuse. Il se reprochait amèrement d'avoir trop parlé le soir où Florinda était venue chez lui. Il cherchait en vain à se rappeler comment elle avait réussi à lui soutirer ces informations. Il n'était pas loin d'y voir de la sorcellerie. Elle était bien la fille de sa mère ! Il se prenait à la détester.

— Nous n'avons qu'à traverser tout droit et débarquer au pied du mont Calpé, conseillai-je. La baie est large et bien protégée. D'ailleurs c'est le trajet le plus court. Il nous faudra au moins trois ou quatre traversées pour transporter toute l'armée et tout le matériel de l'autre côté. Inutile de rallonger la distance et de perdre du temps.

— Bien sûr, approuva Tarak. D'autant plus que la première vague de débarquement comptera tout au plus quinze cents hommes. C'est peu, si les Goths nous attaquent. Notre avant-garde sera vulnérable tant que les renforts ne seront pas arrivés.

— Le temps que les Goths se transportent depuis le maudit village de Tarif jusqu'au mont Calpé, nous aurons acheminé des renforts. A condition que les opérations de débarquement se passent bien. Nous ne pourrons plus perdre de temps comme aujourd'hui avec le désordre général qui nous a beaucoup retardés, avertis-je.

— Moi, je traverserai avec l'avant-garde, toi, tu resteras ici pour ordonner l'embarquement des renforts.

— Et pour surveiller Julien, ajoutai-je. Jusqu'à la dernière minute, il cherchera certainement à nuire avec je ne sais quelle nouvelle fourberie.

Agila

Les nuages étaient si épais et le brouillard si opaque qu'on ne vit pas le soleil se lever. Seule une pâle lueur annonça l'aurore.

Julien et Moshe, qui n'avaient somnolé qu'une heure ou deux, avalèrent un morceau de pain, une poignée d'olives et un bol de lait avant de monter au pigeonnier d'Abou. Ils le trouvèrent en train de nourrir Hermès en lissant son plumage ardoise. Julien introduisit dans un mince rouleau le message destiné à Moussa et Abou le lia à la patte d'Hermès prêt à s'envoler vers Carthage.

— Un instant, ordonna Julien. Avant de l'envoyer attendons que les bateaux larguent leurs amarres. Peut-être Tarak a-t-il compris que son projet avait échoué. Avec Agila et ses hommes qui l'attendent de l'autre côté, il a perdu le bénéfice de la surprise et il sera rejeté à la mer. Et de ce côté-ci du détroit il aura affaire à Moussa qui ne lui pardonnera jamais sa déloyauté.

— Si Tarak est du même avis que vous, il partira à Carthage conformément aux ordres de Moussa, supposa Moshe.

— C'est possible. Nous ne le saurons que lorsque les bateaux prendront leur cap, une fois sortis du port.

— Même pas ! Avec ce brouillard on ne verra pas dans quelle direction ils partent. Et si Tarak, ayant compris que sa tentative était vouée à l'échec, partait finalement vers Carthage, votre lettre l'accusant d'avoir fomenté une attaque contre l'Hispanie se retournerait contre vous. Moussa vous reprochera d'avoir proféré des accusations mensongères.

Abou attendait qu'on lui donne un ordre et regardait le ciel dans lequel il allait lancer Hermès. Soudain, il vit comme un immense fantôme surgissant du brouillard qui avançait majestueusement vers le port.

— Regardez ! s'écria-t-il.

C'était une grande voile rouge. Julien reconnut le bateau qui, la veille, avait ramené Tarif à Ceuta. L'étendard au sommet du mât était aux couleurs du roi goth. Le vaisseau d'Agila se préparait à entrer dans le port de Ceuta.

— Là, je ne comprends plus, murmura Julien, déconcerté.

La veille, toute la journée, il avait assisté avec jubilation aux épisodes du spectacle qui se déroulait exactement comme il l'avait prévu et organisé. L'arrivée d'Azzouz qui donne l'alarme, puis celle de Tarif qui ruine le plan de Tarak, chaque rebondissement avait enchanté Julien. Il se voyait maître des événements grâce à Florinda qui avait transmis ses instructions, et à Agila qui les avait parfaitement exécutées. Mais maintenant la situation lui échappait. Qu'est-ce qu'Agila venait faire à Ceuta ?

— Ils vont peut-être nous envahir, craignit Moshe pour qui les Goths étaient capables de tout. Agila peut prendre prétexte du projet de débarquement pour lancer une contre-attaque. La conquête de Ceuta lui donnerait l'avantage sur Rodrigo dans la bataille de la succession.

— Ce n'est pas illogique, mais je ne le crois pas. Agila sait que l'armée de Tarak est ici. Pourquoi attaquerait-il là où sont massés ses ennemis ?

*

* *

Au petit matin, Tarak et moi, chacun dans un coin de la tente, nous somnolions après une longue nuit de veille passée à étudier les cartes et à supputer la force des courants selon l'heure des marées. Un guetteur fit brutalement irruption en s'écriant :

— Les Goths nous attaquent ! Ils envahissent le port !

Tout en endossant nos cuirasses nous sortîmes de la tente pour voir le navire qui arborait l'étendard des Goths. Agila attaquait Ceuta ! Jamais je n'avais envisagé cette éventualité.

— Nous nous préparions à conquérir l'Hispanie et ce sont les Goths qui débarquent en Afrique !

J'étais consterné, alors que l'imminence du combat stimulait Tarak. Il rayonnait.

— Notre première bataille aura donc lieu ici et Ceuta sera notre première victoire dans la conquête de l'Hispanie ! Et après tout tant mieux ! Nous cherchions un prétexte pour traverser ? Les Goths nous le fournissent. Après leur agression, j'exercerai légitimement des représailles en envahissant leur royaume.

Un instant plus tard, nous étions en selle. Dans les clameurs et le fracas métallique des armes, les hommes se préparaient au combat. Ils s'équipaient en hâte et descendaient précipitamment des navires pour se déployer le long des quais. Pendant que Tarak ordonnait la disposition des archers autour du bassin central, je partis au galop jusqu'au bout de la digue. Le vaisseau qui s'engageait maintenant dans le chenal d'entrée était assez proche pour me permettre de distinguer son équipage. A ma grande surprise, je découvris que le navire ne transportait pas une armée mais ses débris pitoyables. Une poignée d'hommes visiblement désemparés, les vêtements en lambeaux. Beaucoup étaient blessés, couchés sur le pont, couverts de pansements. Je repartis aussitôt informer Tarak qui disposait les forces à l'autre bout du port.

— Nous n'avons rien à redouter. Ils ne viennent pas nous attaquer, lui annonçai-je.

— Tu as perdu l'esprit ? ricana Tarak en se tapant le front. Et que viennent-ils faire selon toi ?

— Ce sont des rescapés, des survivants. Ils ne sont pas en état de se battre.

Pendant ce temps, le bateau jetait l'ancre au milieu du port. Tarak le tenait à sa merci. Il n'avait qu'à tirer son sabre puis le brandir très haut et une volée de flèches meurtrières s'abattrait aussitôt sur les Goths.

— Tu as raison, concéda-t-il. Ils n'ont pas l'air dangereux. Attendons de comprendre ce qui se passe avant de les tuer.

A la proue du navire se tenait un jeune homme visiblement mal en point, un pansement ensanglanté sur l'œil, la tunique déchirée et maculée de sang. Il levait les mains très haut au-dessus de la tête et il agitait les bras pour montrer qu'il ne portait pas d'arme. Près de lui, deux marins mirent une barque à la mer et l'aidèrent à y descendre. Ils manièrent les avirons et l'embarcation avança lentement en direction du quai où se trouvait Tarak, immobile sur son cheval, la main sur la poignée du sabre. La barque approchait et nous pûmes voir que le malheureux qui tenait toujours les mains en l'air en signe de soumission, portait une couronne. Dans l'état pitoyable où il était, elle le rendait grotesque.

— Agila ! éructa Tarak en sortant la lame de son fourreau.

Les archers visèrent l'homme blessé. Il allait périr transpercé de toutes parts, à l'instant où Tarak brandirait son sabre à bout de bras. Il s'apprêtait à le faire quand une voix impérieuse se fit entendre derrière nous.

— Non ! tu es un homme d'honneur, Tarak. C'est en combat singulier que tu dois affronter Agila, pas en le faisant assassiner par tes archers.

C'était Julien.

Les dernières nuits d'insomnie avaient marqué son visage, mais malgré la fatigue, l'homme avait de l'autorité. En faisant appel au sens de l'honneur, il avait à l'ultime seconde arrêté le bras de Tarak qui remit sa lame au fourreau. Les archers détendirent les cordes de leur arme. Grâce à l'intervention de Julien,

Agila bénéficiait d'un sursis. Il mit ses mains en porte-voix pour nous crier :

— Ayez pitié ! Le traître Rodrigo a envoyé des hommes pour m'assassiner.

Il se tenait debout sur la barque, en équilibre instable. Je fis lancer une corde et une passerelle pour l'aider à prendre pied sur le quai. Julien, fou d'inquiétude, se précipita sur Agila.

— Où est Florinda ? demanda-t-il d'une voix haletante.

— Que Rodrigo soit maudit ! s'écria Agila, des larmes plein les yeux et la bouche déformée par le désespoir. Maudit pour avoir assassiné mon père ! Maudit pour avoir usurpé la couronne ! Maudit pour…

Il éclata en sanglots, incapable d'articuler un mot.

— Et Florinda ? répétait Julien, les yeux hors de la tête. Où est-elle ?

Agila en pleurs et secoué de hoquets n'était pas en état de répondre. Je le fis boire pour éviter qu'il ne s'étouffe et on l'allongea sur un brancard pour le transporter dans la citadelle de Julien. On l'installa sur des coussins. Son éborgnement le faisait souffrir. Sur tout son corps plusieurs blessures profondes causées par des coups d'épée saignaient abondamment. Soum préparait des compresses et Moshe David qui avait jadis pratiqué la médecine recousait les plaies qu'il cautérisait au fer rouge.

Julien prit un flacon d'alcool de raisin et le porta aux lèvres d'Agila pour l'aider à surmonter la douleur et à parler.

— Qu'est-il arrivé à Florinda ?

Je lus la même question dans les yeux de Tarak, déconcerté de rencontrer son rival Agila dans ces circonstances inattendues. Il rêvait de le tuer au combat et il se retrouvait au chevet d'un blessé à demi évanoui.

— Où se trouve-t-elle ? implorait Julien.

— Je ne sais pas, prononça difficilement Agila, les mâchoires crispées par la douleur du fer rouge que Moshe appliquait sur ses blessures. Mais je crains... avec ce maudit !

Par bribes, il nous apprit comment l'usurpateur s'était emparé de l'Hispanie. Profitant de l'absence d'Agila qui était parti sur le détroit à la rencontre de Tarif, Rodrigo avait fait assassiner le roi Wittiza. Le jour même, l'infâme s'était fait élire roi des Goths par une assemblée de nobles et d'ecclésiastiques qu'il avait à sa disposition à Tolède, prêts à couvrir le régicide. A peine monté sur le trône, Rodrigo avait envoyé une troupe de mercenaires sur le détroit des Colonnes d'Hercule pour attaquer Agila par surprise et le tuer. Ces hommes ne s'étaient pas comportés comme des soldats mais comme des assassins. Ils n'avaient pas fait de prisonniers. Dans la mêlée de la bataille ils avaient cherché à s'emparer d'Agila pour rapporter sa tête à Tolède. A voir l'état du malheureux, ils avaient failli réussir. Il leur avait finalement échappé en embarquant avec une poignée des siens. Ses autres soldats s'étaient fait massacrer sur la plage en protégeant la fuite de leur prince qui s'était sauvé en faisant voile vers Ceuta.

— Tu ne sais donc rien pour Florinda, constata Julien d'une voix blanche et les yeux hagards.

— Non, fit Agila en secouant la tête. Mais… mais je sais seulement que le maudit faisait souvent rire ses amis en promettant que, quand il serait roi, il se ferait livrer Florinda enchaînée et qu'il la violerait.

J'avais déjà entendu, à Carthage, Cristobal le trafiquant me racontant que Rodrigo voulait violenter Florinda.

Tarak serrait les poings. Ce n'était plus Agila qui excitait sa vindicte, c'était Rodrigo.

Julien s'éloigna de quelques pas, se parlant à lui-même avec un mouvement des lèvres qui ne laissait passer aucun son. Il se signa en faisant serment de tuer Rodrigo.

— Il n'est peut-être pas trop tard ! lança-t-il soudain en revenant vers nous. Je pars en Hispanie avec toi, Tarak. Toi, Moshe, réunis autant d'hommes que tu le pourras. Vous nous rejoindrez demain.

Julien venait de basculer de notre côté. Peu lui importait désormais sa principauté, seul comptait le sort de sa fille. Lui qui n'avait cessé de nous entraver et de nous tendre des pièges pour faire échouer notre projet se joignait maintenant à nous avec des renforts. Mieux encore, nous n'avions plus à redouter de tomber dans une embuscade tendue par Agila sur l'autre rive. Jamais les circonstances ne nous avaient été aussi favorables.

Une heure plus tard, les navires étaient prêts à prendre la mer. Ils allaient partir sans moi car ma mission s'arrêtait là. L'empereur Justinien avait été formel : après avoir contribué à provoquer l'attaque contre l'Hispanie, je ne devais en aucun cas participer à l'invasion d'un royaume chrétien par les musulmans.

Au pied de la passerelle, alors qu'il allait embarquer, je fis mes adieux à Tarak, vêtu de fer et sanglé de cuir, prêt à partir en guerre. Il me remercia de l'avoir aidé dans ses préparatifs.

— Je ne sais comment te manifester ma gratitude, me dit-il.

— Tout simplement en me faisant parvenir des messages au Palais impérial à Constantinople. Ecris-moi aussi souvent que possible, car je suis impatient de savoir ce qui va se passer. J'en rendrai compte à l'empereur en lui présentant les faits sous un jour qui te sera favorable. Avec moi, Tarak, tu auras un allié à Constantinople.

— Je te le promets. Que Dieu te garde, Angelos.

A bord de la galère, je repartis vers Constantinople, la mort dans l'âme. Je m'étais attaché à Tarak et je me résignais difficilement à le quitter. J'aurais aimé le suivre dans cette aventure. Allait-il réussir la conquête de l'Hispanie ? Qu'allait faire Moussa quand il apprendrait que Tarak avait transgressé ses ordres et traversé le détroit ? Qu'était-il arrivé à Florinda ?

Mon voyage dura deux mois. Je ne fis que cinq brèves escales pour le ravitaillement en eau et en vivres. J'occupais le temps en complétant et en corrigeant mon manuscrit. Cette chronique faisait le récit de ma mission : l'alerte donnée par l'évêque Youssouf, mon voyage à Damas, mon arrivée à Ceuta, l'arrogance de Julien, le projet de Tarak, l'opposition de Moussa, les rebondissements de ces derniers jours et, enfin, la traversée du détroit. J'étais impatient de remettre ce rapport à Justinien.

Mon Dieu ! Si j'avais su…

EPILOGUE

La Table de Soleiman

Quand Angelos arriva à Constantinople, des gardes montèrent à bord de sa galère pour l'arrêter et le jeter en prison.

Pendant qu'il traversait la Méditerranée, il ne pouvait pas savoir que Constantinople était une nouvelle fois en proie aux convulsions. Des généraux s'étaient révoltés contre Justinien qu'ils avaient renversé et mis à mort, ainsi que sa femme Theodora, le fils qu'elle lui avait donné, et tous leurs proches. Les conjurés avaient proclamé et couronné l'un des leurs, Philippicos. Angelos, qui ignorait ces événements, s'était jeté dans la gueule du loup. Heureusement, avant de le faire tuer, le nouvel empereur voulut prendre connaissance du compte rendu de la mission que les gardes avaient saisi dans la cabine de la galère. Quand il eut achevé la lecture du rapport d'Angelos, Philippicos décida de lui laisser la vie sauve, moins par reconnaissance des services rendus que pour l'utiliser. A Constantinople, nul autre qu'Angelos ne connaissait Tarak ben Ziad. Or, les conséquences du débarquement en Hispanie se faisaient déjà sentir. En

Asie Mineure, les musulmans n'avançaient plus et, par endroits, ils se repliaient. En Méditerranée on avait aperçu des navires de guerre qui faisaient route depuis la Syrie vers l'Occident pour aller prêter main-forte aux conquérants de l'Hispanie. L'étau, qui depuis des années se refermait inexorablement sur Constantinople, commençait à se desserrer.

L'empereur Philippicos, constatant qu'Angelos avait vu juste et agi à bon escient, décida de l'épargner afin de se servir de lui. La confiance que Tarak lui faisait et les messages qu'il avait promis de lui envoyer pourraient fournir des informations précieuses. Et Tarak tint parole. Son premier récit narrait la traversée du détroit et le rêve qu'il avait fait pendant qu'il voguait d'une rive à l'autre.

> « Le Prophète m'est apparu en songe. Il me tendait la main en me disant : *Avance, Tarak, et accomplis ton destin !* Il m'ordonnait de conquérir l'Hispanie, d'en convertir les habitants et d'aller à Tolède reprendre la Table de Soleiman pour la rapporter à Jérusalem. Il m'a dit aussi : *Là où tu vas débarquer s'élève un très grand rocher. Retire-lui le nom que lui ont donné les idolâtres. Les croyants l'appelleront désormais la montagne de Tarak en mémoire de ce jour de gloire pour l'islam.* Angelos, ce rêve m'a donné une grande force d'âme car je sais que j'accomplis la volonté de Dieu.
>
> Quand j'ai débarqué et planté mon épée dans le sol de l'Hispanie, j'ai vu une vieille femme sortir d'un sous-bois qui borde le littoral. Elle s'est avancée vers moi pour me dire : *Un devin m'a annoncé qu'un jour un homme très bon viendrait ici pour nous aider dans le malheur où nous sommes depuis si longtemps. Tu reconnaîtras cet*

homme à une tache noire qu'il a sur l'épaule. Je découvris mon épaule devant la vieille femme pour lui montrer la tache de naissance que je porte.

Une fois mon armée transportée d'Afrique en Hispanie, j'ai brûlé les vaisseaux de Julien pour interdire toute possibilité de retraite et j'ai harangué mes hommes : *Derrière nous, la mer. Devant nous, l'ennemi ! A nous la victoire ou le Paradis !*

Nous progressons sans rencontrer de difficultés. J'avance vers l'ouest, sans m'éloigner de la côte. Les villes m'ouvrent leur porte. Les juifs m'accueillent en libérateur et se joignent à mon armée. Les autres habitants ne se montrent pas hostiles. Beaucoup sont des Vandales dominés et maltraités depuis que les Goths sont arrivés en Hispanie, il y a plus de deux siècles. Je gagne l'appui de cette population dont le territoire se nomme Andalous.

Rodrigo ne se montre toujours pas. Il est dans le nord du royaume où des provinces se sont soulevées contre lui. Julien voudrait que nous en profitions pour avancer à marche forcée jusqu'à Tolède où il espère sauver Florinda. Ne crois pas, Angelos, que ce soit par rancune envers celle qui m'a trahi, mais je refuse d'écouter Julien car je ne veux pas aventurer mon armée et prendre le risque d'un encerclement. Je préfère prendre position dans les environs de Cadix et attendre Rodrigo de pied ferme. Il finira bien par venir. Quand je l'aurai vaincu, si Dieu le veut, la route de Tolède sera ouverte. »

Dans sa prison, Angelos disposait de tout ce qu'il lui fallait pour accomplir son travail : une table, des instruments d'écriture, une lampe et des cartes de géographie qui lui permettaient de situer les événements. Il rédigea une réponse à Tarak pour le féliciter et l'encourager afin d'établir avec lui une correspondance régulière. La survie d'Angelos en dépendait. Un vaisseau rapide de la marine impériale était prêt à prendre la mer pour acheminer son message. Il prépara ensuite un rapport destiné à l'empereur Philippicos. Dans son analyse il notait que Tarak se sentait porté par une mission divine depuis l'apparition du Prophète pendant la traversée du détroit.

Deux mois plus tard, un nouveau courrier de Tarak parvenait à Angelos.

« Grâce à Dieu, j'ai vaincu l'armée de Rodrigo et je crois qu'il est mort. La bataille s'est engagée sur le terrain que j'avais choisi, au bord du fleuve Guadalete, près de Cadix. Les Goths étaient au moins cinq fois plus nombreux que nous et beaucoup mieux armés. Au moment d'engager le combat, un événement extraordinaire est advenu : d'un seul coup, les deux ailes de l'armée de Rodrigo se sont volatilisées, le privant d'une partie de ses forces. D'après Julien, des seigneurs fidèles à Wittiza ont déserté et abandonné Rodrigo afin de provoquer sa défaite, dans l'espoir de rétablir Agila sur le trône. D'après moi, la raison est plus simple : notre victoire était la volonté de Dieu.

Nous n'avons pas retrouvé le corps de Rodrigo parmi les cadavres et les blessés qui jonchaient les rives marécageuses du fleuve. Mais nous avons capturé son cheval qui errait au milieu des morts. Sa selle de cuir incrustée de joyaux et une botte de daim rouge coincée dans l'étrier, étaient ensanglantées. Je crois que Rodrigo s'est noyé ou que les sables mouvants l'ont englouti.

En tout cas, la voie est libre. Je vais marcher sur Tolède prendre la ville et retrouver la Table de Soleiman. »

L'écho de cette victoire inattendue retentit partout autour de la Méditerranée. A Damas, le Khalife Al-Walid décida aussitôt de différer l'attaque contre Constantinople. L'évêque de Damas, ignorant qu'Angelos était emprisonné, lui fit parvenir au Palais un message qu'on lui apporta aussitôt dans son cachot afin qu'il l'exploite dans les rapports qu'il rédigeait pour l'empereur Philippicos.

> « Ton plan, Angelos, a produit ses effets. Le Khalife ne parle plus de Constantinople. Seules l'Hispanie et la Table de Soleiman l'intéressent désormais. Mais la rivalité qui oppose Moussa et Tarak l'irrite. Chacun veut être émir d'Hispanie. Autour du Khalife, certains plaident en faveur de Tarak parce qu'il est le conquérant, d'autres en faveur de Moussa parce qu'il est arabe et d'une famille proche des Ommaya. Al-Walid a annoncé qu'il s'en remettait à Dieu. Il nommera celui qui lui rapportera la Table de Soleiman. »

Depuis qu'il avait appris l'insubordination de Tarak, Moussa ne décolérait pas et tout ce qu'il entendait à son sujet attisait ce courroux : l'apparition du Prophète disant à Tarak de donner son nom à l'une des Colonnes d'Hercule ; la victoire sur Rodrigo ; les succès en Hispanie ; Tarak devenait une légende vivante. L'ancien subordonné était désormais un rival. Moussa rassembla une armée de vingt mille hommes, traversa le Maghreb de Kairouan jusqu'au détroit, s'empara de Ceuta, débarqua en Hispanie grâce à des navires envoyés par le Khalife et se lança sur les traces de Tarak. Il reprit, les unes après les autres, les villes et les provinces conquises par le Berbère et nomma à leur tête des Arabes de son clan.

Pendant ce temps, Tarak était arrivé à Tolède.

« Angelos, mon ami, grâce à Dieu j'ai retrouvé la Table de Soleiman ! Elle était enfermée dans une forteresse, près de Tolède. La garnison a déposé les armes. Son chef m'a conduit dans le donjon qui abrite les trésors accumulés par les rois goths dont les vingt-quatre couronnes feront un présent somptueux que je destine au Khalife. Mais le trésor le plus précieux est évidemment la Table de Soleiman, entièrement couverte d'or et parsemée de joyaux d'une indescriptible splendeur. Elle est circulaire, couverte de pierres précieuses, et repose sur sept pieds ornés de perles.

L'homme qui en assurait la garde m'a conté une histoire étrange : la tradition des Goths voulait que chaque roi, le jour de son couronnement, pose un nouveau cadenas sur la porte de la tour. Il y en avait vingt-quatre. Au mépris de cette coutume, Rodrigo les a fait briser. Il a lui-même forcé la porte, résolu à s'emparer de la Table, à la démembrer, en arracher l'or, en extraire les joyaux et se les approprier. Mais en entrant dans la salle où se trouvait la Table il a découvert sur les murs une inscription et une fresque. Il a lu :

Celui qui violera cette enceinte et profanera cette Table sacrée verra son royaume envahi par ceux qui figurent autour de lui.

Ensuite Rodrigo a vu la fresque : des cavaliers lancés au galop, des lances pointées, des sabres brandis, des étendards déployés au vent.

Le chef de la garnison m'a raconté qu'avant de s'enfuir, le regard plein d'effroi, Rodrigo lui avait ordonné de faire procéder à l'effacement de l'inscription et de la fresque. Elles sont délavées mais j'ai pu déchiffrer la prédiction et voir de mes propres yeux la charge des cavaliers.

D'après le gardien du trésor, ma victoire serait le châtiment de Rodrigo pour cette profanation. Ils cherchent à leur défaite des explications magiques, alors que c'est la volonté de Dieu. J'ai obéi au Prophète qui m'avait ordonné de retrouver la Table de Soleiman.

Moussa marche sur Tolède. Il m'a envoyé une délégation pour exiger que je lui remette la Table. Rien n'a autant d'importance à ses yeux car il veut l'apporter lui-même au Khalife dans l'espoir d'être nommé émir d'Hispanie. Ses hommes sont plus nombreux que les miens, et je ne veux pas faire couler le sang des musulmans. Je vais donc lui abandonner le butin et la Table, mais ce forfait se retournera contre lui. Je sais comment le confondre. »

A Damas, le Khalife Al-Walid fit annoncer dans le prêche du vendredi, à la grande mosquée des Ommaya, la découverte de la Table de Soleiman. Il envoya en Hispanie des émissaires chargés de la rapporter et de ramener aussi Moussa et Tarak que le Khalife voulait entendre et confronter, car chacun prétendait avoir découvert ce trésor. Tarak se prévalait de l'avoir trouvée avant d'être contraint de la remettre à Moussa qui, lui, se targuait de l'avoir en sa possession et accusait Tarak de mentir. A propos de la Table et de l'apparition du Prophète, il traitait le Berbère d'imposteur. Leur rivalité risquait de compromettre la poursuite de la conquête.

L'un et l'autre se trouvèrent donc contraints

d'obéir à la convocation et de partir en hâte pour Damas. Ce jour-là, Tarak écrivit à Angelos.

« La victoire est ingrate. J'ai conquis l'Hispanie, les habitants se convertissent, j'ai retrouvé la Table de Soleiman, mais malgré tout je dois comparaître devant le Khalife pour me justifier face à Moussa qui s'arroge mes victoires. J'ai confié mon armée à mes chefs de tribu et j'ai laissé le malheureux Julien qui erre dans Tolède comme un égaré à la recherche de Florinda. »

Moussa et Tarak empruntèrent la même route, mais séparément, escorté chacun par un millier d'hommes, veillant à demeurer à l'écart l'un de l'autre, tout en ne se laissant pas distancer.

Ils quittèrent l'Hispanie, traversèrent le détroit, puis le Maghreb, puis la Tripolitaine, la Cynéraïque, le delta du Nil. Ils longèrent la côte méditerranéenne jusqu'en Syrie pour arriver à Damas, quatre mois après avoir quitté Tolède.

Ils entrèrent dans la cité le même jour, l'un après l'autre. D'abord, l'émir Moussa, entouré de sa garde et de ses porte-étendards, et suivi par un cortège de dix-sept chars tirés par des attelages de chameaux qui portaient les trésors d'Hispanie. Sur un véhicule spécialement construit pour elle, la Table de Soleiman était invisible, cachée sous des étoffes brodées. Moussa allait la dévoiler sous les yeux du Khalife.

Ensuite, Tarak fit son entrée dans la ville. La foule se massait sur son passage, curieuse de voir ce Berbère dont on parlait tant. Il avait grande allure à la tête de ses cavaliers, mais aucun trésor ne le suivait.

Moussa les avait tous confisqués. Tarak n'avait rien à offrir au Khalife, si ce n'est un mystérieux présent. Il le conservait depuis Tolède dans un étui de soie dont nul parmi ses hommes ne savait ce qu'il cachait.

La présentation de la Table et la confrontation entre Moussa et Tarak devaient avoir lieu au palais du Khalife qui avait convié une cinquantaine de dignitaires. L'évêque Youssouf de Damas figurait parmi les privilégiés invités à assister à l'événement. Le soir même, incapable de trouver le sommeil après ce qu'il avait vu et entendu au cours de cette journée mémorable, Youssouf en écrivit le récit destiné à Angelos.

« Jamais je n'oublierai les événements inouïs dont je viens d'être le témoin. Devant le Khalife Al-Walid, les deux rivaux, Moussa et Tarak, se faisaient face et se défiaient du regard. Entre eux, au milieu de la salle d'audience, se trouvait la Table de Soleiman, dissimulée sous un voile qu'Al-Walid fit ôter. La découverte de la Table a provoqué la stupeur avant de soulever l'enthousiasme du Khalife et de toute l'assistance. Avant de l'avoir vue, nul ne peut imaginer sa magnificence. J'étais ébloui et bouleversé par cet autel des offrandes qui a traversé près de deux mille ans, emporté de Jérusalem à Rome, puis à Tolède avant de revenir en Terre sainte. Le Khalife s'est levé pour aller poser ses mains sur cette merveille. Il en a fait le tour en la caressant du bout des doigts. Après l'avoir admirée, il s'est étonné : la Table ne compte que six pieds, alors qu'elle devait en avoir sept, autant que le grand chandelier du Temple de Jérusalem arborait de branches. De fait, l'un des intervalles entre les pieds est deux fois plus large que les autres. Il en manque un.

— C'est ainsi que je l'ai trouvée, Dieu m'est témoin, a affirmé Moussa. Les Goths, ou peut-être les Romains ont dû commettre ce dommage.

— Mensonge ! s'est écrié Tarak. Maudit sois-tu pour invoquer Dieu à l'appui de tes mensonges. En voici la preuve.

D'un étui de soie, le Berbère a fait surgir un long objet précieux couvert de perles : le septième pied qu'il a remis en place.

— Je l'ai soustrait avant de remettre la Table à Moussa. Afin d'éviter une guerre entre musulmans, j'ai cédé à ses exigences. Mais je vous apporte la preuve qu'il ment. C'est moi qui ai trouvé la Table de Soleiman, ainsi que le Prophète me l'avait ordonné.

Moussa se voyait déjà émir d'Hispanie, mais ce soir, sa vie ne tient plus qu'à un fil. Il dort en prison. Pour avoir menti en invoquant le nom de Dieu devant le successeur du Prophète, il va payer très cher. Demain on le liera à une croix sur la grande place de Damas et il y restera toute la journée exposé aux injures et aux crachats. L'émirat du Maghreb et tous ses titres lui sont retirés ainsi que tous ses biens. L'homme le plus riche de Syrie n'a plus rien. Pas même un toit, pas même une piécette pour acheter un pain. Le voilà condamné à errer dans les rues et à mendier sa pitance.

Tarak, lui non plus, ne sera pas émir d'Hispanie comme il l'espérait. Pour avoir délibérément endommagé la Table de Soleiman, le Khalife le condamne à finir ses jours à Damas en résidence surveillée. »

En prenant connaissance du récit de Youssouf, Angelos sentit les larmes lui monter aux yeux. Une malédiction frappait tous ceux qui avaient participé à cette épopée.

Julien ? Il errait en Hispanie à la recherche de Florinda que lui seul croyait encore en vie.

Moussa ? Il mendiait dans les rues pour survivre.

Tarak ? Héros de la traversée du détroit qui portait désormais son nom, il était aux arrêts à Damas, condamné à ne plus revoir son pays ni les siens.

Et Angelos ? il était en prison par la faute des spasmes qui agitaient périodiquement Constantinople.

Mais quelque temps plus tard, dans un nouveau basculement du destin, Angelos retrouvera la liberté pour les mêmes raisons : une conjuration renversa Philippicos à qui on creva les yeux.

Le nouvel empereur, Anastase, fit venir Angelos devant la cour impériale et prononça son éloge public, rendant hommage à celui qui avait mené à bien sa mission, envoyé les musulmans en Hispanie et sauvé Constantinople.

Table

Carte 9

PREMIÈRE PARTIE

Justinien 13
Angelos 28
L'évêque Youssouf 53

DEUXIÈME PARTIE

Le porteur de relique 73
Al-Walid 90

TROISIÈME PARTIE

Les Colonnes d'Hercule 111
Julien 126
Tarak 133
Carthage 145
Moussa 157

QUATRIÈME PARTIE

Florinda 177
Tarif 198
Le secret 210

CINQUIÈME PARTIE

Azzouz 231
Agila 259

Epilogue
La Table de Soleiman 269

Dominique Baudis dans Le Livre de Poche

La Conjuration n° 15506

« Je suis impatiente de te voir mort » : telles sont les dernières paroles qu'entendra le roi Amaury Ier sur son lit d'agonie, chuchotées à son oreille par la « Putain du royaume », Agnès, sa première épouse répudiée. Nous sommes le 11 juillet 1174 et le royaume de Jérusalem, fondé par les croisés en Terre sainte, entre dans une décennie de décadence qui prélude à sa chute. Il se décompose, à l'image de Baudoin, fils d'Amaury et d'Agnès, enfant-roi lépreux qui accède au trône à quatorze ans. La reine mère collectionne les amants et les propulse aux plus hautes fonctions, tissant le fil de la conjuration qui emprisonne peu à peu son fils. Pendant qu'à Jérusalem se déchirent clans et factions, Saladin rassemble autour de lui le monde musulman pour la Guerre sainte…

Du même auteur :

LA PASSION DES CHRÉTIENS DU LIBAN, France-Empire, 1978.

LA MORT EN KEFFIEH, France-Empire, 1980.

RAIMOND « LE CATHARE », Grasset, 1997.

RAIMOND D'ORIENT, Grasset, 1999.

LA CONJURATION, roman, Grasset, 2001, prix Evasion.

IL FAUT TUER CHATEAUBRIAND !, roman, Grasset, 2003.

FACE À LA CALOMNIE, XO, 2005.

Composition réalisée par NORD COMPO

Achevé s'imprimer en mai 2011 en Espagne par
BLACK PRINT CPI IBERICA, S.L.
08740 San Andreu de la Barca (Barcelona)
Dépôt légal 1re publication : mai 2011
Édition 02 : mai 2011
LIBRAIRIE GÉNÉRALE FRANÇAISE
31 rue de Fleurus – 75278 Paris Cedex 06

31/6162/7